Contents

곰 곰 곰 베어 4

저자 **쿠마나노**

일러스트 **029**

옮긴이 **김보라**

🐻 스킬

▶이세계 언어
이세계의 언어가 일본어로 들린다.
이야기를 하면 이세계의 언어로 상대방에게 전달된다.

▶이세계 문자
이세계의 문자를 읽을 수 있다.
글자를 쓰면 이세계 문자가 된다.

▶곰의 이차원 박스
흰 곰의 입은 무한으로 벌어지는 공간이다.
어떤 물건이라도 넣을(먹을) 수 있다.
단, 살아 있는 것을 넣는(먹는) 건 안 됨.
들어가 있는 동안에는 시간이 멈춘다.
이차원 박스에 넣은 물건은 언제든 꺼낼 수 있다.

▶곰 관찰경
흑백 곰 옷의 후드에 있는 곰의 눈을 통해 무기와 도구의 효과를 볼 수 있다.
후드를 쓰지 않으면 효과는 발동되지 않는다.

▶곰 탐지
곰의 야생의 힘으로 마물이나 사람을 탐지할 수 있다.

▶곰 지도
곰의 눈이 본 장소를 지도로 만들 수 있다.

▶곰 소환수
곰 장갑에서 곰이 소환된다.
검은 곰 장갑에서는 검은 곰이 소환된다.
흰 곰 장갑에서는 흰 곰이 소환된다.
소환수 꼬맹이화(化) : 소환된 곰을 아기 곰으로 변화시킬 수 있다.

▶곰 이동 문
문을 설치하여 서로의 문을 왔다 갔다 할 수 있게 된다.
문을 3개 이상 설치한 경우에는 행선지를 상상하여 이동할 곳을 정할 수 있다.
이 문은 곰 장갑을 사용하지 않으면 열리지 않는다.

▶곰 폰
먼 곳에 있는 사람과 대화할 수 있다.
곰 폰을 만든 후, 숫자가 없앨 때까지 존재한다. 물리적으로 망가트릴 수 없다.
곰 폰을 건넨 상대를 상상하면 연결된다.
곰의 울음소리로 착신을 알린다. 소지자가 마력을 주입해 전원을 켤 수 있고 통화가 가능하다.

🐻 마법

▶곰 라이트
곰 장갑에 모은 마력으로 곰 형태의 빛을 생성한다.

▶곰 신체 강화
곰 장비에 마력을 통하게 함으로써 신체를 강화할 수 있다.

▶곰 불 속성 마법
곰 장갑에 모은 마력으로 불 속성의 마법을 사용할 수 있다.
위력은 마력, 상상에 비례한다.
곰을 상상하면 위력이 더욱 올라간다.

▶곰 물 속성 마법
곰 장갑에 모은 마력으로 물 속성의 마법을 사용할

수 있다.
위력은 마력, 상상에 비례한다.
곰을 상상하면 위력이 더욱 올라간다.

▶곰 바람 속성 마법
곰 장갑에 모은 마력으로 바람 속성의 마법을 사용할 수 있다.
위력은 마력, 상상에 비례한다.
곰을 상상하면 위력이 더욱 올라간다.

▶곰 땅 속성 마법
곰 장갑에 모은 마력으로 땅 속성의 마법을 사용할 수 있다.
위력은 마력, 상상에 비례한다.
곰을 상상하면 위력이 더욱 올라간다.

🐻 장비

▶검은 곰 장갑(양도불가)
공격 장갑. 사용자의 레벨에 따라 위력 UP.

▶흰 곰 장갑(양도불가)
방어 장갑. 사용자의 레벨에 따라 방어력 UP.

▶검은 곰 신발(양도불가)
▶흰 곰 신발(양도불가)
사용자의 레벨에 따라 속도 UP.
사용자의 레벨에 따라 장시간 걸어도 피로도가 오르지 않는다.

▶흑백 곰 옷(양도불가)
겉모습은 인형 옷. 양면으로 입을 수 있음.

겉면: 검은 곰 옷
사용자의 레벨에 따라 물리, 마법 내성 UP.
내열, 내한 기능 있음.

안면: 흰 곰 옷
입으면 체력, 마력이 자동 회복된다.
회복량, 회복 속도는 사용자의 레벨에 따라 변한다.
내열, 내한 기능 있음.

▶곰 속옷(양도불가)
오랫동안 입어도 더러워지지 않는다.
땀, 냄새도 배지 않는 훌륭한 아이템.
장비자의 성장에 따라 크기도 변한다.

🎀 75 곰 씨, 가게를 구입하다

왕도에서 신세를 진 사람들에게 인사를 건넨 다음 날, 곰 이동문을 이용하여 피나와 함께 크리모니아로 돌아왔다.

"유나 언니, 엄청 재밌었어요."

마물 출현 같은 일로 놀라긴 했지만 왕도는 재밌었다.

무엇보다도 감자와 치즈를 얻게 된 것이 기뻤다.

"기뻐해주니 다행이네. 앞으로는 곰 이동문이 있으니까 언제든지 왕도로 갈 수 있어."

"다음엔 가족 모두와 가고 싶어요."

"하지만 이 이동문에 대해선 비밀이야."

"네."

피나를 티루미나 씨가 있는 곳으로 데려다주기 위해 고아원으로 향했다. 이 시간이라면 티루미나 씨는 고아원에서 꼬끼오를 돌보고 있을 터였다.

고아원 근처에 있는 작은 꼬끼오 우리로 가자 아이들이 열심히 일을 하고 있는 모습이 보였다. 내가 주위를 둘러보고 있는데 아이들 중 한 명이 내 존재를 알아차렸다.

"곰 언니!"

한 명이 알게 되자 모두가 손을 멈추고 내 쪽으로 다가왔다.

"모두들 잘 지냈어?"

"네!"

아이들은 모두 웃는 얼굴이 되어 있었다.

'그래, 잘 지낸 것 같아서 다행이네.'

"티루미나 씨 계시니?"

"네, 저기서 알을 세고 계세요."

한 남자아이가 꼬끼오 우리 옆에 있는 작은 가옥을 가리켰다.
알려준 아이에게 고맙다고 말한 후, 티루미나 씨가 있는 곳으로
향했다. 가옥으로 들어서자 티루미나 씨가 알을 세고 있었고, 그
옆에는 슈리가 있었다.

"어머니!"

피나는 티루미나 씨를 발견하고 오랜만에 엄마를 만나 기쁜 듯
달려갔다.

"피나?!"

"언니!"

슈리는 피나를 향해 달려와 웃는 얼굴로 안겼다. 그러자 피나
는 살포시 안아줬다.

"슈리, 다녀왔어."

"티루미나 씨, 돌아왔어요."

"두 사람 모두 어서와."

나는 티루미나 씨에게 무사히 피나를 돌려보내줬다.

"그래, 왕도는 어땠니?"

티루미나 씨의 물음에 피나는 왕도에 대해 기쁘게 말하기 시작했다.

"우……, 언니만 가다니 너무해."

피나의 이야기를 들은 슈리가 부러워했다. 가엽게도…… 다음에 또 어디 갈 일이 있으면 같이 데려가 줘야지.

"그래서 티루미나 씨, 상담이랄까 부탁이 있는데요."

"뭔데?"

나는 모린 씨 모녀에 대해 간단하게 설명하고 가게를 열고 싶다고 말했다.

"꼬끼오알 다음은 푸딩에 빵을 팔겠다라……. 게다가 직원은 왕도에서 온다니……. 그래서 나는 뭘 하면 되는 거야?"

티루미나 씨는 조금 기가 막히다는 듯이 말하면서도 받아들이는 것처럼 보였다.

"가게 매상이나 식재료 구입 등, 주로 금전 관리를 부탁드리고 싶어요."

"알겠어. 자세한 건 그 모린이라는 분이 오신 후에 얘기해 보자."

"그리고 푸딩에 대한 건도 있어서 밀레느 씨와 꼬끼오알에 대해 상담도 부탁드려도 될까요? 그런 뒤 푸딩을 몇 개 팔 건지 정하려고요."

"알겠어. 다음에 상업 길드에 가면 상담해볼게."

나도 밀레느 씨에게 여러 상담을 받은 적이 있었다. 꼬끼오알도 그렇지만 빵과 피자를 만들 터라 가게가 커지게 되니 가게 상담도 해야 했다.

티루미나 씨의 일을 방해하는 것도 미안하고, 원장 선생님에게 인사를 한 후 돌아가려 했지만 선생님은 외출하신 것 같아서 다음에 다시 오기로 했다.

다음으로 모험가 길드로 향했다. 길드 안으로 들어서자 헬렌 씨가 나를 반겼다.

"유나 님. 돌아오신 거예요?"

"예. 이거, 헬렌 씨 선물이에요."

곰 박스에서 왕도에서 사온 선물을 건넸다.

"액세서리인가요? 고맙습니다."

이세계에서 유행하는 건 잘 몰라서 가게 사람에게 들은 대로 샀는데 기뻐하는 모습을 보니 괜찮은 것 같았다.

"지금 길드 마스터 안에 있나요?"

"네, 지금 모시고 올 테니 잠시만 기다려주세요."

헬렌 씨는 안쪽 방으로 길드 마스터를 부르러 갔다가 곧바로 돌아왔다.

"유나 님, 방에서 이야기하시려나 봐요. 안으로 드시죠."

나는 감사 인사를 하고 길드 마스터가 있는 안쪽 방으로 향했다.

"빨리 돌아왔군."

"소환수가 있으니까요. 그리고 소개장 고마웠어요."

"도움이 됐나?"

"편지를 건네기 전에 트러블이 있었지만, 그 후엔 왕도의 길드 마스터가 여러 가지로 살펴줬어요."

"도움이 됐다니 다행이군. 사냐 녀석은 잘 지내고 있나?"

"잘 지내고 있었어요. 여러 가지로 제가 민폐를 끼치긴 했지만요."

내 말에 길드 마스터가 웃었다. 사냐 씨에겐 다른 모험가와의 트러블에, 마물 토벌의 건, 국왕과의 약속, 모린 씨 일로 신세를 졌었다. 나는 마물에 대해서는 말할 수 없었기에 그 일은 빼고 엘레로라 씨 덕에 성 구경을 했던 일과 플로라 님을 만났던 일, 그리고 플로라 님과 왕에게 푸딩을 대접한 일을 이야기했다.

"폐하와 공주님께 음식이라니……."

길드 마스터는 아연하게 나를 쳐다봤다.

나는 그 밖에도 왕도에서 알게 된 빵집 모녀 이야기, 악덕상인과 그에 관해 도와준 사냐 씨, 게다가 푸딩을 구하러 온 왕의 이야기를 했다.

"대체 네 녀석은 왕도에 가서 무슨 짓을 한 거야?"

"그렇게 말하셔도 제 탓이 아닌 걸요."

모린 씨 모녀를 그냥 두고 볼 순 없었고, 국왕의 부탁을 거절하는 것 따위 가능할 리가 없었다.

"푸딩이라는 게 그렇게 맛있는 거야?"

"드셔보실래요?"

나는 초대장에 대한 답례로 푸딩을 건넸다.

길드 마스터는 푸딩을 들더니 한 입, 두 입 맛을 봤다.

"확실히 맛있네."

길드 마스터의 평가도 높은 것 같았다. 그렇다면 남자 모험가들에게도 잘 팔리려나?

모험가 길드를 뒤로한 나는 그다음으로 상업 길드로 향했다.

상업 길드 안으로 들어가 가게에 대해 묻기 위해 밀레느 씨를 찾았다.

"유나!"

밀레느 씨가 먼저 나를 발견해서 크게 내 이름을 불렀다.

"큰 소리로 남의 이름 부르지 말아주세요."

나는 불만을 얘기하면서 접수대에 앉아있는 밀레느 씨 쪽으로 다가갔다.

"유나를 보니 저도 모르게 그만……."

"여기요, 기념품이에요."

생긴 건 다르지만 헬렌 씨에게 선물한 것과 같은 액세서리였다.

"유나, 고마워요."

밀레느 씨는 기쁘게 받아주었다.

"유나, 저번에 얘기했던 가게에 대해 몇 군데 후보지를 찾았는데, 어떠세요?"

"그 얘기로 밀레느 씨에게 상담할 게 있어요."

나는 밀레느 씨에게 왕도에서의 있었던 일을 간단하게 설명하고, 푸딩과 함께 빵을 팔겠다고 말했다. 그러니 되도록이면 큰 가게를 만들고 싶다고도 전했다.

내 설명에 밀레느 씨는 고민하기 시작했다.

"참고로 가게는 어느 정도의 크기를 생각 하고 계세요?"

손님이 식사할 수 있는 장소가 필요할 테고, 고아원 아이들도 일하게 하고 싶으니까 부엌도 넓은 편이 좋았다. 대(大)는 소(小)를 겸한다는 말도 있으니까 말이다. 우선은 내가 상상하는 가게의 조건을 생각나는 대로 대충 말해봤다.

"그렇다면 임대료가 비싸질 거예요. 물론, 가게 얘기는 제가 꺼낸 거니까 싸게 해드릴 생각이지만…… 큰 가게로 하게 된다면…….

밀레느 씨는 조금 곤란한 표정을 지었다.

"돈은 신경 쓰지 않아도 돼요. 좋은 장소라면 아예 살 생각이니까요."

"유나 씨, 산다고 쉽게 말하는데 가게는 간단하게 살 수 있는 게 아니라고 생각해요. 하지만 유나 씨라면 가능할 수도 있으려나……?"

밀레느 씨는 어처구니없는 듯 말했지만 그 부분은 신님 덕분에 문제없었다. 하지만 그런 말을 밀레느 씨에게 할 수 없으니 웃으며 넘겼다.

"뭐, 살 수 있다면 상업 길드 입장에서는 문제없어요. 그렇다면 금액은 비싸지만 유나 씨가 바라는 가게가 한 곳 있어요."

밀레느 씨의 말에 의하면 건물은 크고 고아원 근처에 있다고 했다. 내가 바라던 대로였다. 남은 건 금액과 현지 확인뿐이다.

"그 가게는 얼마예요?"

밀레느 씨는 파일을 꺼내 잠시 생각한 후 종이에 금액을 적어 내 앞에 내밀었다.

"깎아서 이 정도가 한계일 것 같은데요?"

제시된 금액은 확실히 조금 비싼 것 같았다. 적어도 고아원 주변의 땅을 샀을 때보다 더 비쌌다.

하지만 내지 못할 금액은 아니었다. 나머지는 건물을 보고 판단하기로 했다.

"그럼, 지금부터 안내할게요."

가게가 있는 장소가 고아원 쪽이라 나는 왔던 길을 돌아가게 됐다. 가게 위치는 밀레느 씨가 말한 대로 고아원과 비교적 가까웠고, 주변에는 건물이 없지만 조금 더 가면 오가는 사람들이 있는 거리가 있었다. 만약 행렬이 생긴다고 해도 민폐를 끼칠 일은 없을 것 같았다.

다만, 문제는······.

"가게?"

아무리 봐도 저택인데…… 기분 탓인가? 눈을 비비고 몇 번을
봐도 작긴 했지만 저택이었다.

"저, 가게를 부탁했는데요."

"네, 그래서 이 저택을 개축해서 가게로 할 생각이에요."

저택을 가게로, 라니……. 위치적으로 문제는 없었다. 가격도 저
택이라고 생각하면 쌀지도 몰랐다.

"안을 살펴볼 수 있나요?"

"물론이죠."

밀레느 씨가 열쇠를 꺼내 문을 열고 저택 안으로 안내해줬다.
정면에는 큰 계단이 있었고, 주변은 넓은 플로어로 되어 있었다.

여기에 테이블과 의자를 두고 손님이 먹을 장소로 만들면 될
것 같았다.

안으로 들어가서 왼쪽을 보니 통로가 있었고, 그곳을 지나자 부
엌이 나왔다. 넓이는 충분했다. 모린 씨, 카린 씨가 일을 하고 고
아원 아이들이 도울 공간도 있었다.

"냉장창고도 있으니까 식재료 보관도 어렵지 않아요."

창고를 봤더니 컸다. 여기라면 꼬끼오알과 푸딩을 보관하는 건
물론이거니와 치즈와 빵에 사용할 식재료 보관도 괜찮을 것 같았
다. 생각했던 것보다 좋았다.

"반대쪽 통로는요?"

"그쪽에는 방이 있어요. 안뜰을 볼 수 있죠."

확인해보니 방이 여러 개 있고, 각각의 방에서 정원을 볼 수 있었다. 특별실로 해도 괜찮을 것 같았다.

 다음으로 2층을 확인하러 계단을 올랐다.

 1층 정도는 아니지만 넓은 플로어가 있고, 방이 여러 개 있었다.

 귀족의 저택이었는지 방 안에는 침대와 벽장 등의 가구가 그대로 있었다. 당장이라도 이곳에서 생활할 수 있을 것 같았다.

 1층은 가게로 꾸미고 2층은 모린 씨 모녀가 살게 해도 좋을 것 같았다. 다만 오랫동안 청소를 하지 않았는지 자세히 보니 카펫과 벽이 더러웠다. 청소는 업자에게 부탁하겠다고 말했다.

 나는 이 작은 저택을 사기로 결정하고 앞으로의 자세한 이야기는 나중에 차차 하기로 한 뒤, 오늘은 구입 수속만 진행했다.

76 곰 씨, 가게를 세우다

　가게를 구입한 다음 날, 돌아왔다는 보고와 가게 일을 상담하기 위해 원장 선생님을 뵈러 고아원으로 향했다.

　고아원 밖에서 유아반 아이들이 놀고 있는 모습이 보였다. 그중에는 본 적 없는 아이들도 있는데, 기분 탓인가?

　원장 선생님은 고아원 안에 있다고 아이들이 알려줬다.

　나는 아이들을 불러 모아 기념품으로 왕도에서 사온 과일을 건넸다. 먹어봤는데 새콤달콤한 과일이었다. 다 같이 사이좋게 나눠 먹도록 말했다. 아이들은 순순히 대답하더니 고아원 안으로 들어갔다. 나도 원장 선생님을 뵈러 아이들을 뒤따랐다.

　"어머, 모두들 그건 뭔가요?"

　원장 선생님의 목소리가 들려왔다.

　"곰 언니에게 받았어요."

　"유나 씨?"

　"원장 선생님, 다녀왔습니다."

　"유나 씨. 돌아왔군요. 일하시느라 수고하셨어요."

　그렇지. 일단은 호위 일로 왕도에 갔던 거였지. 왕도로 놀러 갔다 온 기분이었다.

　"원장 선생님, 아이들은 어떤가요?"

"유나 씨 덕분에 잘 지내요. 열심히 먹고, 열심히 자고, 열심히 일하고 있어요."

그건 좋은 일이군.

나는 원장 선생님에게 빵 가게를 세울 거라는 이야기, 고아원 아이들의 도움이 필요하다는 이야기를 했다.

"빵 가게 말씀이세요?"

"네. 그래서 아이들의 도움을 받고 싶은데요."

"새 돌보는 걸 잘 못하는 아이도 있고, 요리를 좋아하는 아이도 있어요. 자발적으로 하고 싶어 하는 아이가 있다면 시켜주세요."

확실히 요리를 좋아한다면 금방 일손을 보탤 수 있을 것이다. 빵을 만드는 것도 육체노동이었다. 마지못해 한다고 한들 길게 가지는 않을 것이었다. 좋아하는 일이어야 오래 일할 수 있을 것이다.

"참고로 몇 명 정도 필요한가요?"

가게의 넓이를 생각한다면 그 나름의 인원이 필요했다.

"조리, 접객에 각각 세 명씩 필요하니까 여섯 명 정도요. 물론 교대 근무라 모두에게 일은 얼추 외우도록 할 거지만요."

"알겠습니다. 우선 아이들을 모아서 본인들에게 물어보도록 하죠."

원장 선생님은 근처에 있는 아이에게 모두 모이도록 전하게끔 시켰다. 그러자 유아반 아이들이 분담을 해서 다른 아이들을 찾으러 갔다.

주로 꼬끼오 우리에 있을 테지만 고아원 안에 있는 아이들도 있을 터였다. 잠시 기다리자 식당으로 아이들이 모이기 시작했다.

"원장 선생님, 무슨 일이에요?"

"모두들 모이면 말해줄게. 온 사람부터 앉아서 기다리렴."

원장 선생님의 말에 아이들은 순순히 따랐다. 간혹 내가 있는 걸 발견하고 다가오는 아이도 있었지만 원장 선생님이 주의를 주고 자리에 앉혔다. 이내 고아원 아이들이 전부 모였다. 역시 아이들이 늘어난 것 같은데?

"애들아, 지금부터 하는 말 잘 들으렴. 너희의 장래를 정하는 일인지도 모른단다."

「장래를 정한다」라니, 원장 선생님이 과장되게 말씀하시는 것 같은데……. 물론 이세계라면 말이 안 되는 이야기도 아니었다. 빵집 직원으로 기술을 손에 익히면 그것을 업으로 삼아 살아가는 것이 가능했다. 고아원 아이들에게는 새로운 미래가 보이는 일이 된다.

"이번에 유나 씨가 빵 가게를 세울 거라는구나. 그곳에서 여섯 명 정도가 도와줬으면 좋겠다는데, 아마 육체노동이 될 거야. 접객도 할 거고. 여러 가지로 힘들 거라고는 생각하지만, 하고 싶은 사람 있니?"

"만드는 건 빵 뿐인가요?"

"주로 빵이 될 거긴 하지만, 푸딩도 만들 거야."

"저요! 저 할게요!"

"저도요!"

"저도!"

푸딩을 만든다고 말한 순간 몇 명이 손을 들었다.

"말해두지만 푸딩은 파는 거란다. 너희들이 먹는 건 불가능해."

"에이~."

"당연한 거잖니. 그리고 돈도 취급하게 될 테니까 글자를 읽고 쓰고, 숫자 계산이 가능한 아이가 우선이 될 거야."

"에이~."

이것만은 어쩔 수 없는 일이었다. 장사를 하려면 상품 이름을 외울 필요가 있었고, 돈 계산도 가능하지 않으면 곤란했다.

"저, 글자 읽기랑 쓰기, 그리고 계산도 할 수 있어요. 하고 싶어요."

"저도 가능해요."

"저도 계산은 조금 부족하지만 하고 싶어요."

"저도 요리 만들고 싶어요."

차례차례로 손이 올라왔다. 그 중에서 원장 선생님이 판단해서 골라주었다.

여자아이 네 명과 남자 아이 두 명— 그중 열두 살로 가장 나이가 많은 밀을 리더로 정해 조정하는 역할을 부탁했다.

"그럼, 가게 준비가 되면 부탁할게."

고아원에서 이야기를 마친 나는 필요한 것들을 준비하기 위해

가게가 될 저택으로 향했다.

다시 본 저택은 아무리 생각해도 컸다. 패스트푸드점을 상상하고 있던 나로서는 저택 앞에 서서 그런 생각이 들어버렸다. 뭐, 이미 사버렸으니 그렇게 생각한들 방법이 없었다.

입지 조건은 썩 좋진 않았다. 고아원과 가깝고, 땅이 넓은데다 마을 중앙대로에서 조금 떨어진 위치지만 손님이 오지 못할 거리는 아니었다.

나는 밀레느 씨에게 받은 열쇠로 문을 열고 안으로 들어갔다. 우선은 빵과 피자를 만드는 데 필요한 화덕을 설치하기 위해 부엌으로 향했다.

부엌에 있는 불필요한 것들은 일단 곰 박스에 담고, 넓어진 부엌을 둘러본 뒤 화덕을 설치할 곳을 정했다.

여기쯤이면 되려나?

부엌 한 쪽에 화덕을 세 개 정도 설치했다. 냉장창고는 저번에 확인했으니 괜찮았다. 또 필요한 게 있을까?

잠시 생각해 봤지만 떠오르지 않았다. 추가로 필요한 건 모린 씨가 오고 상담해 봐야겠다.

부엌 작업을 마치고 2층으로 올라갔다.

1층에 비해 좁지만 확실히 플로어가 존재했다. 상황에 따라 이곳도 활용해도 좋을 것 같았다.

플로어를 지나자 좌우에 통로가 있고 방이 있었다. 응접실과 침실이었을 것으로 생각되는 방이었다. 침대도 가구도 모두 준비되어 있었다.

이곳은 역시 모린 씨 모녀가 쓰도록 하는 게 좋을까?

2층 확인을 끝낸 후 정원으로 나갔다.

조금 널찍한 정원이기 때문에 날씨가 좋으면 오픈 카페로 사용해도 괜찮을 것 같았다. 하지만 관리가 되지 않았기 때문에 잡초가 자라 있었다. 여기도 밀레느 씨와 상담해야겠군.

저택을 구입한 지 여러 날이 지났다. 개점을 위한 준비는 착착 진행되어 갔다.

가게 안이나 정원은 밀레느 씨 덕분에 깨끗해졌다.

나는 밀레느 씨, 티루미나 씨와 함께 내부 꾸미기에 대해 논의했다. 의자와 테이블의 개수, 비어있는 방과 정원의 활용 방법에 대해서 이야기를 나눴는데, 나는 원하는 것만 전하고 세부적인 부분은 두 사람에게 맡겼다.

가게 준비를 진행하는 동안 왕도에서 모린 씨 모녀가 도착해 고아원으로 찾아왔다.

"유나 씨, 이미 도착해 있으셨군요."

곰 이동문으로 돌아왔다는 건 말 못 했다.

"네, 조금 앞질러 왔어요."

두 사람은 긴 여정으로 지쳤는지 피곤해 보였다.

일단 자세한 이야기는 내일 나누기로 하고 두 사람에겐 쉬도록 했다. 원장 선생님에게 간단하게 두 사람을 소개한 뒤 곧바로 두 사람이 지낼 가게로 향했다.

"유나 씨, 여관은 먼가요?"

뒤를 걷던 딸인 카린 씨가 물어왔다.

"여관이 아니에요. 지금 가고 있는 곳은 모린 씨와 카린 씨가 일할 가게예요."

"가게요?"

"가게에 비어 있는 방이 있으니 그곳에서 지내셨으면 해요. 그 편이 일을 하기에도 편하잖아요?"

그런 이유로 두 사람을 데리고 가게에 도착했다.

모린 씨와 카린 씨가 가게를 보고 굳었다.

"유나 씨, 여긴 저택 아닌가요?"

두 사람의 눈앞에 가게라는 이름의 저택이 서 있었다.

"그랬었죠. 앞으로는 모린 씨 모녀가 일할 가게예요."

"가게요? 설마 여기서 빵을 판다는 거예요?"

"네. 이제 겨우 내부 꾸미기가 끝났어요."

아직 간판도, 가게의 이름도 없었다. 그건 다 같이 생각하려고 했기 때문이었다.

경식당, 카페, 빵 가게, 피자 가게, 푸딩, 또 무슨 가게? 그런 느

23

낌으로 나 혼자서는 정하기가 쉽지 않았다.

"이런 곳에서 빵을······."

"가게에 대해서는 내일 설명할게요. 오늘은 천천히 쉬세요."

나는 두 사람을 데리고 저택 안으로 들어갔다.

"대단해."

"어머니, 정말 여기서 빵을 파는 거예요?"

두 사람은 말끔해진 플로어를 둘러보며 그렇게 감탄했다.

"1층을 가게로 쓸 예정이라서 두 분은 2층에 있는 방을 사용해
주세요."

나는 두 사람을 데리고 2층으로 올라갔다.

"저희가 정말로 이곳에서 사는 건가요?"

"일하는 곳이 가까우니까 좋죠?"

두 사람을 2층 안쪽에 있는 방으로 데려갔다. 눈에 띄는 장식
품은 없지만 예쁜 방이었다. 귀족이 살았던 탓인지 창틀 하나도
세련되게 만들어져 있었다.

"일단 왕도에서 받았던 짐들을 풀 건데 배치에 관해서 요청이
있다면 알려주세요."

왕도에서 받았던 큰 짐들은 내 곰 박스에 들어가 있었다. 나는
그것들을 꺼냈다.

"준비돼 있는 가구들은 자유롭게 쓰세요."

"이런 침대에서 잘 수 있을까요?"

카린 씨는 침대를 매만졌다.

"이불은 새 거니까 걱정하지 마세요."

"하나부터 열까지 다 고마워요."

모린 씨가 내게 고개를 숙였다.

"그리고 욕실도 청소해놨어요. 마음껏 쓰세요."

"욕실······."

"생각만으로도 떨려······."

"따로 필요한 게 있다면 말씀하세요."

"딱히 없어요. 너무 굉장한 걸요."

"저도예요."

뭐, 당분간 살다 보면 부족한 부분을 알게 될 것이었다.

"그럼, 내일 또 올 테니까 오늘은 푹 쉬세요."

나는 두 사람을 두고 가게를 나왔다.

다음 날, 고아원에 들려 가게에서 일할 아이들을 데리고 가게로 향했다. 아이들은 가게에 몇 번 왔다. 처음으로 왔을 때에는 놀라워했지만 이곳에서 일하는 것에 기뻐하는 듯했다.

가게에 도착하자 맛있는 빵 냄새가 풍겨왔다. 부엌으로 향하니 모린 씨와 카린 씨가 빵을 굽고 있었다.

으음, 두 사람이 빵을 만들고 있다니, 아침을 먹고 오는 게 아니었다.

"좋은 아침이에요."

"유나 씨, 좋은 아침이에요."

카린 씨가 인사를 해줬다.

"잘 잤어요?"

"네, 피곤했던 모양인지 이불 속에 들어가자마자 금방 잠들었어요."

"다행이네요."

모린 씨가 이쪽으로 다가왔다.

"유나 씨, 좋은 아침이에요."

"벌써 빵을 만들고 계신 거예요?"

"화덕의 상태를 보고 싶었거든요. 빵 재료도 있길래 밤에 준비해봤어요."

아무래도 내가 돌아간 뒤, 부엌을 살펴봤나 보다.

"그래서 화덕의 상태는 어때요? 별로라면 말씀해주세요."

"무척 좋은 화덕이에요. 이제 몇 번 구워보고 경험을 쌓은 뒤에 화덕의 성질을 보려고요."

"화덕의 성질이요?"

"열이 잘 닿는 위치, 온도가 오르는 데 얼마나 시간이 걸리는지, 화덕에 따라 그런 부분이 다르니까 빵을 굽는 방식이 달라지거든요."

……프로다. 나는 피자를 구울 때 아무것도 신경 쓰지 않았다.

전부 대충이었다. 모린 씨는 이런 지식이 있었으니까 그런 맛있는 빵을 만들 수 있었던 거구나.

"저기, 그 아이들은……?"

"어제 간단히 설명드렸죠? 가게 일을 도와 줄 아이들이에요."

아이들은 모린 씨에게 활기차게 인사를 했다.

"이 아이들에게 빵 만드는 방법을 가르쳐 주시겠어요? 혹시 남편 분의 소중한 레시피이기 때문에 가르쳐 줄 수 없다면 무리하게 부탁하진 않을게요."

그렇게 되면 아이들에겐 푸딩과 피자를 만들어 달라고 할 예정이었다.

"괜찮아요. 남편이 생각해낸 빵이 널리 퍼지는 건 기쁘니까요."

"그럼, 모두들. 빵 만드는 법 배우고, 빵을 만들면 고아원에 가지고 와주렴."

내 지시에 아이들은 우렁차게 대답했다.

🎀 77 곰 씨, 가게의 이름을 생각하다

가게 준비는 차츰 마무리되어 가고 있었지만 문제가 한 가지 남아 있었다.

아직 가게의 이름이 정해지지 않은 것이다. 모린 씨에게 상담했더니 「유나 씨의 가게니까 유나 씨가 정해도 돼요」라는 말을 들었다.

하지만 내겐 괴멸적이라고 할 만큼 네이밍 센스가 없었다. 게임에서도 본명을 사용할 정도였다. 소환수인 곰들도 곰이라는 이유만으로 『곰돌이』, 『곰순이』라고 이름을 붙였다. 곰돌이와 곰순이는 기뻐해줬지만, 나는 네이밍 센스에 자신감이 없었다. 요 며칠간 고민했지만 좋은 생각이 나오지 않아 모두에게 이름을 모집하기로 했다.

그렇게 모인 멤버는 가게의 점장인 모린 씨와 그의 딸인 카린 씨, 가게를 도와주는 고아원 아이들, 가게 개축으로 신세를 진 상업 길드의 밀레느 씨, 모험가 길드에서 신세를 지고 있는 헬렌 씨, 모녀 모두에게 신세를 지고 있는 티루미나 씨와 그의 딸들인 피나와 슈리, 그리고 왕도에서 돌아온 노아— 이렇게 총 열네 명이었다.

나는 곧바로 모두에게 물어봤다.

"곰 씨 빵집."

"곰 씨 식당."

"곰 씨 피자집."

"곰 씨와 푸딩."

"곰 씨 음식점."

"곰 씨와 함께."

"곰 씨의……."

"곰 씨……."

끝없이 곰 씨의 이름이 나열됐다.

"으음……, 어째서 모두 곰 씨이에요?"

어쩐지 알 것 같았지만 일단 물어보았다. 혹시라도 내 예상과 다른 대답이 돌아올 수 있으니 말이다.

"그야……."

"그건……."

"그렇지……."

모두의 시선이 내게로 모였다.

네, 알겠습니다. 생각했던 대로의 대답이었다. 내 가게니까 곰 씨이라니, 그럼 내가 『곰돌이』, 『곰순이』로 지은 거랑 다를 게 없는 것 같았다.

부정할 생각도 없으니 딱히 상관없지만……. 실제로 곰이 들어간 이름을 단 가게는 원래 세계에서도 있었다. 하지만 모두가 말하니 슬퍼졌다.

"그럼, 『모험가 유나의 가게』는요?"

"기각!"

헬렌 씨의 아이디어를 바로 잘라내 버렸다. 뭐가 아쉬워서 가게에 내 이름을 붙여야 하는 거지? 그거라면 『모린의 빵집』으로도 괜찮을 것 같은데. 그렇게 모린 씨에게 말하자, 「여긴 유나 씨의 가게잖아요」라며 슬그머니 기각됐다.

"역시, 곰이 좋다고 생각해요."

"맞아. 유나의 가게니까."

노아의 말에 모두가 수긍하며 『곰』이 들어간 이름으로 정했고, 모두들 새롭게 의견을 내기 시작했다. 이미 『곰』으로 확정인 것 같군. 모두 나처럼 네이밍 센스가 없는 건지도 몰랐다.

하지만, 이름은 전혀 정해지지 않았다.

"그럼, 먼저 가게에서 일할 유니폼을 정할까요? 저, 유니폼 생각해왔는데."

가게의 이름이 정해지지 않자 밀레느 씨가 그런 말을 꺼냈다.

"유니폼이요?"

"접객할 때의 복장이요."

왕도에서 딱 한 번 커다란 가게에 갔을 때 점원이 에이프런 드레스 같은 옷을 입고 있었던 것을 떠올렸다. 확실히 그건 귀여웠다.

이세계라면 메이드 차림이나 집사 차림을 해도 괜찮을 것 같았다. 아이들이 입고 있는 걸 상상해봤다. 이건 이거대로 어울린다 생각했다.

"유니폼이라……. 괜찮네요."

"그렇죠? 우선 시험 삼아 한 벌 만들어 봤는데요."

밀레느 씨가 아이템 봉투에서 유니폼(?) 한 벌을 꺼내 펼쳤다.

"곰?"

"유나의 가게라면 당연히 곰이죠."

말도 안 되는 말을 꺼낸 밀레느 씨가 펼친 것은 곰의 모양을 한 옷이었다.

『나=곰』이라는 그런 공식은 존재하지도 않거니와 만들지 않길 바랐다.

밀레느 씨는 빙 둘러보더니 고아원 여자아이에게 시선이 멈췄다.

"밀이라고 했던가? 입어봐 줄래?"

밀에게 유니폼 착용을 부탁했다. 아무리 밀이라 해도 이렇게 창 피한 형태의 옷을 입어줄 리가 없었다. 거절할 게 뻔했다.

"그래도 되나요?"

하지만 밀은 기쁘게 화답했다. 그 얼굴에 싫어하는 표정은 보이 지 않았다. 더욱 놀랄 일은 부러운 듯 쳐다보는 아이들이 있었다 는 점이다.

"좋겠다~."

"치사해~!"

"나도 입고 싶다……."

이상하다. 감각이 나랑 달랐다. 곰 유니폼을 받아 든 밀은 기쁜 얼굴을 했고, 다른 아이들은 부러운 표정을 짓고 있었다. 내가 이상한 거야?

"저기, 창피하지 않니?"

"창피하지 않아요. 유나 언니와 똑같아져서 기쁜걸요."

다른 아이들도 수긍하고 있었다. 설마 내가 고아원을 도와준 일로 이상한 이미지가 생긴 걸까? 영웅 같은 거라든가…….

밀은 곰 유니폼으로 갈아입기 위해 이 자리에서 갑자기 옷을 벗기 시작했다.

"잠깐, 밀! 갑자기 이런 곳에서 옷 벗지 마!"

나는 밀을 막았다. 마루는 내 주의에 고개를 갸웃거렸다.

"여자아이는 다른 사람 앞에서 옷을 벗으면 안 돼."

"그래. 여자아이는 쉽게 옷을 벗으면 안 되지."

밀레느 씨가 일어나 밀을 데리고 구석에 있는 방으로 갔다. 밀은 열두 살이었다. 조금 더 수치심을 가지길 바랐다.

나이가 어리다지만 남자아이들도 있고, 앞으로 자랄 테니까 탈의실을 만들어야겠다.

잠시 뒤, 곰 유니폼을 입은 밀이 방에서 나왔다.

내 곰 인형 옷을 닮아 곰 후드도 확실히 있었다. 엉덩이에도 작은 꼬리가 있어 귀여운 곰 모습이었다.

유니폼이라기보다는 곰 파카랄까? 근데 이걸 입고 일을 한다고?

"어떠세요?"

곰 유니폼을 입은 밀은 기쁜 듯 그 자리를 천천히 돌았다.

그러니까 어째서 기뻐하는 거야?

"잘 어울리네."

"좋겠다~."

"귀여워."

주변에서도 호평의 목소리가 나왔다. 나쁘진 않아. 귀여워. 근데 곰이야. 곰 유니폼이라고. 저지하고 싶지만 저지할 말이 나오지 않았다. 귀여워서 부정하는 말이 나오지 않았다.

하지만 어쩐지 모자란 느낌이 들었다. 밀을 위에서부터 아래까지 훑어봤다.

응? 그랬군, 신발이 없어서 위화감이 드는 거야.

내가 밀의 발을 쳐다보는 것을 눈치챈 밀레느 씨가 생각난 듯 아이템 봉투에 손을 넣었다.

"밀, 이것도 신어보렴."

밀레느 씨가 아이템 봉투에서 꺼낸 것은 내 신발을 따라한 것처럼 보이는 신발이었다. 색은 옷과 같은 검은색으로 한 쪽만 흰색이거나 하지는 않았다. 밀은 신고 있던 신발을 벗고 밀레느 씨에게 받은 신발을 신었다. 완벽한 곰 신발이었다.

"어머, 신발까지 있구나."

티루미나 씨를 포함한 전원이 밀의 발을 봤다.

"네, 점원에게 곰의 발모양과 같은 신발을 부탁했거든요."

밀의 작은 발이 내 곰 신발을 재현한 신발에 들어가 있었다.

이 사람은 준비성이 좋다고 해야 하나…… 행동력이 있어도 너무 있어.

"사실은 장갑도 생각했는데 요리를 하거나 운반할 때 방해될 것 같아서 신발만 만들었어요."

확실히 장갑은 방해가 된다.

"착용감은 어때?"

"엄청 좋아요."

밀은 곰 신발을 신고 기쁜 듯 가게 안을 걸었다.

"진짜 이걸 입히고 일을 시키려고요?"

일단 확인을 위해 물어봤다.

"네, 유나의 허락이 떨어지면요."

"유나 언니, 저 입고 싶어요."

밀이 애원하듯 졸랐다. 딱히 내가 입을 게 아니니 괜찮지만(이미 입고 있지만).

"모두가 좋다면 괜찮아요."

뭐, 아이들이 기뻐한다면 나로서는 문제는 없었다. 무리하게 입히는 거라면 문제는 있지만 말이다.

"전 좋아요."

"저도요."

"저도."

으음, 남자아이들도 입고 싶은 거니? 어른이 되면 흑역사가 될 거야. 지울 수 없을 거라고.

"그렇다면 유니폼은 곰으로~!"

밀레느 씨는 자신의 아이디어가 채용돼 기뻐보였다.

"잠깐만요. 그거 저도 입는 건가요?"

이제껏 조용했던 카린 씨가 곰 유니폼을 입은 밀을 가리켰다.

그렇지. 일하는 건 아이들만이 아니었다. 카린 씨도 일하게 된다. 일을 한다는 건 카린 씨도 이 유니폼을 입어야 한다는 것이다.

"아이들은 귀엽지만 저는……."

카린 씨의 나이는 분명 열일곱 살이었다. 일본이라면 고등학교 2학년에 해당된다. 곰 유니폼을 입기에는 창피할 나이일지도 몰랐다.

"카린 씨도 어울릴 것 같은데요."

"밀레느 씨는 입지 않으시니까 그렇게 말씀하실 수 있겠죠……."

"전 20대니까요. 카린 씨는 분명 열일곱 살이랬죠? 충분히 어울려요."

"저, 그런 창피한 옷차림으로 접객 같은 거 못해요."

지금 카린 씨, 창피한 옷차림이라고 했지? 그렇게 생각해도 그걸 입고 있는 본인 앞에서 말하다니…… 눈앞에 24시간 곰 복장을 하고 있는 사람이 있다고요. 접객만이 아니라 곰 복장으로 나쁜 녀석들을 쓰러뜨리고, 마물을 무찌르고, 왕도까지 가서 국왕과도 만났다고요.

"저는 부엌에서 어머니와 빵을 만들 거니까 입지 않아도 괜찮지 않나요?"

"아이들만으로는 접객이 불가능해요. 게다가 플로어 책임자는 카린 씨니까요."

이건 일단 얘기된 내용이다. 부엌 책임자는 모린 씨, 가게 안은 카린 씨가 아이들에게 지시를 내리기로 되어 있었다.

"하지만……."

카린 씨는 곤란한 표정을 지었다.

"후후, 농담이에요."

"밀레느 씨?"

갑자기 웃는 밀레느 씨에 카린 씨가 당황했다.

"이건 애들만 입을 거예요. 카린 씨가 입고 싶다면 준비할게요."

"안 하셔도 돼요."

그렇게 싫어하지 않아도 되는데…….

"하지만 곰 모자는 쓰는 게 나으려나."

우선 카린 씨는 입지 않는 것으로 일단락되어 안도의 표정을 지었다. 밀레느 씨는 밀의 곰 유니폼 모습을 보고 기뻐하고 있었다.

"밀, 입어줘서 고마워."

유니폼 비용은 얼마나 되냐 물으니 밀레느 씨가 사비로 내겠다고 했다.

"제가 꺼낸 말이니까요."

하지만 그건 미안하기도 하고 예비용도 필요할 것 같으니 그 몫은 내가 지불하기로 했다.

"그래서, 가게 이름은 어떻게 할 거예요?"

그때, 피나의 말에 모두가 다시 가게 이름을 고민하기 시작했다.

그리고 길고 긴 회의의 결과, 가게의 이름이 정해졌다.

"곰 씨 쉼터."

모두가 천천히 식사를 할 수 있는 가게가 되도록, 그렇게 이름이 지어졌다.

🎀 78 곰 씨, 가게를 열다

　가게의 이름이 정해지자, 간판은 밀레느 씨가 상업 길드에서 수배해주었다.

　그리고 가게의 이름이 『곰 씨 쉼터』라면 가게도 곰처럼 꾸미자는 아이디어가 나왔다.

　모두가 말하길, 곰 하우스처럼 한눈에 『곰 씨 쉼터』라는 걸 알 수 있는 가게가 좋다고 했다.

　"그래서, 제가 만드는 건가요?"

　"직원에게 맡기면 시간이 조금 걸리는데, 유나라면 만들 수 있지 않나요?"

　뭐, 곰 하우스를 만들었으니까요.

　"근데 이미 건물이 있으니까 제 집처럼은 못 만들어요."

　"그 부분은 유나에게 맡길게요. 유나의 마법으로 어느 정도 만들 수 있는지 모르니까요."

　그런 이유로 내가 가게를 곰답게 꾸미기로 정해졌다.

　하지만 곰다운 가게라는 건 대체 어떤 가게냐고. 외관은 이미 지어져 있으니 곰 하우스처럼 할 수는 없었다. 의외로 귀찮은 일을 맡은 것 같다.

　이야기가 끝나자 모두 각자의 일과 집으로 돌아갔다.

밀레느 씨와 티루미나 씨는 간판과 유니폼 이야기를 하러 상업 길드로 향했다. 모린 씨와 카린 씨는 정리정돈을 하기 위해 부엌으로 이동했다. 밀과 고아원 아이들은 오늘 연습으로 만든 빵을 고아원에 가지고 돌아갔다. 헬렌 씨도 돌아갔고 노아도 메이드인 라라 씨가 마중 나와 돌아갔다. 남은 건 피나와 슈리 두 사람이었다.

"이제 가게가 열리면 언제든지 푸딩을 먹을 수 있겠네요."

"꼬끼오알의 개수에 맞게 만드니까 그렇게 많이 만들지 못하지만 말이야."

상업 길드에도 알을 정기적으로 팔아야 하기 때문에 그 부분은 티루미나 씨와 밀레느 씨가 상의해서 결정하기로 되어 있었다. 피나는 이미 푸딩 만드는 방법을 알고 있고, 스스로도 만들 수 있기 때문에 푸딩을 먹으러 일부러 가게까지 올 필요는 없었다.

"그래서, 두 사람에게 묻는 건데, 곰다운 가게라는 건 어떤 가게라고 생각해?"

"곰님이요!"

"뭔가, 곰 장식품이라도 두는 건 어때요?"

곰 장식품이라……. 곰 하우스도 만들 정도이니 그거라면 마법으로 만들 수 있으려나?

우선 가게 입구에 곰 장식품 두 개를 설치하기로 했다. 곰 장갑에 마력을 모아 상상을 했다. 원래 세계에서는 넨드로이드[#1]라는 2·5등신의 귀여운 피규어가 있었다.

재료는 점토. 색이 필요한데…… 마법으로 여러 종류의 색으로 된 흙을 모았다. 아무래도 예쁜 채색은 어렵겠지만 단색보다는 색조가 늘어날 것이다.

이후, 넨드로이드 풍의 둥글둥글한 2등신짜리 커다란 곰 장식품이 만들어졌다.

"귀, 귀여워요!"

"곰님!"

두 사람은 넨드로이드 풍의 곰 장식품을 만지려 달려갔다.

"이런 느낌으로 괜찮으려나?"

"네. 귀여워서 괜찮은 것 같아요."

두 사람에게 좋은 반응을 얻었으니 2층과 바깥의 눈에 띄는 곳에 넨드로이드 풍의 곰을 계속 설치했다. 곰 장식품을 만든 건 좋은데, 새삼 정면에서 건물을 바라보니 무슨 가게인지 알 수가 없었다. 절대로 빵을 파는 가게라고는 생각되지 않았다. 다시 돌아와 커다란 곰이 빵을 들고 있는 모습을 만들기로 했다. 이것으로 조금은 빵집처럼 보이려나?

가게의 외부 장식은 끝났으니 다음은 정원으로 향했다. 다 함

#1 넨드로이드 일본의 소형 플라스틱 피규어 상표.

께 논의한 결과, 여기도 오픈 카페로 꾸미기로 정했다. 밖에서 먹는 식사는 맛있다며 모두가 찬성했기 때문이다. 그래서 정원에도 곰 장식품을 만들어 설치했다. 같은 모양만으로는 재미가 없으니 여러 스타일의 모양을 만들었다.

나무에 오르려는 곰, 펀치를 날리는 곰, 엄마 곰과 아기 곰, 자고 있는 곰. 이런 게 오브제라는 건가.

슈리는 장식품들 쪽으로 달려가더니 자고 있는 곰에게 안겼다.

"슈리, 옷 더러워지잖아."

피나는 슈리를 데리고 돌아왔다.

"곰님……."

슈리가 아쉬워했지만 카페테라스는 이 정도로 장식하고 두 사람을 데리고 가게 안으로 들어왔다.

"가게 안에도 만드시려고요?"

"으음, 여기까지 장식하면 얼추 될 것 같은데. 어디에 만들까?"

가게 안에는 테이블이 있고, 통로에 만들 수도 없었다.

"무리하게 큰 거는 만들지 말고 작은 곰님이라도 만들어 보세요."

확실히 그렇네.

나는 가게 안을 둘러보고 테이블을 봤다. 여기면 괜찮으려나?

나는 테이브로 다가가서 테이블 정 가운데에 넨드로이드 풍의 2등신짜리 작은 곰을 설치했다.

"작은 곰님이다!"

슈리는 의자에 앉아 테이블에 있는 곰을 만졌다.

"슈리, 만지면 안 돼."

"그렇지만 귀여운 걸."

슈리의 행동을 보니 장식품을 들고 갈 손님이 나올 것 같았다. 나는 마법을 추가해서 테이블에서 떨어지지 않도록 고정했다. 슈리에게 「만져도 떨어지지 않아」라고 말하자 슈리는 열심히 힘을 줬지만 떨어지지 않는 모양이었다. 이것으로 가지고 갈 일은 없겠지?

다른 테이블에도 똑같이 여러 포즈의 곰을 설치했다.

두 발로 일어선 곰, 싸우는 곰, 잠자는 곰, 달리는 곰, 포개진 곰, 춤추는 곰, 검을 든 곰, 물고기를 잡는 곰, 꿀을 먹는 곰, 겨루고 있는 곰 등 여러 곰 장식품을 이용해 테이블을 꾸몄다.

테이블 장식이 끝나고 벽, 기둥에도 기어오르는 곰, 매달려 있는 곰, 발톱을 가는 곰을 설치했다. 가게 내 이곳저곳에 2등신 곰 피규어가 장식되었다.

이걸로 됐나?

내가 만족하고 있자 2층에서 카린 씨가 내려왔다.

"유나 씨, 뭘 하고 계세요?"

"곰다운 느낌이 들게 꾸며봤어요."

카린 씨는 가게에 장식되어 있는 2등신 곰 피규어를 봤다.

"귀엽네요. 이런 곰이라면 숲에서 만나도 안 무섭겠어요."

카린 씨는 테이블 위의 곰을 손가락으로 쿡쿡 찔렀다.

"손님이 올까요?"

그리고 걱정스러운 듯 중얼거렸다.

모르는 지역, 새로운 가게, 새로운 먹을거리. 그런 불안감이 있을 것이다.

"올 거예요. 이곳저곳에 선전도 부탁했으니까. 게다가 모린 씨의 빵에 피자, 푸딩, 포테이토칩에 감자튀김도 있으니까요."

"포테이토칩이랑 감자튀김, 맛있었어요."

시식으로 선보였을 때 평이 좋았기 때문에 가게에서도 판매하게 됐다.

"그리고 빵에 치즈도 잘 어울리던데요. 정말 맛있었어요."

"치즈는 재고가 조금 불안해요. 자칫하면 팔리는 상태에 따라 부족하게 될 수도 있어요."

치즈는 빵, 피자에 사용하기 때문에 사용량이 많았다. 감자와 같이 재고가 걱정이었다.

"치즈는 어디에서 구입하세요?"

"왕도로 팔러 왔던 할아버지에게서 산 거예요."

"왕도로요? 그렇다면……."

"괜찮아요. 마을의 위치를 물어뒀으니 모자라면 사러 갈 거예요."

"감자는 어때요?"

"다음 달 지나서 고아원에 도착할 건데 제때 오지 않으면 내가 사러 갈 수 밖에 없을 것 같아요."

가는 건 귀찮으니 다 떨어지기 전에 와주면 좋겠지만……. 그래도 피나의 얘기로는 가끔 마을에서도 팔고 있다고 한다. 그 부분에 대해서는 티루미나 씨에게 맡겼다.

"그만큼 손님들이 오면 좋겠네요."

"그렇죠."

가게 개점은 10일 후를 예정하고 있다. 그때까지는 간판이나 유니폼도 완성된다고 했다. 전단지도 만들어 상업 길드와 모험가 길드에서 붙여주기로 예정되어 있었다.

나머지는 아이들이 열심히 하기 나름이었다.

내가 만든 곰 피규어는 모두에게 큰 호평을 얻었다.

밀레느 씨에게 간판 옆에도 만들어 달라는 부탁을 받아 거절하지도 못하고 곰 피규어를 간판 옆에 안겨있는 것처럼 만들었다.

일단 내가 가게의 오너이지만 성가신 절차나 교섭은 밀레느 씨가 솔선해서 진행해줬다. 가게에 필요한 식기나 잡화, 식재료 등도 저렴하게 구해줘서 밀레느 씨에게 받는 부탁은 거절하기 어려운 점도 있었다.

그나저나, 나로서는 도움이 되어 괜찮지만 본업 쪽은 괜찮은 걸까.

넌지시 물어보니, 「이것도 상업 길드의 일이니까 문제는 없어요」라고 대답했다.

유니폼도 완성돼서 아이들이 기뻐했다. 여분의 유니폼이나 일손이 부족할 때 도와줄 피나와 슈리의 몫도 준비했다.

아이들도 요리의 이름과 가격을 외우며 계산 연습을 했다. 그런 뒤 요리도 외우고, 접객 인사 연습을 했다. 아이들은 약한 소리도 없이 열심히 공부했다.

그리고 개점 당일, 모두가 긴장했다. 아이들은 안절부절못해서 몇 번이고 밖을 쳐다봤다. 평온한 사람은 모린 씨와 나 정도였다. 개점 시간이 되고 가게를 열었지만 누구 한 명도 오지 않았다.

"아무도 안 오네요."

카린 씨가 입구를 쳐다봤다. 아무도 들어올 낌새는 없었다.

"뭐, 이제 막 개점했으니까요."

의욕적이었던 아이들도 아쉬워하는 듯 했다.

흠, 선전이 부족했나?

일단 상업 길드에서는 밀레느 씨, 모험가 길드에서는 헬렌 씨가 전단지를 붙여서 선전을 해주기로 되어 있었다. 그 밖에도 지인들에게 전단지를 붙여 달라고 부탁해뒀다.

가게를 열고 잠시 기다리고 있는데 첫 손님이 들어왔다.

"어이, 내가 왔다."

와 준 것은 모험가 길드의 길드 마스터였다.

"어서 오세요."

원래라면 아이들이 접객을 하지만 길드 마스터였기 때문에 내가 접객을 하기로 했다.

"그건 그렇고, 이상한 가게네."

길드 마스터가 가게 안을 둘러보며 말했다. 가게 내부에는 곰 피규어가 여러 곳에 장식되어 있었고, 접객하는 아이들은 곰 유니폼을 입고 있었다.

"역시, 들어오기 꺼려졌나요?"

"바깥에 있는 곰 말이구나. 어떠려나? 확실히 사람에 따라 들어오기 꺼려질 수도 있겠지만, 반대로 궁금해서 안으로 들어오지 않을까?"

분명 눈에 띄니까. 일단 곰이 빵을 들고 있어 빵 가게를 연상시키고 있으니 말이다.

"그래서 무엇을 주문하실 건가요?"

카운터까지 같이 걸어가 물었다.

"추천 메뉴 있나?"

"피자, 햄버그와 빵은 식사용이고 감자 종류는 간식용, 푸딩은 디저트예요. 뱃속이랑 상담해보세요."

주문 방법은 안쪽 카운터에서 주문을 하고 돈을 지불한 뒤 상품과 교환하는 시스템으로 되어 있었다. 피자는 굽기 때문에 잠시 기다리게 된다.

"그렇군. 그렇다면 헬렌에게 피자가 맛있다고 들었으니 그걸 부탁하지."

"그리고 마실 거는 어떤 걸로 하시겠어요? 피자는 느끼하니까 산뜻한 음료를 추천해요."

"그럼 음료는 오렌으로 부탁해."

카운터에 주문을 하고 길드 마스터에게 계산하도록 안내했다.

몇 분 후, 모린 씨가 피자를 굽고 곧바로 아이들이 가져다주었다.

"이게 피자란 거군."

길드 마스터는 처음 보는 피자를 흥미롭게 쳐다봤다. 그리고 피자와 오렌 과즙을 받아 들고 자리로 향했다.

"그럼 먹어볼까."

길드 마스터는 피자를 한 입 먹었다. 그리고 두 입, 세 입으로 이어갔다.

"맛있잖아?"

길드 마스터의 손은 멈추지 않고 모든 피자를 순식간에 먹어 치운 후, 마지막으로 오렌 과즙을 남김없이 마셨다.

"입에 맞는 것 같아서 다행이네요."

"다른 음식들도 맛있나?"

"그건 직접 확인해보라는 말밖엔 할 수 없죠. 맛의 취향은 사람마다 다르니까요."

"그렇군, 추가 주문을 할 경우엔 어떻게 하면 되지?"

"조금 전과 같이 카운터에 가서서 구입해주시면 돼요."

"그렇군."

길드 마스터는 일어나 카운터로 향하더니 햄버그를 주문했다. 길드 마스터는 햄버그도 맛있게 먹고 만족해하며 가게를 나갔다.

시간이 지나고 서서히 사람들이 찾아왔다.

가게를 열었던 시간이 안 좋았던 것일 수도 있었다. 점심시간이 다가오면서 손님들이 늘어났다.

길드 마스터와 헬렌 씨 덕분인지 모험가들도 찾아왔다. 처음에는 곰 장식품에 웃는 사람들도 있었지만 내가 노려보자 입을 닫고 조용히 음식을 주문했다. 모험가들은 빵과 피자를 주문했다. 거기에 내가 포테이토칩과 감자튀김도 권유하자 순순히 주문해주었다. 그리고 음식을 다 먹은 모험가들은 만족해하며 돌아갔다.

그 뒤로도 밀레느 씨와 전단지의 효과로 일반 손님들도 와주었다. 응, 첫날치고는 좋은 느낌이다.

……그렇게 생각하고 있을 때가 제게도 있었답니다. 점심시간이 지나면서부터 손님은 줄기는커녕 늘어만 갔다.

아무래도 점심을 먹은 손님들이 소문을 내주는 모양이었다.

곰 장식품이 소문을 일으켰고, 맛있는 빵이 손님을 불렀으며, 푸딩으로 더욱 손님이 늘어났다. 얼마나 팔릴지 예상을 못한 것도 있고, 꼬끼오알의 재고도 생각해서 푸딩을 300개 준비했지만 그 푸딩도 줄어갔다. 알값이 내려갔다고 해도 푸딩의 가격은 아직 조금 비쌌다. 그런데도 여자 손님들이 차례차례로 사갔다. 손님한 명당 한 개까지로 구매를 제한했지만 다 먹으면 재차 주문을하는 사람도 있었다. 주문을 할 때 주의를 줄 수는 있지만 다 먹은 뒤에 하나 더 주문하면 확인을 할 수 없었다.

게다가 이번에는 일을 마친 모험가들이 찾아드는 시간이 됐다. 길드 마스터와 헬렌 씨, 선전을 너무 한 거 아닙니까! 기분 좋은 비명에 울게 됐다.

푸딩의 재고가 떨어져 낙담하고 돌아가는 사람도 늘었다. 만들어 둔 빵은 순식간에 없어져 모린 씨는 새롭게 빵을 구웠다. 아이들도 도와줬지만 주문이 많았다. 피나도 중간부터 도와줬다.

나는 가게 내부에서 트러블이 생기지 않도록 접객을 했다. 모험가들이 소동을 피우면 카린 씨와 아이들로는 대처가 불가능했다.

점심시간대가 지나면 종업원들의 점심시간이라고 생각했지만 먹을 시간도 없었다.

식재료도 없었고, 저녁시간대에 식사를 낼 수 없을 것 같아서 저녁 시간대 전에는 가게 문을 닫게 됐다.

79 곰 씨, 모험가 길드에 의뢰를 하다

"피곤하다~."

"네, 피곤하네요."

의자에 앉아 모두가 쉬었다. 항상 활기찬 아이들도 지친 듯 했다.

"설마 손님들이 이렇게나 많이 올 줄은 나도 몰랐네요."

모린 씨가 쓴웃음을 지으며 차를 마셨다.

"어째서 이렇게나 손님이 많은 거죠? 크리모니아에는 빵 가게가 없나요?"

카린 씨가 테이블에 엎드린 채 물었다.

"있어요. 그만큼 모린 씨의 빵이 맛있었다는 거죠."

내가 모린 씨의 빵을 칭찬하자 카린 씨는 기뻐했다.

"유나 씨의 피자나 푸딩도 잘 팔렸어요. 피자를 몇 개나 구웠는지 몰라요."

모린 씨의 빵뿐 아니라 피자와 푸딩, 감자튀김도 잘 나갔다.

"그런데 이러면 내일은 큰일이겠는데요."

모린 씨의 말에 찬성이었다. 손님도 그랬지만 이대로라면 식재료도 모자라게 될 것이다.

"모린 씨, 부엌 쪽은 어떠세요?"

"빵은 전날 준비해서 이른 아침에 굽는데, 양을 늘리려면 화덕이 조금 더 필요해요. 그렇다면 동시에 굽는 게 가능할 테니까요."

화덕만 늘리는 것이라면 간단하게 할 수 있었다.

"나머지는 피자 주문이 들어올 때마다 굽거나 잘 나가는 빵을 추가로 굽는 것뿐이니까요. 아이들도 도와줘서 어떻게든 될 거예요. 다만, 손님의 수가 오늘과 같다면 내일 준비가 큰일이에요. 충분히 준비하지 않으면 오늘처럼 돼 버릴 거예요. 쉴 수 있는 시간이 없는 건 안 좋네요."

분명 그랬다. 전날 빵을 준비해서 이른 아침부터 빵을 굽고, 다 구워지면 가게 문을 열 것이다. 이래서는 쉴 시간이 없었다. 휴식이 없으면 효율이 나빠지고 실수의 원인이 되기도 한다.

"가게를 여는 시간을 늦추는 건 어떨까요? 손님이 늘어난 건 점심 즈음이었기도 했으니 그때까지 준비한 후, 일을 시작하기 전에 점심식사를 해두면 오늘과 같은 일은 일어나지 않을 것 같은데."

오늘은 아이들에게는 식사를 하게 할 수 있었지만 모린 씨와 카린 씨, 나는 먹지 못했다.

"그렇게 해준다면 고맙죠. 아이들도 쉽게 해주고 싶으니."

모린 씨는 아이들을 봤다. 아이들은 의자 위에서 꾸벅꾸벅 졸고 있었다. 첫날이라고 긴장도 했을 테고, 지쳤을 것이다.

"그리고 폐점 시간 말인데요. 하루치의 재료를 정해서 그게 떨어지면 문을 닫아주세요."

모린 씨는 빵이 다 팔릴 적마다 빵을 추가했다. 그래서는 끝이 보이지 않았다.

"괜찮아요?"

"딱히 돈을 벌려고 만든 게 아니고, 모린 씨 모녀가 빵 가게를 유지할 수 있고 아이들이 일을 할 수 있다면 문제는 없어요. 물론 적자면 곤란하겠지만. 지금 팔리는 걸 보면 충분하겠죠?"

나는 상황을 보러 왔다가 중간부터 도와준 티루미나 씨에게 물었다.

"그래, 충분히 이익은 나고 있어. 하지만 가게를 구입한 금액을 생각하면 벌 수 있을 때 버는 게 좋을 거라 생각하는데."

"그건 신경 쓰지 않으셔도 돼요."

"신경 쓰지 않아도 된다니, 그러면 유나가 곤란하잖아."

딱히 곤란할 건 없었다. 원래 세계에서 벌어놓은 돈은 아직 많이 있었다. 마물 퇴치로 얻은 돈도 있었다. 그래서 적자가 되지 않는다면 아무런 문제는 없었다.

"게다가 식재료에는 한계가 있고, 없으면 만들 수가 없어요. 꼬끼오알에 치즈, 감자도 이 상태로 사용한다면 금방 떨어질 거예요. 그러니 하루에 사용하는 몫을 정해서 생각하면서 쓰는 게 좋아요."

하루에 쓸 수량을 정하면 준비도 수월해지는 장점이 있었다.

"하긴, 밀가루 이외에는 구하기 어려운 것들이 많지. 꼬끼오알도 상업 길드에 도매할 양을 이 이상 줄일 수도 없고 말이야."

가게를 열기 위해 상업 길드에 도매할 꼬끼오알의 양을 줄였다. 그래서 푸딩의 수도 늘릴 수는 없었다. 감자나 치즈도 다시 들일 때가지 신중하게 써야 했다.

만약 제공하는 양을 늘린다고 해도 그건 식재료를 확실하게 확보할 수 있게 된 후다. 애당초 이렇게 사람들이 많이 올 줄은 몰랐다.

"그리고, 6일에 한 번씩 쉬는 날을 하루 넣을게요."

"쉬는 날?"

이 세계의 사람들은 웬만한 일이 아니고서야 쉬지 않았다. 식당도 여관도, 쉬는 걸 본 적이 없었다. 그만큼 일하는 시간 중에 자유롭게 시간을 만들어 여러 일을 하고 있었다. 하지만 이 가게에서는 자유로운 시간이 없었다. 개점 중에는 손님들 상대, 끝나면 뒷정리, 준비 등 할 일이 많았다.

무엇보다도 아이들에게 휴식은 필요했다.

"가게를 열지 않는 날이에요. 쇼핑을 해도 좋고, 자는 것도 좋아요. 활기차게 일을 하기 위해서 쉬는 날이죠."

"휴일이라니, 괜찮겠어? 매출이 떨어질 거야."

"사실은 교대로 쉬게 하고 싶지만 사람이 없으니까요."

이 세계에서는 아이들도 일을 하지만 어느 세계든 아이는 아이다. 노예가 아니니 쉬게 해주지 않으면 가여웠다. 손님들보다도 아이들을 우선적으로 생각했다.

"다음으로 플로어 쪽, 곤란했던 점이 있었나요?"

나도 일단 가게 안에 있었지만 플로어 담당인 카린 씨에게 물었다.

"손님이 곰 장식품을 가지고 갈 것 같았어요."

확실히, 테이블에서 떼어내려고 한 손님이 있던 건 봤다. 하지만 테이블에 고정해서 떨어지지 않도록 해뒀기 때문에 가지고 갈 수는 없었다.

"그리고 곰 장식품을 줬으면 좋겠다고 말하는 손님도 있었어요."

"파는 게 아니니 비매품이라고 종이를 붙일까…… 또 다른 거 있나요?"

가게 내부 담당 조에게 물어봤다.

"카운터에서 줄을 설 때 시간이 오래 걸려 화를 내는 사람도 있었어요."

"내일은 카운터를 하나 더 늘릴까? 그리고 푸딩만 사는 손님도 꽤 있었으니 푸딩이 든 냉장고는 카운터 옆에 둬서 시간을 단축시키는 게 나으려나?"

오늘 하루의 문제점을 캐내면서 이야기를 나눴다. 장사라는 거, 꽤 어려운 거였네. 원래 세계에서 장사 경험이 있었다면 이렇게 허술하진 않았을 것 같은데. 은둔형 외톨이인 열다섯 살 여자아이에겐 만화와 텔레비전으로 본 정도의 지식밖에 없었다. 더구나 성실하게 본 게 아니라서 흠투성이였다.

하지만 모두들 덕분에 무사히 첫날을 마칠 수 있었던 건 틀림없었다.

티루미나 씨는 일어나서 개점 시간의 변경, 휴일을 적으러 상업 길드 등 전단지가 붙어 있는 곳으로 향했다.

하지만 시간적으로 늦었을 수도 있었다. 대부분의 사람들은 모르고 찾아올 것이다. 오늘 같은 시간대에 와주면 좋겠지만 아침부터 올 수도 있었다. 그 외에도 트러블이 발생할 가능성도 있었다. 오늘은 내가 눈에 불을 켜고 있었지만, 눈이 닿지 않을 경우도 있었다. 우리 가게에는 여자, 아이들 밖에 없다. 무슨 일이 일어날 경우에 나만으로는 대처가 불가능 할 수도 있었다.

그 트러블을 방지하기 위해 나는 모험가 길드로 향했다.

"유나 씨, 이런 시간에 어쩐 일이세요?"

길드에서 나오는 헬렌 씨를 만났다.

"헬렌 씨는 이제 돌아가는 길이에요?"

"네, 교대 시간이 돼서 돌아가려는 중이에요. 유나 씨는 어쩐 일이세요?"

"의뢰를 하러 왔어요."

"의뢰 말인가요?"

"그게 말이죠. 사전에 트러블을 방지할까 해서요."

간단하게 오늘 일을 설명했다. 예상 외로 손님이 많았던 것, 그에 따라 영업시간을 변경하게 된 것, 아이들을 지키기 위해 경비를 서줄 모험가를 고용하고 싶다는 것을 말했다.

"어쩐지 죄송하네요. 제가 선전을 너무 했나 봐요."

"헬렌 씨는 잘못 없어요. 제가 앞날을 무르게 본 것뿐이에요."

"그래서, 의뢰를 하시려는 건가요?"

"우리 가게는 아이들이 일하고 있잖아요. 그래서 감시를 해줄 모험가라도 고용할까 해서요."

"그렇네요. 유나 씨 가게에서는 고아원 아이들이 일하고 있으니까 필요할 수도 있겠네요."

"우선 경비는 7일간 정도를 생각하고 있는데 이런 일을 받아 줄 모험가가 있을까요?"

"그건 의뢰비에 따라 다를 거예요. 모험가들은 돈으로 움직이니까요."

"돈 말이군요. 적당한 값을 모르는데, 얼마 정도 지불하면 좋을까요?"

다소 돈이 들더라도 안전을 보장할 수 있다면 싼 편이었다. 돈을 아껴서 아이들이 다치게 된다면 원장 선생님을 뵐 면목이 없었다. 그런 일이 일어나지 않도록 하기 위해 강한 호위를 고용하고 싶었다.

"으음, 모집하는 랭크에 따라 다르죠. 의뢰 내용은 가게 경비. 상대가 일반 시민이라면 낮은 랭크의 모험가들이라도 괜찮은데,

만약 높은 랭크의 모험가가 난동을 부릴 경우에는 낮은 랭크의 모험가로는 대처가 불가능해요."

그런 무법자는 없을 것 같지만 모험가 길드에서 만났던 데보라네의 일도 있었다. 없다고는 단정 지을 수 없었다.

"유나랑 헬렌 씨, 뭐하고 있어요?"

그때, 고블린 토벌을 함께 한 루리나 씨가 나타났다. 토벌 후에도 모험가 길드에서 몇 번 만난 적이 있었다. 루리나 씨의 뒤에는 데보라네의 파티 멤버들도 있었다. 내게 얻어맞은 데보라네, 입이 거친 란즈, 말이 없는 길이었던가? 모두가 다 나타났다.

그건 그렇고 루리나 씨는 어째서 이런 멤버들과 함께 있는 걸까?

설마 별난 게 취미인가?

"유나, 실례되는 생각을 하고 있진 않겠지?"

설마, 마음을 읽는 스킬을 갖고 있나?

"어째서 루리나 씨 같은 미인이 이런 파티에 있는 건지 의문이었던 것뿐이에요."

"내 정식 파티 멤버는 아니야. 임시 멤버이지. 이 파티, 보다시피 『뇌근육』이잖아?"

응, 분명 세 명 모두 뇌가 근육인 타입이었다.

"그래서 한 번 파티를 맺게 됐지. 그대로 시간이 흘러 지금까지 이르게 된 거야."

"이제 그만 우리와 정식으로 파티를 만들자고."

“싫어. 정식으로 맺는 거라면 유나 같은 귀여운 아이가 좋아.”

루리나 씨는 그렇게 말하곤 나를 껴안았다. 이전에 내가 공주님 안기를 한 뒤로 이렇게, 루리나 씨는 곰 옷을 마구 만지게 됐다.

“그래서 유나는 어쩐 일이야?”

“가게 호위 의뢰를 내려고요.”

“가게? 그 소문의 가게 말이야?”

조금 생각하더니 짐작이 간 모양이었다. 그 소문이 좋은 소문인지 나쁜 소문인지 신경이 쓰이는데…….

“어떤 소문인지 모르지만. 아마 그 가게일 거예요. 경비를 부탁하려고 헬렌 씨와 얘기하고 있었어요.”

헬렌 씨에게 한 설명을 다시 했다.

“그래서 곤란한 손님이 있으면 위협해줄, 아니지, 부드럽게 돌려보내줄 모험가를 고용할까 생각해서요.”

“그렇군. 그렇다면 우리가 할까?”

“괜찮아요? 저는 고마운데…….”

“괜찮아.”

“마음대로 정하지 마, 루리나.”

내 의뢰를 받아들여 주려고 하는 루리나 씨를 옆에서 저지하는 자가 있었다.

“데보라네?”

“나는 안 할 거야.”

"데보라네 씨가 그렇다면 저도……."

"……."

데보라네가 반대하자 란즈도 반대했다. 길은 언제나처럼 입을 열지 않았다.

"그래, 그렇다면 임시 파티도 해산이야."

"기다려, 그건……."

"당연한 거 아냐? 자기들만 내가 필요할 때 이용하고, 내가 너희들을 필요로 할 때 도와주지 않는다면 이런 파티에 참가할 필요는 없어."

루리나 씨는 그렇게 말하더니 내 쪽을 봤다.

"유나, 나 혼자라도 괜찮아?"

"나도 할래."

"길?"

"음식이 맛있다고 들었어. 먹게 해준다면 나도 돕지."

"길, 배반이야."

데보라네가 길의 어깨를 쥐었다.

"일전에 그녀에게 신세를 졌어. 게다가 루리나의 말에 찬성해."

"고마워, 길."

루리나 씨는 길에게 감사 인사를 했다. 길은 말수는 적지만 데보라네와는 다를지도 몰랐다. 두 사람은 아무런 말없이 서로를 노려봤다. 그리고 마지막에는 데보라네가 눈을 피했다.

"맘대로 해! 가자, 란즈."

"네. 데보라네 씨."

두 사람은 루리나 씨와 길을 두고 떠났다.

"괜찮아요?"

"괜찮아. 유나와의 일이 있은 후에 헤어지려고 했는데 붙잡혔었거든. 오늘까지 계속 함께 해왔지만 말이지. 슬슬 때가 된 것 같아."

"모험가를 그만 둘 때는 말해주세요. 우수한 인재는 절찬 모집 중이니까요."

"그땐 잘 부탁해."

립 서비스로 받아들여 둬야지. 그렇지만 진짜로 모험가를 그만둔다면 도움 받고 싶은 부분이 많이 있었다. 루리나 씨라면 성격적으로도 능력으로도 문제없었다.

"그래서 경비 말인데요, 7일간 정도 부탁하고 싶은데 괜찮나요?"

"응, 괜찮아. 그리고 의뢰비는 나도 식사로 괜찮아."

"아뇨, 식사도 의뢰비도 확실히 지불할게요."

"저기, 두 사람 모두, 그 애긴 길드를 통해서 의뢰를 제대로 받아주셔야 해요."

조용히 듣고 있던 헬렌 씨가 끼어들었다. 헬렌 씨의 말은 당연한 말이었다. 나는 모험가 길드에 의뢰를 내고 루리나 씨의 일행이 수락하는 형태가 됐다. 의뢰비는 『곰 씨 쉼터』의 식사와 소정의 은화로 정했다.

무사히 경비를 부탁하고 곰 하우스로 돌아갔다. 뒤편에서 일을 돕는다지만 은둔형 외톨이에겐 피곤한 하루였다. 곰 욕조에 들어가 피로를 씻어냈다. 역시 욕조가 있는 문화는 최고네. 곰 욕조에서 나와 흰 곰 옷으로 갈아입고 이불 속으로 들어갔다.

🎀 80 곰 씨, 가게를 연 지 이틀째

다음 날, 가게로 갔더니 이미 루리나 씨와 길이 있었다.

"안녕하세요."

"좋은 아침, 유나."

"……"

대답을 해주는 루리나 씨와 말이 없는 길.

"소문대로의 가게네."

"뭐죠? 그 소문이라는 거. 어제도 말하시던데."

"딱히 이상한 건 아니야. 「모험가 곰이 가게를 냈다」라고 퍼졌고, 가게가 저택 같다는 둥, 이상한 곰 장식품이 있다는 둥, 안에서 맛있는 냄새가 난다던가, 그곳에서 일하는 아이들의 모습이 유나를 쏙 빼닮았다는 둥, 그런 류의 소문이야."

확실히 이상한 건 아니었다. 전부 사실이었다. 하지만, 뭘까. 이 납득이 되지 않는 느낌은…….

"그래서, 우리는 뭘 하면 되는 거지?"

"어제도 얘기했지만. 우선은 가게에 손님이 오면 개점은 점심시간부터라고 전해주세요. 그리고 가게가 열리면 트러블이 생기지 않도록 봐주셨으면 좋겠어요. 아이들에게 위해를 가할 사람은 없겠지만 지켜주셨으면 좋겠어요."

"알았어. 뭐, 길도 있으니까 불평하는 사람은 없겠지. 있다고 해도 길이 쏘아보면 조용해질 거야."

루리나 씨는 길의 근육질 등짝을 쳤다. 강하게 때리는 듯 보였지만 길은 미동도 하지 않았다.

"일단은 손님이니까 폭력사태는 일으키지 말아주세요."

"당연하지. 일반인에게 그런 짓은 안 해. 위협 정도지."

"혹시 무리일 것 같으면 불러주세요. 제가 대응할 테니까요."

바깥일은 두 사람에게 맡기고 나는 가게 안으로 들어왔다. 안에서는 빵을 굽는 맛있는 냄새가 났다. 부엌으로 가자 모린 씨와 아이들이 돌아다니고 있었다. 모린 씨 모녀는 빵을 구우면서 아이들에게 지시를 내렸다. 아이들은 열심히 작은 몸으로 일하고 있었다. 장래엔 빵 가게를 열게 될 아이도 있을지 몰랐다.

"언니, 안녕하세요."

한 아이가 내 존재를 알아채자 나머지 아이들이 활기차게 인사를 해주었다. 하지만 그 얼굴에는 피로가 보였다.

모린 씨 모녀는 익숙해져 있어서 괜찮은 듯 했지만 아이들은 익숙하지 않은 일을 하고 있었다. 어제도 밤늦게까지 오늘 개점 준비를 했을 것이다. 게다가 오늘도 이른 아침부터 일을 하고 있었다.

빵이 다 구워지면 개점 때까지 쉴 수는 있었다. 하지만 불과 기름을 사용하는 일이기 때문에 피로가 쌓인 채로는 위험했다. 나는 부엌을 돌아다니며 아이들의 머리에 곰 장갑을 낀 손을 댔다.

"곰 언니?"

갑자기 머리에 손을 올려두니 한 여자아이가 고개를 갸웃거렸다.

"힐. 조금만 더 힘내자."

나는 아이들 전원에게 체력 회복 마법을 사용했다. 이것으로 괜찮을 것이다. 아이들은 무슨 일이 일어났는지 알지 못하고 고개를 갸웃거렸다. 마지막으로 가게 안을 한 번 둘러보고 바깥의 루리나 씨가 있는 곳으로 돌아갔다. 바깥으로 나오자 때마침 손님에게 설명을 하고 있는 루리나 씨가 보였다. 설명을 들은 손님은 순순히 돌아갔다.

"괜찮아요?"

"괜찮아. 설명하니까 다들 돌아가 줬어. 뭐, 길 덕분이라고 생각하지만 말이야."

"서 있을 뿐이야."

"뒤에서 길이 서 있는 것만으로 모두가 내 이야기를 들어주는 거니까 도움 받고 있는 거야."

"……."

일반 시민이 모험가에게 싸움을 거는 경우는 없는 것 같았다.

"모험가 쪽은 괜찮아요?"

"그거야말로 걱정 마. 이 가게가 누구의 가게라고 생각하는 거야?"

"으음~, 저요?"

"그래, 유나의 가게잖아. 처음에 모험가 길드에 와서는 열 명 이상의 모험가를 찍어 누르고, 고블린 킹을 쓰러뜨리고, 게다가 블랙 바이퍼를 무찌른 모험가. 그런 유나에게 싸움을 거는 바보는 없어. 있다면 새파란 신입이거나 이 마을 이외의 곳에서 활약하고 있는 모험가겠지. 그런 사람이 오면 진짜로 길의 일이 되겠지만 말이야."

"맡겨둬."

"고마워요, 가게 열면 좋아하는 거 드셔도 돼요."

그렇게 안심하고 다시 가게 안으로 들어가 도와주기 위해 부엌으로 향했다.

부엌에서 준비를 돕고 있는데 루리나 씨가 조금 곤란한 얼굴로 가게 안으로 들어왔다.

"유나, 잠깐 괜찮아?"

"왜 그러세요?"

"저기, 나랑 길로도 손을 쓸 수 없는 아이가 와서……."

루리나 씨는 조금 곤란한 표정을 짓고 있었다. 『아이』라는 건 어른이 아니라는 거네.

"누가 왔나요?"

"귀족 여자아이야."

귀족 여자아이라는 건 한 명밖에 떠오르지 않는데…….

70

애당초 이 마을에 귀족이 얼마나 있는지도 모르니까 내가 떠올리는 인물이라고는 단정할 순 없지만 말이지.

"보통의 귀족이라면 어떻게든 하겠는데……."

확인을 위해 밖으로 나가자 길에게 들이대고 있는 금발 소녀가 있었다. 틀림없이 내가 알고 있는 인물이었다.

"안으로 들여보내 주세요. 저는 유나 님께 용건이 있다고요."

"잠시 기다려 줘. 지금 유나를 부르러 갔으니."

길이 곤란한 듯 입구를 거구로 막고 있었다. 역시 귀족 여자아이는 노아를 말하는 거였어. 언제까지 보고 있을 수만은 없었기 때문에 두 사람 앞으로 나섰다.

"노아, 뭐하고 있는 거야?"

"유나 님!"

노아는 나를 보자 기뻐했다. 그리고 길과 루리나 씨 쪽을 보고 불평을 토했다.

"제가 유나 님과 만나고 싶다고 했는데도 이 사람들이 안으로 들여보내주질 않잖아요."

"뭐, 두 사람에겐 가게의 경비를 부탁했으니까. 하지만 두 사람 모두 용케 노아가 귀족이란 걸 알았네요."

"영주님과 함께 있는 걸 몇 번 본 적 있었거든."

그렇군. 노아도 유명인이었어.

"그래서, 노아는 어쩐 일이야?"

"어쩐 일이 있어서가 아니에요. 요즘 일이 있어서 통 오질 못해서…… 그래서 오늘 와봤더니 이 가게는 뭐죠?!"

노아는 입구에 있는 2등신 곰 장식품을 가리켰다.

"얼마 전에 이름을 정할 때만 해도 없었는데……."

그녀는 볼을 부풀리면서 화를 냈다.

"그때 가게를 곰처럼 꾸미라는 이야기가 나왔잖아. 그래서 만든 거야."

확실히 노아는 그때 곰 장식물을 만들기 전에 라라 씨에 이끌려 돌아갔지. 그 후로 한 번도 오지 않았었고…….

"으……, 제가 모르는 사이에 이런 걸 만들었다니……."

"그래서 오늘은 무슨 일이야?"

"당연히 푸딩을 먹으러 왔죠."

그런 미워할 수 없는 미소로 말해도 곤란한데…….

"사실은 어제 오고 싶었는데 못 오게 돼서요. 이런 곰이 있었다면 훨씬 전에 왔으면 좋았을 걸."

이런 상태의 노아를 되돌려 보낼 수도 없어서 가게 안으로 들였다.

안으로 들어온 순간 노아의 움직임이 굳었다.

"뭐, 뭐, 뭐예요?!"

노아는 가게 안에 있는 곰 장식물을 보고 소리를 질렀다. 그리고 내게 다가와 곰 장갑을 쥐었다.

"부디, 저희 집에도 부탁드려요!"

"클리프 씨에게 혼날 거야."

"설득할게요! 모든 방에 부탁드릴게요."

"안 해도 되니까 이걸로 참아."

손을 풀고 곰 넨드로이드를 만들어 노아에게 건네줬다.

"고맙습니다. 평생 보물로 간직할게요!"

"안 해도 돼."

그런 흙으로 만든 인형을 평생의 보물로 간직해줘도 곤란했다.

노아는 곰 피규어를 소중히 품으며 가게 안에 장식되어 있는 곰을 하나하나 즐겁게 둘러봤다.

그리고, 한 마디―.

"전부, 갖고 싶어요."

그런 부탁은 당연히 기각했다.

"그러고 보니 최근에 뭐하고 지냈어?"

"왕도로 가 있던 동안 공부가 늦어지는 바람에 아버님이 가정교사를 붙여주셔서 공부를 하고 있어요."

확실히 왕도에서는 놀기만 했었다. 귀족의 딸이라면 공부는 필요하다. 바보 같은 귀족보다는 머리가 좋은 귀족이 되길 바랐다.

"하지만 아버님은 너무해요. 밖에는 전혀 안 보내주셨어요."

"공부를 하지 않았으니 어쩔 수 없잖아."

"가끔 숨 돌리는 정도는 해주셔도 된다고 생각해요."

"그럼, 푸딩을 대접할 테니까 공부도 열심히 하렴."

우선 노아를 자리로 안내했다. 노아를 혼자 두면 언제까지고 가게 안을 어슬렁거릴 테니 의자에 앉혔다. 하지만 앉아 있어도 고개를 돌리며 가게 안을 둘러봤다.

"조금 이르지만 푸딩 말고 다른 것도 먹을래?"

"괜찮아요?"

"괜찮아. 대부분은 조리가 간단한 거라서 바로 가져올 수 있어. 아, 하지만 푸딩은 한 개까지야. 이제 얼마 없거든."

노아에게 푸딩과 작은 피자와 과즙을 가져다주었다.

"아직 가게는 열기 전인가요? 분명 개점 시간은 지났는데……."

노아가 푸딩을 먹으면서 물어왔다.

"그게……."

나는 어제 있었던 일을 간단하게 설명했다.

"그건 어쩔 수 없네요. 한 번 먹게 되면 저 같아도 다른 사람에게 말하고 싶어지는 걸요."

"그래도 그 수가 예상 밖이었는걸."

"유나 님은 물러요. 이 푸딩 이상으로 생각이 물러요. 폐하의 탄신제에서 푸딩이 나왔을 때, 회장의 모습을 보여주고 싶었어요."

"폐하께 이야기는 조금 들었는데…… 푸딩을 만든 요리사를 알려달라고 하는 문의가 많았다고 하더라고."

"그건 당연하죠. 회장에서 푸딩이 나왔을 때, 모두 처음 보는 음식에 고개를 갸우뚱했었죠. 그런데 폐하가 푸딩을 권하고 모두가 먹더니 반응이 엄청났어요."

푸딩 하나로 그렇게 큰 소동이…….

"설마, 위험하려나."

"뭐가요?"

"여기서 판매하는 게 알려지면 만드는 방법을 알려달라고 강요해오는 사람이 나타날까 싶어서."

그렇게 되면 아이들이 위험한 일에 닥칠 가능성도 있었다.

"괜찮아요. 폐하가 아버님께 유나 님을 지켜봐달라고 직접 말씀하셨으니까요. 무슨 일이 있으면 이 가게는 폐하의 지시로 만들어진 게 될 거예요."

"그래?"

처음 듣는데?

"아버님께 들은 거니까 틀림없을 거예요."

"나, 들은 적이 없는데?"

"어쩌면 유나 님이나 모두가 불안해하지 않도록 한 배려일지도 모르죠. 그러니 제게 들었다는 건 조용히 해주세요. 상업 길드나 모험가 길드에 지시를 내렸다는 말도 들었으니까요."

그래서 모험가 길드의 길드 마스터가 먹으러 와줬던 건가?

하지만 내가 모르는 곳에서 클리프 씨가 그런 일을 해주고 있었다니……. 국왕의 명령이라고 해도 감사히 여겨야지.

"가게에 영주인 아버님이 관련되어 있고, 게다가 그 뒤에 왕족이 있으면 위해를 가하려는 자는 아무도 없을 거예요. 그러니까 무슨 일이 있다면 아버님께 말씀드리면 괜찮을 거예요."

영주에 국왕의 후원인가. 아이들의 안전을 생각하면 이 이상의 존재는 없었다. 감사히 폐하의 마음은 받아들이자. 되돌릴 수 있을 것도 아니고.

"게다가 푸딩도 그렇지만 빵도 피자도 맛있으니까요. 사람들이 모이는 건 어쩔 수 없는 것 같아요."

노아에게 여러 현상의 안일함을 지적받았다.

잠시 노아와 이야기를 하고 있는데 밖이 소란스러운 것을 눈치챘다. 확인을 하러 밖으로 나가자 몇 명의 무리가 생겨 있었다.

"무슨 일이에요?"

나는 루리나 씨에게 물었다.

"그게 말이야, 가게는 점심부터 연다고 했더니 지금부터 기다리겠다고 해서."

그렇군. 개점까지 앞으로 30분도 남지 않았다. 줄서기 시작한 손님들이 있어도 이상하지는 않았다.

"루리나 씨, 손님들을 두 줄로 서게 해주시고, 혹시 줄을 헤치는 사람이나 새치기를 하는 사람이 있다면 주의를 해주세요."

"괜찮아?"

"트러블만 일어나지 않는다면 괜찮아요. 루리나 씨에겐 민폐를 끼치지만요."

"아니야. 두 줄로 세우면 되는 거지?"

"네, 부탁할게요."

개점 전에 모두가 식사를 하고 어제와 같은 실수를 되풀이하는 것만은 막을 것이다.

개점 시간이 되자 행렬은 서른 명 정도가 모여 있었지만 루리나 씨와 길 덕분에 트러블은 일어나지 않았다.

"루리나 씨, 길, 고마워요."

"일이니까 신경 쓰지 않아도 돼. 점심은 확실히 줘야 돼."

"제대로 준비할 테니 걱정 마세요."

그리고 개점을 한 후에는 혼란도 없었고, 손님들은 길의 모습을 보고 순순히 줄을 서서 주문을 했다.

푸딩은 수가 많아질 때까지 한 명당 한 개로 구매 제한을 두었다.

노아의 말을 들은 후라 그런지 푸딩의 주문이 많을 거라고 생각했지만, 점심시간이라서 그런지 줄서 있던 손님들의 대부분은 햄버그와 피자를 주문했다.

그 후, 한숨 돌리기 좋을 때 루리나 씨와 길, 두 사람에게 약속한 점심을 대접했다.

"수고했어요."

루리나 씨와 길에게 수고의 말을 건넸다. 두 사람은 일을 마무리하고 식사를 준비한 자리에 앉았다.

"정말 사람들이 대단하네."

개점 시간이 되자 한 번 돌아갔던 손님들과 시간을 알고 있는 사람들이 일제히 몰려왔기 때문에 가게 안은 혼잡했다.

"하지만 정말 맛있어. 이 피자도, 햄버그도."

"……."

길은 루리나 씨의 앞에서 묵묵히 먹고 있었다.

맛이 없지 않다는 것만은 알 수 있었다.

"부족하면 말씀하세요. 푸딩 이외라면 괜찮으니까."

"이게 그 소문의 푸딩이구나. 헬렌 씨가 엄청 맛있다고 했었어."

"달콤해서 남자 분들 중에는 별로인 사람이 있을 수도 있어요."

"괜찮아. 맛있어."

길이 한 입 먹고 감상을 말했다.

"응, 맛있네. 7일 동안 먹을 수 있다니 횡재네."

"영구 취업해도 돼요. 루리나 씨에게 부탁하고 싶은 일은 많이 있으니까요."

"엄청난 유혹이군. 하지만 아직 모험가도 이어가고 싶으니까."

"모험가라면 데보라네와는 어쩔 거예요?"

"아, 그거. 나는 헤어지려고 생각하고 있어. 원래 임시였으니까. 길은 어쩔 거야?"

"안 정했어."

78

"길도 가게에서 일해도 돼요."

"나, 싸우는 것밖에 못해."

"그것만으로 충분해요. 호위를 맡길 수도 있고, 모험가를 희망하는 아이들도 있으니까 모험가로서 여러 기술을 알려달라고도 하고 싶고."

아마, 모험가가 되고 싶어 하는 아이들이 있는 건 나 때문일 것이다.

모험가인 내가 고아원의 아이들을 도와준 일을 계기로, 나처럼 되고 싶어 하는 아이들이 있는 것 같았다. 강해져서 고아원을 지키고 싶다고.

원장 선생님의 이야기에 따르면 고아원 아이들은 성인이 되어도 일할 곳이 없어 모험가가 된다고 했다. 그래서 신경 쓸 것 없다고 했다.

하지만 싸움의 지식과 힘이 없는 채로 모험가가 되는 것보다는 길 같은 사람에게 가르침을 받는 쪽이 좋았다.

아이들이 일할 곳이라면 만들 예정이기 때문에, 원래라면 위험한 일은 시키고 싶지 않지만 말이다.

"그리고, 제가 이 마을에 없을 때 아이들을 지켜주셨으면 하니까 일 같은 건 많아요."

"생각해보지."

거절할 줄 알았는데 생각해보겠다는 대답에 놀랐다.

틀림없이 「나는 모험가 쪽이 맞아」라고 말할 거라고 생각했는데.

"천천히 생각해도 돼요. 지금 바로 대답해 달라는 게 아니니까."

두 사람의 헤드 헌팅에 대한 대답은 보류하게 됐지만 서두를 일은 아니었기 때문에 상관없었다.

그리고 개점 이틀째도 무사히 끝을 맞았다.

늦게 온 손님들은 푸딩을 못 먹어 아쉬워하며 돌아갔다. 과제는 꼬끼오알의 수였다. 재고에 여유가 생기면 에그 샌드위치도 만들고 싶다. 주로 내가 먹고 싶다.

참고로 노아는 라라 씨에게 이끌려 돌아갔다. 듣자하니 공부 중에 빠져나온 것 같았다. 노아는 울며 나에게 도움을 요청했지만 나로서는 아무것도 할 수 없었다.

그도 그럴 게 라라 씨가 무서웠는걸.

🎀 81 곰 씨, 매입을 하다

가게를 오픈한 지 여러 날이 지났다.

큰 트러블 없이 순조롭게 운영 중이다. 문제는 감자와 치즈의
재고였다.

아직 여유는 있지만 미리 대처를 해두는 편이 좋을 것 같아, 완
전히 재고가 떨어지기 전에 감자와 치즈를 생산하는 마을에 가기
로 했다.

가까운 곳은 감자가 있는 마을 쪽이었다. 곰돌이를 타고 가니
생각보다 빨리 마을에 도착했다. 곰돌이의 속도는 확실히 빨라졌
다. 내가 강해진 만큼 소환수도 강해진 것 같다.

속도를 줄이고 마을 안으로 들어섰다. 아무도 없나? 빙 둘러보
니 한 남자가 이쪽으로 오는 모습이 보였다.

"너, 넌 누구냐!"

그가 몸을 떨면서 물어왔다. 순간 왜 떠는지 이유를 몰랐다가
이내 남자의 시선이 곰돌이를 향해 있다는 것을 눈치챘다.

"저는 모험가 유나에요. 이 아이는 제 곰이니까 안심하세요."

나는 안심을 시키기 위해 곰돌이의 머리를 쓰다듬어 주었다.

"정말이냐?"

"네, 위해를 끼치지 않는다면 괜찮아요. 저기, 자몰이라는 분을

만나고 싶은데, 계시나요?"

"……자몰?"

"네, 왕도에서 만나 감자를 샀었는데요."

내 말에 남자는 경계심을 풀었다.

"혹시 왕도에서 감자를 사줬다는 곰 여자아이라는 게 너냐?"

"아마 그럴 것 같은데요."

곰 복장을 하고 왕도에서 감자를 전부 사들인 인물은 나 외엔 없을 거라 생각한다. 있으면 그건 그것대로 기분이 안 좋은데……?

"정말 곰 복장을 하고 있구나. 자몰에게 이야기는 들었다."

아무래도 자몰 씨는 마을 사람들에게 이야기를 한 모양이다.

"일단, 다시 한 번 확인을 하지만 그 곰, 정말 괜찮은 거지?"

"괜찮아요."

내가 그렇게 대답하며 재차 곰돌이의 머리를 쓰다듬어 주자 곰돌이는 기분 좋은 듯, 「크~응」 하고 울었다.

"……알았다. 자몰을 불러줄 테니 여기서 기다리렴. 그대로 들어오면 마을 주민들이 놀랄 거야."

뭐, 일반적으로 생각했을 때 곰이 마을 안을 거닐면 마을 주민들이 공포에 떠는 건 당연한 것이었기 때문에 나는 남자의 말대로 마을 입구에서 기다리기로 했다.

남자는 나를 남겨둔 채 자몰 씨를 부르러 갔다. 멀리서 나를 보고 있는 주민들도 있었지만 남자가 「자몰이 아는 사람이니까 괜찮아,라고 말하는 소리가 어렴풋이 들려왔다.

그리고 잠시 후, 남자가 자몰 씨를 데리고 돌아왔다.

"오랜만이에요."

친분을 증명하기 위해 가볍게 인사를 했다.

"곰 아가씨. 게다가 곰."

자몰 씨는 내게 시선을 두더니 이내 곰돌이에게로 시선을 향했다.

"이 녀석이 곰을 탄 곰 여자아이가 나를 만나러 왔다고 해서 농담이라고 생각했는데 진짜로군. 그래서, 어쩐 일이지? 크리모니아로 가는 약속은 좀 더 나중의 일로 아는데. 설마 누군가가 병에 걸려 불만을 말하러 온 건가?"

멋대로 생각해 내뱉는 말에 갑자기 기분이 나빠졌다. 사람의 이야기를 들읍시다.

"아니에요. 감자가 모자라서 사러 온 거예요."

"……농담이지? 왕도에서 사 간 감자가 꽤 많은 양이었는데."

"그게…… 감자를 사용한 음식이 인기를 얻어서요. 그래서 아저씨가 크리모니아로 오는 걸 기다릴 수 없어서 온 거예요."

"……믿을 수 없군."

할 수 없이 내 간식인 포테이토칩과 감자튀김을 곰 박스에서 꺼냈다.

"감자로 만든 먹을거리예요."

자몰 씨는 감자를 얇게 썰어 만든 포테이토칩을 한 입 먹었다.

"맛있잖아?"

"간단한 간식거리로 괜찮죠? 기름으로 튀겨서 소금을 뿌리기만 했어요."

"이것도 말랑말랑하니 맛있네."

"그것도 기름에 튀기기만 한 거예요."

"정말 이게 감자인 거냐?"

"네. 그리고 피자에도 올려서 먹으니까 줄어드는 양이 많아요."

"피자?"

갑자기 이름을 들어도 알 리 없을 테니 피자도 곰 박스에서 꺼냈다.

"이게 피자예요. 감자는 메인이 아니지만 피자에 필요한 재료죠."

자몰 씨는 처음 보는 피자에 놀랐지만 이내 한 입 먹었다.

"맛있어! 정말 마을에서 내가 기른 감자를 먹고 있는 건가?"

자몰 씨는 기뻐했다.

"네, 그래서 감자가 필요한데 있을까요?"

"그래, 물론 있지만 바로는 무리야."

뭐, 바로는 무리이려나…… 밭에서 캐야 할 수도 있었다.

"아직 그렇게 급한 건 아니니까 괜찮아요. 하지만 되도록 빨리 받고 싶은데, 준비가 되면 크리모니아로 운반해주실 수 있으세요?"

"알겠네, 바로 가지고 가지."

"그럼, 이걸 드릴게요."

나는 도적에게서 얻어낸 아이템 봉투를 건넸다.

"이건?"

"아이템 봉투예요. 사용한 적이 없어서 얼마나 들어갈지는 잘 모르지만, 아마 감자 정도라면 들어갈 거예요."

"괜찮겠나? 이런 걸 받아도……."

"그럼요. 자몰 씨가 사용하지 않을 땐 다른 마을 분들이 써도 되고요. 이게 있으면 운반이 편해지잖아요."

"그야 정말 도움이 되지."

"그 대신 제대로 가지고 와주셔야 해요."

"그래, 약속하마. 그런데 어느 정도 가지고 가면 되지?"

"저번과 비슷한 양이면 돼요. 크리모니아에 『곰 씨 쉼터』라는 가게가 있는데, 그 가게의 모린 씨라는 여자분에게 말씀하시면 돼요."

"『곰 씨 쉼터』의 모린 씨, 란 말이지."

"그럼, 부탁드릴게요."

나는 곰돌이의 등에 올라탔다.

"벌써 가는 거냐?"

"아직 갈 곳이 있어서요."

나는 곰돌이를 타고 이번엔 치즈가 있는 마을로 향했다.

곰돌이를 타고 달리다 보니 한 마을이 보였다.

"저긴가?"

치즈를 팔아준 할아버지가 알려주신 위치대로라면 이 마을이 맞다.

이번에는 마을 사람들이 놀라지 않도록 곰돌이의 속도를 늦추고, 마을 근처에 다다라 곰돌이에서 내려와 다가가기로 했다. 마을에 도착하자 한 남자가 창을 가지고 다가왔다. 곰이 왔다고 생각해 무기를 가져온 건가?

나는 곰돌이가 공격당하지 않도록 곰돌이 앞으로 나섰다.

"곰 옷차림?"

남자가 내 모습을 보더니 놀랐다.

"혹시, 왕도에서 치즈를 사줬다는 여자아이인가요?"

남자가 물어왔다. 생각보다 말투가 진정되어 있었다.

"네, 맞아요. 왕도에서 제게 치즈를 팔아주신 할아버지 계신가요? 치즈를 사러 왔는데요."

내 설명에 남자는 짐작 가는 게 있는 모양인지 바로 이해했다.

"네. 촌장님께 말씀은 들었습니다."

다행이다. 그런데 그 할아버지가 촌장님이셨나 보네.

"제 얘길 들으셨어요?"

"촌장님께서 곰 옷차림을 한 여자아이가 오거들랑 마을 안으로 들여보내라고 하셨어요. 치즈를 전부 사준 은인이니 정중하게 대하라는 명령이 경비를 서는 자들에게 내려왔거든요."

"경비라니, 조금 살벌한데 무슨 일 있었어요?"

"요새 고블린이 나타나 가축을 습격하고 있어요. 그래서 경비를 서고 있는 거예요."

고블린 말이군. 아무래도 곰돌이의 등장에 놀라 무기를 가지고 왔던 게 아닌 것 같다.

"그럼, 촌장님 집으로 안내해드리죠."

"저기, 이 아이도 괜찮나요?"

소환수에 대해 설명하는 것도 귀찮았지만 이대로 두고 가는 것도 안쓰러웠다.

남자는 조금 생각 하더니 입을 열었다.

"죄송합니다. 촌장님을 불러올 테니 기다려주실 수 있나요?"

소란을 피워도 곤란하니 감자를 구입했던 마을과 같이 마을 밖에서 기다리기로 했다. 잠시 후, 남자가 왕도에서 치즈를 팔아준 할아버지를 모시고 와줬다.

"오, 그때 그 곰 아가씨군. 정말 와준 겐가."

"오겠다고 약속했잖아요. 오면 치즈를 싸게 팔아준다는 약속은 안 잊으셨죠?"

"물론이고말고."

"그럼 촌장님, 저는 경비를 서러 돌아가겠습니다."

"그래, 부탁하네."

남자는 내게 고개를 숙이고 경비를 서기 위해 돌아갔다.

남겨진 할아버지…… 촌장님은 곰돌이에게로 시선을 옮겼다.

"그래서 아가씨, 저 곰은 뭔가?"

"제 곰이니까 걱정 마세요."

촌장님은 조금 불안한 듯 곰돌이를 봤다. 뭐, 이건 어쩔 수 없지.

"아까 들어 보니 고블린이 가축을 습격한다고 하던데, 괜찮으세요?"

"그래, 지금은 경비도 강화하고 있으니 괜찮네."

"모험가 길드에 의뢰는 안 하셨나요?"

촌장님은 고개를 옆으로 저었다.

"왕도에서 아가씨에게 판 치즈 값으로 의뢰를 했는데……."

아직 모험가가 오지 않은 것 같았다.

그 부분은 모험가들이 마음 내키는 대로니까, 의뢰비가 비싸면 오겠지만 만일 비슷한 의뢰가 있을 경우엔 가까운 곳으로 정한다. 나도 먼 곳보다는 가까운 곳을 정하니까 말이다.

"지금은 마을 사람들의 힘만으로 고블린을 내쫓고 있는데, 최근에는 고블린 수가 늘어서 가축이 습격당하는 일도 있단다. 이대로라면 치즈를 만들지 못하게 될 거야."

촌장님의 입에서 흘려들을 수 없는 말이 나왔다. 치즈를 못 만든다니……. 그건 사활이 걸린 문제였다. 이대로 치즈를 손에 넣을 수 없게 되는 건 전 세계적으로 손해였다. 그 이전에 내가 곤란했다. 그렇다면 내가 할 일은 하나뿐이다.

"그럼, 제가 고블린을 토벌해드릴게요."

"무슨 말을 하는 게냐!"

촌장님이 놀란 목소리로 외쳤다.

"이래 보여도 저는 모험가니까 괜찮아요."

신용을 얻기 위해 촌장님께 길드 카드를 보여드렸다. 촌장님은 놀란 표정으로 길드 카드를 바라봤다.

"게다가 이 아이도 있고요."

나는 곰돌이를 쓰다듬었다. 촌장님은 나와 곰돌이를 번갈아 보았다.

"그리고 치즈를 만들지 못하게 돼서 곤란한 건 저도 만찬가지거든요. 그러니 제가 이 마을을 못 본 척하는 선택지는 없어요."

나는 고블린 토벌을 위해 일어났다.

"정말 갈 셈이냐?"

"치즈를 위해서요."

나는 촌장님께 들은 숲으로 곰돌이와 향했다. 이 숲에서 고블린이 나타나는 듯 했고, 최근에는 숲에 가지 못하게 되어 곤란하다고 했다. 탐지 스킬을 사용하자 고블린의 반응이 있었다.

"그럼, 곰돌아, 가볼까?"

곰돌이의 머리를 쓰다듬고 고블린의 반응이 있는 곳을 향해 달리기 시작했다.

……그리고 삭 끝내고 마을로 돌아왔다.

이것으로 내 치즈는 지켰다.

"아가씨, 가는 걸 단념했나."

마을로 돌아오자 촌장님이 걱정스러운 듯 마을 입구에서 기다리고 있었다.

"쓰러뜨리고 왔어요. 이제 숲 속에 고블린은 한 마리도 없어요. 그리고 오크도 있길래 겸사겸사 쓰러뜨렸으니까 이제 안심하셔도 돼요."

"농담이라도 기쁘구나."

나는 조용히 고블린과 오크의 사체를 촌장님 앞에 전부 꺼냈다. 앞으로의 일도 생각해서 마물은 전부 쓰러뜨리고 왔다. 더 이상 이 부근에는 마물은 없었다.

"이건……!"

"쓰러뜨리고 가져온 마물들이에요."

"정말 고블린을……."

촌장님은 고블린을 보더니 희미하게 눈에 눈물을 머금었다. 과장도 잘하셔.

잠시 후, 마을 입구에 고블린 사체가 산더미처럼 쌓여있는 것을 눈치챈 마을 사람들이 모여들었다.

"촌장님, 이건……?"

"믿을 수 없지만 여기 곰 옷차림을 한 아가씨가 쓰러뜨려 줬다."

촌장님의 말에 마을 주민들은 나를 바라봤다.

처음엔 믿을 수 없다는 듯 있었지만 촌장님의 말과 곰돌이를 보더니 믿어주었다. 게다가 고블린 사체도 있다.

역시 사람은 겉모습이 중요하구나.

쓰러뜨린 마물의 처리는 마을 사람들에게 부탁하는 대신 마석도 함께 주기로 했다. 주민들은 마물의 처리를 시작했고, 나는 촌장님과 함께 마을 안으로 들어섰다. 물론 곰돌이도 함께였다. 막는 자는 아무도 없었다.

그 뒤, 치즈가 보관되어 있는 곳으로 안내를 받았다. 치즈는 지하 창고에 있었고 여러 가지 치즈가 가득 나열돼 있었다.

나는 답례 대신 치즈를 받게 됐다.

"이걸 받아도 괜찮아요?"

"물론이네. 우리로서는 이 정도 밖에 할 수 없으니."

촌장님의 마음을 감사히 받아들였다.

그 뒤 치즈에 대한 앞으로의 이야기를 촌장님과 나눴다. 지금까지는 주민들이 먹을 몫 정도만 생산을 했었는데, 그 정도 양이면 내가 구매했을 때 바로 재고가 떨어져버린다. 그렇기 때문에 내가 정기적으로 사기로 계약을 하고 치즈 만들기를 부탁하게 됐다.

"그렇게까지 우리 치즈를……."

촌장님은 또 눈물을 흘리셨다. 이 할아버지는 눈물샘이 참 약하셔.

"그러니까 앞으로도 맛있는 치즈를 부탁할게요."

"음, 알았네. 열심히 만들도록 하지."

그 후, 촌장님은 마을을 돌며 다양한 가축들을 보여주셨다.

밑져야 본전 식으로 치즈 만드는 법도 보여 달라고 부탁했더니 흔쾌히 허락해주셨다. 마을의 비밀 기술이 아닌가?

그렇게 생각한 대로 물으니 촌장님은 「마을의 은인인 아가씨에게 숨길 수는 없지」라고 말씀하셨다.

고블린을 퇴치해준 것만으로 그렇게까지 은혜를 입었다고 하니 나쁜 짓을 한 것 같은 기분이 들었다. 그렇다고 치즈 만드는 방법을 알았다고 해서 다른 곳에서 만들거나 하지는 않지만 말이다.

이후, 나를 환영하는 연회가 열렸다.

나는 답례로 마을의 치즈가 얼마나 대단한지를 알려주기 위해 화덕을 만들고 마을의 치즈로 피자를 만들어서 마을 사람들에게 선사했다.

🎀 82 곰 씨, 한가해지다

가게 매출도 순조롭고, 모린 씨는 새로운 빵을 연구 중이다. 샌드위치를 만들어 빵 사이에 끼울 재료를 연구하고 있었다. 그렇게 새로운 요리도 늘어가고 있었다.

가게의 운영 시간 조정도 잘 됐고, 아이들도 일에 익숙해져서 즐겁게 일을 하고 있다.

루리나 씨와 길의 경호 기간이 끝나자 아이들이 아쉬워했다. 두 사람 모두 아이들에게 꽤 인기가 있는 듯 했다. 뭐, 손님들이 아이들에게 시비를 걸었을 때 도와주면 호감도가 오른다.

그 후 두 사람은 데보라네 파티에서 탈퇴해 솔로로 의뢰를 받거나 임시로 파티를 형성하는 등 모험가로 계속 활동 중이다. 가끔 손님으로 가게에 와주기도 한다.

오늘은 플로라 공주님을 만나러 가기 위해 곰 이동문을 사용해 왕도로 갔다.

응, 한순간에 이동할 수 있는 건 편해서 좋네.

곰 하우스가 지어져 있는 장소는 비교적 상류 지구이기 때문에 통행인이 적지만, 큰 길로 나가자 여전히 사람이 많았다. 나는 큰 길을 나아가 성으로 향했다.

성 문에 도착하자 병사가 나를 바라봤다. 그리고 그대로 다가오더니 나를 기억하는지 인사를 건넸다.

"안으로 들어가고 싶은데 괜찮나요?"

나는 곰 박스에서 길드 카드를 꺼냈다. 내 길드 카드에는 성으로의 입장 허가증이 기입되어 있었다. 다른 사람에게 보여줄 때에는 길드 카드에 마력을 흘리면 허가증이 표시되었다. 그래서 평소에 길드 카드를 꺼내 보여도 내가 입성 허가를 받았는지 알려지는 일은 없었다.

병사가 입성하는 용건을 물어와 플로라 님을 만나러 왔다고 전했다.

역시 나 혼자서로는 공주님을 만나는 건 불가능했고, 엘레로라 씨를 부를 테니 기다리라는 말을 들었다.

"유나, 오랜만이야."

"오랜만이에요, 엘레로라 씨."

"플로라 님을 만나러 온 거야?"

"네, 한동안 안 와서요."

가게가 바쁜 것도 있었지만, 몇 번이나 자주 오게 되면 이상하게 생각될 테니까 말이다.

엘레로라 씨 덕분에 성 안으로 들어갈 수 있게 되어 그대로 플로라 님의 방으로 향했다. 방 안으로 들어서자 어쩐 일인지 국왕이 있었다.

"폐하, 또 농땡이세요?"

"엘레로라, 나를 자네와 동급으로 취급하지 말게. 나는 평범하게 쉬는 거야."

"그거야말로 남이 듣기 안 좋네요. 저는 유나를 안내하는 일을 제대로 하고 있는 걸요."

"나는 평소의 너에 대해 말하는 거야."

"평소의 저요? 성실히 일하는데요."

"누가 그런 말을 하지?"

단언하는 엘레로라 씨에게 국왕은 아연했다.

"그나저나, 어째서 폐하가 플로라 님의 방에서 쉬고 계신 거죠? 평소에는 폐하의 방에서 쉬시잖아요."

"그야 당연히 유나가 온다는 연락을 받았으니까 그렇지. 유나가 성에 오면 플로라가 있는 곳으로 오는 걸 알고 있었으니까."

두 사람이 말다툼을 하고 있는 사이 플로라 님이 다가왔다.

"플로라님, 안녕하세요."

"곰님, 와준 거예요?"

"약속했으니까요."

아옹다옹하고 있는 두 어른은 내버려두고, 플로라 님의 작은 손을 곰 장갑으로 쥐고 테이블로 향했다. 나는 플로라 님을 의자에 앉혔다.

"푸딩을 가지고 왔으니 함께 먹어요."

"응!"

테이블 위에 일단 푸딩을 네 개 꺼냈다.

그러자 푸딩을 본 엘레로라 씨와 국왕도 다가와 의자에 앉고는 푸딩을 먹기 시작했다.

나는 플로라 님의 맛있게 먹는 얼굴을 보고 결심했다. 그리고 곰 박스에서 종이 한 장을 꺼내 엘레로라 씨와 국왕의 앞에 두었다. 국왕이 종이를 바라봤다.

"이건 뭐지?"

"푸딩 레시피요. 이거로 플로라 님에게 푸딩을 만들어주세요."

"괜찮은 거냐?"

"플로나 님이 기뻐하실 수 있다면 괜찮아요. 게다가 앞으로 제가 언제 올 수 있을지 모르니까 직접 만들어주세요."

"알았네. 고맙게 받지. 요리 방법은 신뢰할 수 있는 내 직속 요리사에게 알려주도록 할 테니 안심하게."

"딱히 유출돼도 상관없으니까 그 요리사를 처벌하지는 마세요."

푸딩 레시피 유출로 벌을 주거나 하는 건 하지 않길 바랐다.

"안심하거라. 왕족의 요리를 만드는 사람 중에 정보를 유출하는 사람은 없어."

"하지만 훔치는 사람은 있을 거 아니에요."

어느 세계든 정보를 훔치는 사람은 있다. 기밀을 지키는 건 어렵다고 역사가 전하고 있었다. 다만, 제로에 가깝게 지키는 건 가능했다.

"왕족의 요리 레시피를 훔치는 놈이 있다면 그에 상응하는 보답을 줄 테니 안심하게."

국왕의 미소가 무서운데……? 하지만 푸딩 레시피 하나로 약속을 해주는 건 기뻤다.

"게다가 자주 올 수 없는 건 어쩔 수 없지. 크리모니아에서는 조금 멀기도 하니까. 하지만 네가 왕도에서 산다면 아무 문제없어."

"폐하의 말에는 찬성하지만 크리모니아의 일을 생각하면 그건 힘들 것 같아요."

엘레로라 씨가 끼어들어 나를 포섭하려고 하자, 나는 올 수 없는 이유를 이야기하기로 했다.

"잠시 바다에 갈까 해서요."

"바다?"

"왕도에서 동쪽으로 가면 바다가 있잖아요."

저번에 왕도로 왔을 때 손에 넣은 정보였다. 동쪽으로 가면 바다가 있다고 들었다. 어느 정도의 거리인지는 알 수 없지만 곰돌이와 곰순이로 이동하면 빨리 도착할 것이다.

"뭐야, 너 바다에 가고 싶은 게냐?"

"바다의 식재료를 얻고 싶어서요."

"또 음식이야?"

그렇게 말해도 일본인이라면 어패류를 먹고 싶은 생각은 떨칠 수 없는 일이었다. 쌀, 된장을 먹을 수 없다면 적어도 어패류라도 먹고 싶었다. 오징어 구이든 문어 구이든 뭐든 좋다.

"먹는 기쁨을 잊으면 인생을 손해 보는 거예요. 사람은 먹지 않으면 살아갈 수 없으니까요."

"분명 그렇긴 하지."

국왕은 푸딩을 한 입 먹으며 그렇게 대꾸했다.

"크리모니아 마을 근처에도 바다가 있으면 좋을 텐데……."

"있어."

"……네?"

엘레로라 씨의 말에 나는 순간 굳었다.

"그게, 있다고 할 수 있나……."

"무슨 뜻이에요?"

"크리모니아 북동쪽에 큰 산이 있는 건 알고 있지?"

나는 고개를 끄덕였다.

마을에서 보이는 큰 산이었다. 산맥이라고 해도 될 법했다.

"그 산을 넘으면 바다가 있어. 그렇지만 산맥을 넘는 것도, 산을 돌아가는 것도 무척 힘들지."

그 커다란 산 너머에 바다가 있었구나. 가깝다면 가깝고, 멀다면 멀었다.

"마을도 있어. 그 커다란 산 때문에 보통 사람은 가지 않지만. 하지만 유나의 곰이라면 갈 수 있지 않을까?"

확실히 곰돌이와 곰순이라면 갈 수 있을지도 모른다. 그렇게 되면 왕도를 거쳐 바다를 가지 않아도 되고, 거리적으로도 가까웠다. 문제는 산을 오를 것인지, 아니면 다른 루트로 갈 것인지 정도였다.

"유나의 곰?"

곰들에 대해 모르는 국왕은 고개를 갸웃거렸다.

"유나에겐 곰 소환수가 있어요."

"너, 그런 거까지 가능한 거야?"

"엄청 귀엽고 무척 착한 아이들이에요."

어쩐지 엘레로라 씨가 자랑하는 듯이 말하기 시작했다. 이야기를 들은 국왕은 물론 플로라 님도 눈을 반짝였다.

"뭐, 일단은요. 그러니까 왕도로 오는 것도 그렇게 힘들지는 않아요."

"곰님이 있어요?"

"곰이라……."

플로라 님이 눈을 반짝였고, 국왕도 흥미를 가지기 시작해 이야기의 흐름이 곰 소환으로 이어졌다.

공주님 방에서 괜찮으려나?

"정말 괜찮아요?"

"상관없어."

일단 나라에서 가장 지위가 높은 국왕의 허가가 났기 때문에 곰돌이를 소환했다.

"정말 곰이 나왔잖아?"

"곰님이다!"

플로라 님이 곰돌이에게 다가갔지만 국왕은 그 모습을 보기만 하고 행동을 저지하지는 않았다.

위기감이 없는 거야?

"유나, 한 마리 더 있잖아."

"아직 더 있어?"

나는 오른손을 내밀어 곰순이를 소환했다.

"하얀 곰이군. 신기하네."

국왕이 다가와 곰순이를 만졌다.

"정말 얌전하군."

"위협할 만한 행동만 안 하면 괜찮아요."

"하얀 곰님이다!"

곰돌이를 안고 있던 플로라 님이 하얀 곰순이에 놀랐다.

플로라 님은 무서워하지도 않고 곰돌이, 곰순이와 놀기 시작했다. 곰돌이 위에 올라타거나 함께 방 안을 걸었다.

"너 정말 정체가 뭐야?"

곰돌이와 곰순이를 보면서 국왕이 물었다.

"랭크 D의 모험가예요."

"마물 1만 마리를 쓰러뜨리는 랭크 D의 모험가가 어디에 있다는 거야."

여기에 있습니다요.

"그러고 보니 유나, 마물을 1만 마리나 쓰러뜨렸는데 랭크는 D 인 채 그대로네."

"그건 지나가던 랭크 A의 모험가가 쓰러뜨렸다고 되어 있어서요."

"이름을 알리면 좋을 텐데."

"싫어요."

"그런 눈에 띄는 옷을 입고 눈에 띄고 싶지 않다니……."

국왕은 어이없다는 듯 말했다.

그것과 이건 별개였다. 곰 옷차림을 해서 눈에 띄는 것과 마물 1만 마리를 쓰러뜨린 일로 눈에 띄는 것은 의미가 달랐다.

"유나가 쓰러뜨렸다는 게 판명되면 랭크 B가 될 수도 있을지도 몰라."

랭크 B라……. 랭크는 숨길 수 있지만 마물 1만 마리 이야기가 퍼지면 귀찮아지니 진심으로 거절했다.

"게다가 유나, 폐하에게 아무런 포상도 안 받았지?"

"그건 이 녀석이 거절해서 그래. 나는 잘못 없어."

그 대신 나에 대해 조용히 있어 주기로 약속했다. 평화롭게 살기 위함의 거래였다. 게다가 내 가게를 위해 클리프 씨에게 후원을 부탁해줬다는 것도 알고 있었다. 폐하와 클리프 씨가 조용히 있으니 나도 말을 하지는 않지만 말이지.

그렇게 이야기가 끝나고 돌아가려 했지만 플로라 님이 곰돌이
와 곰순이를 놓아 주지 않았다.

"싫어. 조금 더 놀래."

　그런 이유로 플로라 님의 부탁을 들어주게 되어 저녁식사 때까
지 성에 있기로 했다.

🎀 83 곰 씨, 산을 오르다

꼬끼오 우리에서 일을 하고 있던 티루미나 씨와 피나에게 산맥을 넘어 바다로 갈 것이라고 전했다.

"정말 가는 거야?"

티루미나 씨가 걱정스럽게 물어왔다.

"바다가 보고 싶어서요. 그러니 가게 좀 부탁드릴게요."

부탁하지 않아도 이미 가게는 티루미나 씨와 모린 씨를 중심으로 돌아가고 있었다. 내가 없어도 괜찮았다.

"그건 괜찮지만 엘레젠트 산맥은 무척 험난해."

"곰돌이와 곰순이가 있으니까 괜찮아요. 그래도 위험할 것 같으면 무리하지 않고 돌아올게요."

"유나 언니……."

피나도 걱정스러운 표정을 지었다.

"괜찮아. 산 너머에 도착하면 연락할게."

나는 곰 박스에서 손바닥 사이즈인 2등신 곰 피규어를 두 개 꺼내 그중 한 개를 피나에게 건넸다.

"곰돌이?"

피나는 건네받은 곰 피규어를 곰돌이의 이름으로 불렀다. 곰돌이와 곰순이의 모습을 한 아이템이었다.

"멀리 떨어진 곳에서도 대화가 가능한 마법 도구야."

왕도에서 마물 1만 마리를 토벌하면서 새로운 스킬 두 개를 손에 넣었다. 한 개는 마력을 주입하면 통화가 가능한, 어디서든 연락 가능한 곰 폰 제작— 전파 대신 마력을 사용한 전화기였다.

나머지 하나는 소환수 꼬맹이화(化). 소환수인 곰이 작아지는 미묘한 스킬이었다.

곰돌이와 곰순이를 꼬맹이로 만들어서 어디에 쓰지? 커지는 거라면 알겠는데, 작아지면 전투력이 낮아진다. 탈 수도 없어서 기본적으로는 도움이 되지 않았다.

하지만 작아진 곰돌이와 곰순이는 정신적으로 힐링이 됐다. 작은 곰돌이와 곰순이가 졸졸 따라오는 모습은 귀엽기도 하고, 욕조에 함께 들어갈 수도 있었다. 함께 자도 침대에서 방해가 되지 않았다. 게다가 껴안는 베개의 용도로 사용하면 기분이 좋았다. 그런 점들을 생각하면 마음을 유하게 하는 스킬이 된다는 결론에 달했다.

"무슨 일이 있으면 그 곰 폰에 마력을 주입한 후에 나와 대화하고 싶다고 생각해. 내가 가지고 있는 곰 폰에 보내질 거야."

내가 진지한 얼굴로 곰 폰의 사용법을 설명해주자 피나가 입을 열었다.

"……유나 언니. 떨어져 있는 사람하고 대화 같은 게 가능할 리

가 없잖아요. 저를 안심시키기 위해서 그런 거짓말을 하셔도 저는 그렇게까지 어린애가 아니에요."

그리고 볼을 부풀리곤 화를 냈다. 으음, 혹시 믿지 않는 거야?

게다가, 열 살은 어린애잖아.

"유나, 왕도라면 그런 마법 도구가 있을지도 모르지만, 아무리 그래도⋯⋯."

티루미나 씨도 믿어주지 않았다. 그렇게 레어 아이템인가?

게임으로 말하자면 채팅 기능 같은 거라고 생각하는데.

"그럼, 시험해보면 알겠네. 내가 그 곰 폰으로 말을 걸 테니까 나가봐."

그렇게 말했지만 나도 사용하는 건 처음이었다. 사용할 상대가 없어서 혼자로는 실험이 불가능했기 때문이다. 그래서 나도 어떻게 상대 곰 폰에 연결되는지 알지 못했다.

벨소리도 나려나?

일단 곰 폰을 시험하기 위해 셋이서 밖으로 나갔다. 꼬끼오 우리와 고아원에서 조금 떨어진 장소까지 갔다. 여기라면 사람이 없으니 사용해도 되지 않을까?

손에 들고 있는 곰 폰에 마력을 흘려보내 피나가 가지고 있는 곰 폰에 연결되도록 생각했다. 그러자 피나가 가지고 있는 곰 폰이 울리기 시작했다.

"크~응, 크~응, 크~응, 크~응, 크~응."

곰 우는 소리?

그런 착신음이 있나?

어쩐지 이상하지 않아?

일반 휴대전화 같이 변경은 안 되는 건가?

"유, 유나 언니! 이거, 어떻게 해야 돼요?!"

피나는 손 위에서 울고 있는 곰 폰을 보며 당황했다.

"불을 켤 때처럼 마석에 마력을 흘려보내봐. 그게 스위치 대신
으로 되어 있으니까."

피나가 마력을 흘려보내자 곰 폰의 소리가 멈췄다.

"그럼, 내가 멀리 떨어져 있어 볼게."

나는 피나에게서 수 십 미터 떨어졌다.

"피나, 들리니?"

곰 장갑에 쥐어진 곰 폰에 대고 말을 걸었다.

『유나 언니?』

곰 폰의 입에서 피나의 목소리가 들려왔다.

"내 목소리 들려?"

『네, 들려요.』

오, 무사히 들렸다. 휴대전화 혹은 무전기네.

"그럼, 조금 더 떨어져볼게."

나는 피나에게서 더 멀리 떨어졌다.

"피나, 들려?"

『잘 들려요.』

『유나, 이거 정말 원거리 대화가 가능한 마법 도구인 거야?』

곰 폰에서 티루미나 씨의 목소리가 들려왔다.

"얼마나 멀리까지 대화가 가능한지는 모르지만 꽤 떨어져도 괜찮을 거예요."

사용해본 적이 없으니 정확한 거리는 알 수 없었다. 하지만 신님이 주신 스킬이다. 통화가 가능한 거리가 짧을 리 없었다.

"그럼, 일단 끊을게. 이번엔 피나가 내게 말을 걸어봐. 사용법은 아까 설명한 대로 마력을 넣으면서 내게 말하고 싶다고 생각해."

『네, 해볼게요.』

일단 곰 폰의 통화를 끊고, 피나로부터의 전화를 기다리고 있자 곰 폰이 울기 시작했다.

"크~웅, 크~웅, 크~웅, 크~웅, 크~웅,"

역시 이 벨소리네. 귀엽긴 하지만, 뭐라 할 말이 없는 착신음이었다.

확실히 이 세계에서 기계음이나 벨소리는 이상하겠지만 음성 입력이 있다면 피나의 목소리로 등록하고 싶은데…….

「언니, 전화왔어요. 언니, 전화왔어요.」 이런 느낌으로. 다음에 변경 가능한지 자세히 알아봐야지.

일단 벨소리를 멈추기 위해 곰 폰에 마력을 보냈다. 곰 폰에서의 착신음은 멈췄다.

『으음, 유나 언니, 들리시나요?』

"들려."

이것으로 제대로 쌍방이 연결되는 것을 확인했다. 다음 문제는 거리인데, 이것만큼은 바로 확인할 수 없었다. 곰 이동문을 사용해서 왕도까지 이동하면 확인이 가능하겠지만 그건 그것대로 귀찮았다.

"그럼, 일단 그쪽으로 돌아갈 테니까 끊을게."

나는 전화를 끊고 피나가 있는 곳으로 돌아갔다.

"유나 언니, 이 곰님 대단해요!"

피나는 곰 폰을 소중하게 쥐고 있었다.

"이걸로 어디에 있어도 대화가 가능하겠지."

"네!"

"이거 정말 대단한데! 먼 곳에 있는 사람과 대화가 가능하다니."

"티루미나 씨도 무슨 일 있으면 연락 주세요. 돌아올 수 있을 것 같으면 바로 돌아올게요."

곰 이동문이 있으니 바로 돌아올 수 있었다.

"하지만 이렇게 대단한 마법 도구를 피나가 맡아도 되겠니?"

"괜찮아요. 제가 두 개 가지고 있어도 의미가 없는 걸요."

내가 혼자서 두 개를 가지고 있으면 무전기 두 개로 놀고 있는 어딘가 불편한 아이가 돼 버린다.

"그래도 이런 게 있으면 고향의 친구나 가족들에게 전해주면 좋잖아."

티루미나 씨의 말이 내 마음을 콕 찔렀다.

친구…… 그거 맛있나요?

가족…… 어디에 있죠?

"유나, 왜 그래?"

내가 조용히 있자 티루미나 씨가 걱정스런 표정으로 말을 걸어 주었다.

"제 고향은 너무 멀어서 이 마법 도구는 사용할 수 없어요."

"그래? 미안해."

티루미나 씨는 내 대답에 뭔가를 느꼈는지 더 이상 아무 말도 하지 않았다.

"그러니까 피나도 신경 쓰지 말고 가지고 있어."

"네. 소중하게 맡고 있을게요."

나는 피나의 머리를 쓰다듬어 주었다.

이른 아침, 나는 곰돌이에 올라타 엘레젠트 산맥을 향해 출발했다.

오랜만에 나홀로 떠나는 여행으로, 나는 산맥을 향해 나아갔다.

여기에서도 보이는 산맥은 정상 부근이 하얗게 눈이 쌓여있는 것을 알 수 있었다. 하지만 곰 옷에는 내한기능이 있어서 괜찮을 것이다. 그렇게 생각하니 이 곰 장비는 무척 만능이었다. 그래서 벗을 수 없단 말이지.

곰돌이는 마을을 나와 산맥을 향해 계속 달렸다. 점점 가까워지는 산을 바라보고 있는 동안 맵이 갱신되어 갔다.

"크네."

곰돌이에 올라탄 나는 등산로 입구에 다다랐다. 어딘가에 길이 있을 거라고는 들었지만, 설마 이 좁은 짐승들이 다니는 통로를 말하는 건가?

곰돌이가 겨우 통과할 수 있을 정도의 비좁은 길이었다.

뭐, 길이 있어서 나아가는 건 편하니까 다행이네. 길을 헤매도 곰 지도 스킬 덕분에 돌아오는 건 가능했다. 불편한 점은 앞으로 나아갈 길을 알 수 없는 것 정도였다.

지금까지 태워준 곰돌이를 송환하고 여기서부터는 곰순이에게 부탁했다. 곰돌이만 타면 곰순이가 토라지니까 말이다.

"그럼, 곰순아. 부탁할게."

곰순이가 비좁은 길로 들어갔다. 서서히 길이 가팔라졌지만 곰순이는 문제없이 성큼성큼 나아갔다. 초반에는 초목이 무성했지만 점점 올라갈수록 서서히 줄었다.

역시 소환수인 탓인지 곰순이는 지친 기색 없이 잘 올라갔다.

탐지 스킬을 사용해 주변을 확인했지만 마물의 반응은 멀리서 느껴졌고, 다가오는 마물은 없었다. 계속 올라가자 이내 삼림이 없어지고 바위가 주변에 굴러다녔다. 아래를 보자 꽤 높이 올라온 것을 알 수 있었다.

"곰순아, 괜찮아?"

"크~응."

곰순이는 내 물음에 고개를 젖히며 등에 탄 나를 바라봤다. 아직 괜찮은 것 같았다.

"지치면 말해."

나는 곰순이의 머리를 쓰다듬었다. 곰순이는 기쁜 듯 속도를 올려 언덕길을 뛰어올라갔다. 서서히 눈이 내리기 시작하더니 발치에 가볍게 눈이 쌓이기 시작했다. 곰순이는 그렇게 얇게 쌓인 눈 위를 달려서 빠져나왔다. 뒤를 돌아보자 곰순이의 발자국이 있었다.

산의 날씨는 쉽게 변한다던데 이렇게나 변화무쌍하다니, 아니면 이세계라서 그런가?

눈발이 서서히 강해졌다. 곰순이 덕분에 편하게 여기까지 왔지만 보통 사람이라면 몇 번이나 휴식을 취해야 했을 것이다. 추위에 대비해 준비를 하면 짐이 무거워지고, 하지 않으면 추위에 몸이 움직이지 않게 된다. 나는 곰 옷 덕분에 춥지도 덥지도 않았다.

눈이 점점 더 많이 내려 지면에도 눈이 많이 쌓였다. 하지만 곰순이는 신경 쓰지 않고 눈 위를 달렸다. 설산(雪山)을 올라가자 오른쪽에 하얀 울프가 보였다.

스노 울프. 하얀 털가죽으로 몸을 감싼 울프다. 피나의 기념품으로 하얀 털가죽이 좋을까?

그렇게 생각하는 사이에 스노 울프는 이쪽을 보고 도망쳤다. 곰순이가 있어서 습격해오지는 않았다. 하얀 털가죽을 갖고 싶었지만 일부러 쫓지는 않았다.

산맥에서 발견한 마물은 세 종류였다. 스노 울프, 스노 다루마, 스노 래빗.

스노 울프는 일반 울프와 별반 다르지 않았다. 다른 건 털색이 하얀 것뿐으로 능력을 따져봤을 때에는 일반 울프와 같았다. 스노 래빗은 이름대로 조금 큰 토끼였다. 내가 먼저 공격하지 않으면 기본적으로 아무 짓도 해오지 않았다.

스노 다루마는 얼음 마석에 눈이 모여서 마물화된 생물이다. 눈사람에 팔과 다리가 있다고 설명하면 상상하기 쉬우려나. 공격 방법은 단조로워서 몸통 박치기나 입에서 눈보라를 뿜어냈다. 게임할 때는 무기와 방어구를 얼렸던 것이 떠올랐다.

특징이 있다면 스노 다루마에는 물리 공격이 들지 않았다. 물리 공격을 해도 무너지기만 할 뿐 바로 재생해 버린다. 완전히 쓰러뜨리는 방법은 화염으로 눈을 녹이는 수밖에 없었다.

그래서 스노 다루마에게는 파이어볼을 날렸다. 불구슬이 명중하자 눈이 증발했고, 스노 다루마는 그 자리에 얼음 마석을 떨어뜨렸다.

이것이 바로 냉장고나 냉동고에 쓰이는 마석이었다. 얼음 마석은 여러 가지로 활용할 수 있으니 주워두었다.

순조롭게 산을 올라가자 눈은 서서히 눈보라로 바뀌었다. 눈보라가 잦아들 때까지 휴식을 하는 편이 좋으려나?

곰 장비 덕에 춥지는 않았다. 곰순이도 괜찮아 보였다. 이대로 나아가는 것도 가능하지만 시야가 너무 나빴다. 무리해서 나아갈 필요도 없었기 때문에 눈보라가 멈출 때까지 쉬기로 했다.

새하얀 시야 속에서 눈을 피할 곳을 찾았다.

"으음~, 없네."

주변을 둘러봤지만 눈보라를 피할 곳은 없었다. 없다면 만들 수밖에 없나?

어떻게 할까 고민하고 있는데 곰순이가 무언가에 반응했다.

마물인가 해서 탐지 스킬을 사용했지만 마물의 반응은 없었다. 그 대신 사람의 반응이 두 개 있었다.

🎀 84 곰 씨, 사람을 구하다

이 눈보라 속에 사람이 있었다.

생각할 수 있는 건 나와 같은 모험가라는 점. 이 눈보라 속에 일반인이 있을 거라곤 생각할 수 없었다. 이런 곳까지 마물을 토벌하러 온 건가?

하지만 엘레로라 씨가 말하길, 산맥은 무척 험해서 마물을 쓰러뜨려도 이익이 별로 없기 때문에 산을 오르는 모험가는 없다고 했다.

으음~, 이런 눈보라 속에 누구지?

곰순이를 본 그들에게 갑자기 공격을 당해도 곤란하니 그대로 피해서 이동하기로 했다. 탐지 스킬로 반응이 없는 쪽으로 이동 경로를 정했다. 하지만 그들은 움직임이 없었다.

여기서 야영이라도 하는 건가. 어쩌면 동굴이 있는 걸지도 몰랐다. 그렇다면 이대로 가 봐도 괜찮을까?

어떻게 할 건지 고민한 끝에 일단 가보기로 했다. 야영을 하고 있다면 눈치챌 일도 없을 테니 습격해오거나 하지는 않을 거라 생각했다.

눈보라도 점점 강해지기 시작했다. 탐지 스킬을 사용하며 반응이 있는 근처에 도착했다.

주변에는 동굴도, 바위틈도, 눈으로 만든 움집 같은 것도 없었다. 하물며 사람이 서 있는 모습도 없었다. 하지만 탐지 스킬에는 반응이 있었다. 예상할 수 있는 건 눈에 파묻혀있는 것 정도였다.

혹시 이건 심각한 상황인가?

눈이 쌓여있는 곳을 응시했다. 얼핏 봤을 때 하얗게 눈에 덮여 있는 사람 같은 모습은 보이지 않았다. 이 주변이라고 생각되는데…… . 잠시 둘러보자 곰순이가 반응했다. 그 쪽을 바라보니 눈에 묻혀있는 배낭 같은 것이 보였다.

곰순이에서 내려 배낭이 있는 쪽으로 달려갔다. 눈을 치우자 그 안에는 남녀가 서로를 껴안은 듯 쓰러져 있었다.

"괜찮아요?!"

눈을 바람 마법으로 날려 보내고 그들을 흔들어 깨워봤다. 두 사람 모두 의식은 없었지만 숨은 쉬고 있었다.

곰돌이를 소환해 두 사람을 곰돌이와 곰순이 위에 태웠다.

그리고 어딘가 눈을 피할 장소가 있는지 찾아봤다. 나는 암벽을 발견해 땅 마법으로 눈사태가 일어나지 않도록 살며시 크게 동굴을 만들어 곰돌이, 곰순이와 함께 동굴 안으로 들어갔다. 그리고 왕도로 향했을 때 사용한 여행용 곰 하우스를 꺼냈다.

두 사람을 곰 하우스 안으로 옮기고 소파 위에 눕혔다. 식어있는 몸을 따뜻하게 덥히기 위해 이불을 덮어주었다. 이것만으로는 아직 춥기 때문에 곰 하우스의 방 온도도 올렸다.

곰 하우스 안은 기본적으로 춥지도 덥지도 않았다. 적정 온도가 유지되도록 되어 있었다. 하지만 차가워진 두 사람의 몸을 따뜻하게 하기 위해 불의 마석을 사용해 방의 온도를 올렸다. 나머지는 눈이 뜨기를 기다리는 것뿐이었다.

"일단, 이걸로 안심인가?"

배도 고프니 식사를 준비해 먹기로 했다.

부엌으로 가서 따뜻한 음식과 음료를 준비해 방으로 돌아오자 여자의 몸이 움직이더니 천천히 눈을 떴다.

"여, 여기는……?"

"일어났어요?"

여자의 눈이 방을 둘러보더니 마지막으로 나를 인식했다.

"……곰? ……당신은?"

"저는 모험가 유나에요. 설산에서 쓰러져 있는 당신들을 발견했는데, 기억나요?"

여자는 조금 생각하더니 무언가가 떠올랐는지 소리쳤다.

"다몬!"

"남자라면 거기서 자고 있어요."

나는 옆 소파를 가리켰다.

숨을 쉬고 있는 남자를 본 여자는 안도했다.

"다행이다. 당신이 구해준 거예요?"

"우연히요. 눈 속에 쓰러져 있는 당신들을 발견해서요. 만약 눈치채지 못했다면 위험할 뻔 했어요."

"고맙습니다. 저는 유우라라고 해요. 이쪽은 남편인 다몬이고요."

유우라 씨는 고개를 숙였다. 나이는 스물다섯 살 전후 정도 되었다.

엘레로라 씨의 동안을 생각해봤을 때 나이는 잘 모르겠지만, 이불을 덮고 조금 추워하고 있는 유우라 씨에게 따뜻한 우유를 건네줬다.

"그나저나, 어째서 그런 곳에 있었어요?"

모험가도 별로 오지 않는 곳이라고 들었는데, 아무리 봐도 두 사람은 모험가로 보이지 않았다.

"저희는 미릴러 마을에서 크리모니아 마을로 향하는 중이었어요."

"미릴러 마을이라니, 이 산을 넘은 곳에 있는 마을 말이죠?"

바다가 있는 마을— 내가 향하고 있는 마을이었다.

"네, 맞아요. 산맥 너머에 있는 크리모니아 마을로 식재료를 사러 가는 중이었는데, 힘이 다해서⋯⋯."

"식재료? 왜 굳이 설산을 넘어서⋯⋯?"

"아직 크리모니아 마을까지 소식이 전달되지는 않은 모양이네요."

"⋯⋯?"

"지금으로부터 한 달 정도 전에 미릴러 마을에 마물이 나타났어요."

마물이라니, 역시 바다에도 있구나.

"모험가 분이 말하기를 그 마물은 크라켄이라고 했어요. 크라켄

118

이 항구 근처에 나타나 배를 습격하게 됐고, 배는 출항도 입항도 못하게 됐어요."

크라켄은 게임에서는 바다 이벤트 보스였다.

오징어 괴물로 불, 번개가 약점이지만, 바다 위라서 불의 위력은 반감되고, 번개는 대미지가 크지만 장소가 바다라 공격을 실패하면 자기 자신, 혹은 동료에게도 피해가 생길 수 있는 성가신 마물이었다.

전사는 도움이 되지 않아 마법사가 활약하는 이벤트였다. 나도 참가했지만 성가신 마물이었던 기억이 있다.

"게다가 크라켄의 출현으로 다른 마을에서 배가 들어오지도 못하는 바람에 식재료도 들어오지 않게 됐어요. 그래서 저희는 식재료를 구하러 크리모니아로 향하고 있던 중이었던 거고요."

"마을에 모험가 길드는 없어요? 힘을 합쳐서 크라켄을 쓰러뜨리면 되지 않아요?"

내 물음에 유우라 씨는 고개를 옆으로 저었다.

"모험가 길드는 있어요. 하지만 크라켄을 쓰러뜨릴 수 있을 정도의 모험가는 없어요."

이벤트라고는 해도 크라켄은 보스 클래스니까. 이 세계에서는 어느 정도의 힘이 있어야 쓰러뜨릴 수 있는 걸까?

"하지만 무리하게 산을 넘어 크리모니아로 가지 않아도 물고기를 먹으면—"

내 말에 유우라 씨는 또다시 고개를 옆으로 저었다.

"크라켄 때문에 배를 내보내는 것도 안 돼요. 전에 얕은 여울이라면 괜찮을 거라고 생각한 어부를 습격한 크라켄이 마을 근처까지 온 적이 있어요. 그 뒤로는 배를 내보내는 것도, 바다 근처로 가는 것도 제한되었죠."

배를 내보냈다가 크라켄을 마을로 불러들이면 식재료보다 더 큰 문제가 생길 것이다.

"하지만 물고기라면 배를 내보내지 않아도 잡을 수 있는 거 아니에요?"

평범하게 낚시로 고기를 낚는 다거나?

하지만 유우라 씨는 또다시 고개를 옆으로 저었다.

"잡을 수는 있지만 양이 적어요. 게다가 물고기를 잡는 건 일부 허가받은 사람들만 가능해요."

"어째서요?"

"사람들이 해안가에 모여 있으면 크라켄이 모습을 드러내는 일이 많아요. 그래서 인원 수 제한이 만들어졌죠."

즉, 낚시를 하고 있으면 먹이로 인식하고 크라켄이 다가온다는 건가?

"그리고 낚시로 잡은 물고기는 상업 길드에서 관리되어 분배되지만 그 양이 적어서 저희에게 돌아오는 건 없어요."

물고기의 양과 사람의 수가 맞지 않으면 부족한 건 당연한 것이었다.

유우라 씨에게 마을 이야기를 듣고 있는데 소파에서 자고 있던 남자가 움직이더니 눈을 떴다.

"다몬, 괜찮아?"

유우라 씨가 걱정스럽게 남자에게 다가갔다.

"유우라? 우리 산 거야?"

남자는 상반신을 일으켜 세워 유우라 씨의 손을 잡았다.

"여기 있는 모험가 유나 씨가 도와주셨어."

"……곰?"

알고는 있지만 모두 같은 반응을 보이네…….

"다몬, 실례야. 눈 속에 파묻혀 쓰러져 있던 우리를 구해주셨어."

"아, 미안. 나는 다몬이야. 구해줘서 고마워. 그나저나 여긴 어디지?"

"제 집이에요."

이동식 곰 하우스 안입니다만.

"우리를 구해줬구나……."

두 사람은 기쁜 듯 서로를 껴안았다. 나는 그들을 진정시키기 위해 부엌에서 우유를 데워 다몬 씨에게 가져다주었다.

"고마워."

다몬 씨는 우유를 받아들고 한 입 마셨다. 두 사람이 진정되자 이야기를 이어갔다.

"하지만 어째서 두 사람은 산맥으로 왔죠? 빙 돌아가긴 해도 해안가 길이 있다고 들었는데."

꽤 돌아가게 되지만 마을로 이어지는 길이 있다고 들었다. 목숨을 걸어서까지 산맥을 오르지 않아도 된다고 생각하는데…….

"그게……."

"크라켄이 나타나고 얼마 지나지 않아 해안가 길에 도적이 나타났어요. 그래서 마을에서 나가는 사람이나 식재료를 구하러 간 사람들이 습격을 당하고 있죠. 그래서 길은 지날 수 없어요."

"크라켄은 무리라고 해도 도적 정도는 모험가라면 쓰러뜨릴 수 있잖아요. 마을에서 의뢰를 하면 되지 않아요?"

모험가로서도 마을에 먹을 게 없어지는 건 곤란하기도 할 테니까 말이다.

하지만 두 사람은 고개를 저었다.

"그게, 랭크가 높은 모험가들은 마을에서 도망치는 사람들에게 고용돼서 나갔어."

"지금 마을에 남아있는 모험가들은 랭크가 낮은 사람들뿐이에요……."

크라켄은 쓰러뜨릴 수 없다. 도적도 쓰러뜨릴 수 없다. 높은 랭크의 모험가도 마을에서 나가기 전에 할 일이 있었을 텐데.

두 사람의 이야기를 요약하자면 바다는 크라켄 때문에 배가 나가지 못하게 되어 어업이 불가능해졌고, 다른 마을에서 오는 물자도 들어오지 못하게 됐으며, 유일한 길은 도적이 나타나 지나갈 수가 없다. 그리고 모험가는 도움이 되지 않는다. 또한 얕은 여울의 물고기는 양이 적어 마을사람 전원에게 돌아가지 않는다.

"산은요? 바다만 있는 게 아니잖아요."

산에는 울프도 있고, 동물도 있고, 산짐승들도 있다.

"네, 조금이라면 얻을 수 있어요. 하지만 그것도 한계가 있고, 비싼 돈을 내지 않으면 얻을 수 없어요."

확실히 잡는 데 한계는 있겠지.

"다른 항구는 미릴러 마을의 바다가 크라켄에게 습격당하고 있다는 걸 알고 있죠? 나라에서 움직인다던가 하지 않나요?"

왕도는 아니지만 크라켄이라면 나라의 병사가 움직이는 것도 이상하지 않다고 생각하는데…….

"저희 마을은 어떤 나라에도 속해있지 않아요. 그래서 크라켄을 쓰러뜨리러 와주는 나라는 없죠."

"그래요?"

"예전에 전쟁에서 도망쳐 온 사람들이 만든 마을이라고 들었어요."

모험가는 쓸모없고, 나라도 안 된다니, 이건 뭐…… 답답하지 않아?

으음~, 어쩌면 좋지?

나? 안 싸울 거예요. 아무리 그래도 곰은 바다에서는 못 싸우죠.

"두 사람은 앞으로 어쩌실 거예요?"

"가능하다면 크리모니아 마을로 갈까 생각 중이에요."

"그래서, 돌아오실 수는 있나요?"

목적지에도 도착하지 않았는데.

같은 길로 돌아올 수 있는 가능성은 낮았다.

"그건……"

"하지만, 아이도, 아버지도, 어머니도 배고파하며 기다리고 있는데……."

두 사람의 말에는 힘이 담겨 있지 않았다. 여기까지의 길을 떠올리고 있겠지. 말로는 간다고 해도 눈에 파묻혀 죽을 뻔 했던 기억이 머릿속에 떠오르는 모양이었다.

이대로 가게 해도 괜찮지만 도중에 죽기라도 한다면 찝찝할 것이다. 식재료라면 울프가 5천 마리 가깝게 있었고, 빵과 피자를 만들기 위해 밀가루도 대량으로 가지고 있다. 즉, 식재료는 썩을 정도로 가지고 있었다(썩지 않지만).

"저기, 그래서, 여기는 어디죠?"

"설산 한가운데인데요."

""네?""

두 사람이 놀라 목소리를 높였다.

물론 설산 한가운데에 집이 있다는 말을 들으면 놀라겠지.

"두 사람이 쓰러진 곳 근처에 있는 동굴이에요."

"정말인가요?"

"거짓말 같으면 확인해 봐도 돼요."

두 사람은 곰 하우스의 창문으로 바깥을 바라봤다. 동굴 속이지만 눈보라가 치고 있는 바깥까지 보였다.

"어째서 이런 동굴 안에 집이 있는 거죠?"

"제가 마법으로 만들었다고 생각하시면 돼요."

"그런 게……."

"가능하니까 설산으로 온 건데요."

곰 시리즈가 없었다면 이런 설산에 오지 않았을 것이다.

곰 옷, 소환수 곰, 곰 하우스, 곰 박스. 편리한 곰 시리즈.

"그런데 조금 전 식재료 건 말인데요. 제가 어느 정도 가지고 있으니까 나눠 드릴게요."

"정말?! 나눠 준다면야 고맙지만……. 이 정도면 얼마나 팔 수 있지?"

다몬 씨는 가죽 봉투를 꺼내어 테이블 위에 돈을 내었다.

은화, 동화가 테이블 위를 뒹굴었다. 아마도 집에 있는 돈을 끌어 모아온 것일 테지. 내가 보기에는 그리 많지는 않았다.

"적긴 하지만 이게 우리가 낼 수 있는 전 재산이야. 되도록 많이 준다면 큰 도움이 될 거야."

다몬 씨는 그렇게 말하며 고개를 숙였다. 이런 어린 여자아이에게 그렇게 깊게 고개를 숙이지 않아도 되는데…….

뭐, 건방지게 달라고 했으면 거절하겠지만 말이야.

"돈은 필요 없어요. 제 부탁을 들어주시면 돼요."

울프 재고 처분에 협조해주세요.

"그 부탁이라는 게 뭐지?"

"마을 안내를 부탁할게요."

"……그것만으로 괜찮은 거야?"

"그걸로 됐어요. 무리한 부탁은 안 할 테니까요."

크라켄이 없었다면 추천 생선가게를 소개 받을 텐데……. 일단
은 마을에 도착한 뒤에 생각할 일인가?

"고마워."

이런 이상한 복장을 한 아이에게 감사 인사를 할 수 있다니, 그
만큼 어렵다는 건가.

"그보다 많이 피곤하시죠? 식사 준비를 할 테니까 드시고 쉬세
요. 눈보라가 그치면 아침 일찍 출발할 테니까요."

나는 두 사람에게 따뜻한 식사를 준비해 주었다. 두 사람은 희
미하게 눈물을 글썽이며 식사를 했다. 마을에 있었을 때에는 식
사를 제대로 하지 못한 건가. 그런 상태로 산에 오르다니 무모하
기 짝이 없네.

식사가 끝나고 두 사람을 2층 침실로 안내했다.

나도 내 침실로 들어와서 오늘의 피로를 풀기 위해 이불 속으로
파고들었다.

🎀 85 곰 씨, 미릴러 마을에 도착하다

동굴 앞에 쌓여 있던 눈을 바람 마법으로 날려 보내자 쾌청한 바깥이 나왔다. 어제의 눈보라가 거짓말 같이 활짝 갰다. 전직 은둔형 외톨이에겐 눈부실 정도였다.

두 사람을 먼저 동굴에서 나가게 한 뒤 곰 하우스를 곰 박스에 담았다.

내가 밖으로 나가자 새로 쌓인 눈 때문에 두 사람은 걷는 데 애를 먹고 있었다.

"유나, 집은 어떻게 한 거야?"

어제 식사를 할 때 친해져서 호칭이 『유나 씨』에서 『유나』로 바뀌었다. 나로서도 그쪽이 편했다.

"마법으로 만들어서 집어넣는 것도 가능해요."

"유나는 정말 대단한 모험가구나."

"평범한 모험가예요."

스스로 말하기도 이상하지만 어쩐지 수상쩍은 대사였다.

이런 곰 복장을 하고 혼자 설산에 있고, 마법으로 집을 꺼내고 집어넣는 게 가능한 모험가가 또 있다면 보고 싶었다.

"그럼, 어제 밤에 설명했던 소환수를 부를 텐데, 놀라지 마세요."

어제 식사할 때 소환수인 곰돌이와 곰순이에 대해 이야기를 했다. 나는 양손을 들고 곰돌이와 곰순이를 소환했다.

"……정말 곰이 나왔잖아?"

"이걸 타는 거야?"

두 사람은 갑자기 나타난 곰돌이와 곰순이에 놀랐다.

"다몬 씨와 유우라 씨 두 분은 흑곰인 곰돌이를 타세요."

"공격하거나 하진 않지?"

그들은 약간 주저하며 곰돌이에게 다가갔다.

"나쁜 짓을 하거나 나쁜 말을 하지 않으면 괜찮아요."

"나쁜 말이라는 건 사람의 말을 이해한다는 거야?!"

"알아요. 곰돌이, 두 사람을 태워줘."

내 말에 곰돌이는 허리를 숙였다. 내 말을 따르는 곰돌이의 모습에 다몬 씨는 말을 잃었다.

"그……곰돌이……잘 부탁하네."

다몬 씨가 부탁을 하자 곰돌이는 「크~응」하고 대답했다.

"대단해! 정말 말을 이해하잖아."

다몬 씨는 곰돌이의 등에 올라탔다.

"유우라 씨도 타세요. 출발할 테니까."

유우라 씨는 고개를 끄덕인 후 남편인 다몬 씨의 뒤로 탔다. 두 사람이 타자 곰돌이가 천천히 일어났다.

어른이라면 곰돌이와 곰순이에 탈 수 있는 건 두 사람이 한계려나.

"떨어지진 않을 테지만 꽉 잡고 있으세요."

나도 곰순이 위에 올라타 마을을 향해 출발했다. 진행 속도는 느리게, 처음에는 걷는 속도로 진행했고, 익숙해지자 조금씩 속도를 올렸다. 설산이라 평지만큼 속도를 낼 수는 없었지만 사람이 걷는 것보다는 빨랐다.

"속도를 조금 낼게요."

산의 날씨는 쉽게 바뀐다. 어제처럼 눈보라가 칠 가능성도 있어서 속도를 조금만 올려 산맥을 올라갔다. 중간에 나타난 스노 다루마는 불 마법으로 쓰러뜨렸다.

곰돌이가 있어서 괜찮겠지만 두 사람이 습격을 당하기라도 한다면 큰일이었기 때문이다.

"그렇게 간단하게……."

"대단해."

두 사람은 나를 만나기 전까지는 마물을 발견하면 숨거나 길을 바꿨다고 했다. 뭐, 스노 다루마는 타격하지 않으면 쓰러뜨리지 못하니까 일반인에게는 무리인가. 한동안 나아가자 산 너머의 풍경이 나타났다. 멀리 푸른 바다가 펼쳐져 있었다.

오, 꿈에도 그리던 바다였다.

이 설산을 내려가면 바다가 기다리고 있다. 크라켄도 함께 기다리고 있지만. 이런 끼워 팔기 상품은 사실은 필요 없지만. 바다만을 선물해주길 바랐다. 크라켄이 없다면 최고였을 텐데.

하지만 여기에서 바다가 보였다고 해도 가깝다고는 할 수 없었다. 보이지만 멀었다. 마치 후지산 위에서 내려가는 거리만큼 멀게 느껴졌다.

더욱이 은둔형 외톨이인 나는 후지산에는 오른 적이 없다. 어디까지나 텔레비전으로 봤던 감상이었다. 게다가 은둔형 외톨이인 내 체력으로는 후지산 같은 걸 오를 수 있을 것 같지 않았다. 정말로 곰돌이와 곰순이에게는 감사해야 했다.

그럼, 바다를 향해 출발이다!

설산 정상 부근에서부터 곰돌이와 곰순이는 뛰어 내려갔다. 곰돌이 위에 올라탄 두 사람은 아까 전부터 비명을 지르고 있다. 「세워줘!」라던가, 「빨라!」라던가, 「죽겠어!」라는 말을 했다.

뭐, 내리막길을 상당한 속도로 내려가고 있으니 어쩔 수 없었다. 타본 적은 없지만 롤러코스터가 이런 느낌이려나?

그렇게 몇 시간 후, 산기슭까지 내려왔다. 물론 도중에 휴식은 취했다.

"두 사람 모두 괜찮아요?"

"네, 어떻게든……."

"괘, 괜찮아."

두 사람은 처음에는 소리를 질렀지만 중간부터 조용해졌고, 열심히 곰돌이를 붙들고 견디고 있었다.

"하지만 우리가 저 산을 얼마나 힘들게 올라갔는지 생각하면 슬프군."

다몬 씨는 내려온 산맥을 올려다봤다. 나도 참 멀리도 왔네. 뭐, 이런 곳까지 올 수 있었던 것도 곰돌이와 곰순이 덕이었다.

산을 내려온 우리는 중간에 곰돌이와 곰순이 위에서 내려와 직접 걸어서 마을로 향했다.

다몬 씨와 유우라 씨에게 곰돌이를 탄 채로 마을로 가면 모두가 놀랄 테니 그러지 않는 게 좋을 거라는 말을 들었다. 역시 곰은 전 세계 일반적으로 흉악한 동물로 여겨지고 있는 건가?

그렇게 해가 지기 전에 마을에 도착할 수 있었다.

"정말 하루 만에 돌아와 버렸네."

두 사람은 「우리들의 고생은 뭐였지?」라고 중얼거렸다.

마을 근처까지 오자 바닷바람이 불어왔다. 이제야 바다까지 왔다고 느껴졌다. 게임 속에서도 바다는 있었지만 마물이 함께 있었다. 뭐, 이 세계에도 마물은 있으니 별반 다르지 않나?

마을 입구로 다가가자 한 남자가 서 있었다.

"다몬, 돌아온 거야?!"

"그래, 죽을 뻔 한 걸 이 아가씨가 도와줬어."

남자는 나를 돌아봤다.

"응? 곰?"

"모험가인 유나에요."

길드 카드를 보여줬다.

"……모험가?"

곰 복장을 하고 있는 여자아이가 모험가라고 칭하니 놀란 모양이었다. 몇 번이고 나와 카드를 비교해 보고 있었다. 뭐, 곰의 모습을 한 여자아이가 모험가라고는 생각도 못하겠지.

"정말이야?"

"정말이에요."

"그래, 여기에 올 때까지 마물을 쓰러뜨리면서 호위도 해줬어. 겉보기와 달리 강한 모험가야."

다몬 씨의 말에 남자가 이상한 듯이 나를 쳐다봤다.

"그래서 다몬, 크리모니아 마을까지 갔다 온 거야?"

다몬 씨는 고개를 옆으로 저었다.

"도중에 힘이 다했어. 그때 유나가 도와준 거고."

"그랬군. 곰 아가씨, 다몬 부부를 도와줘서 고마워."

"오는 도중에 발견한 것뿐이니까 신경 쓰지 않아도 돼요."

"그렇군. 마을 상황은 다몬에게 들었겠지만, 환영하네."

남자는 그렇게 말하고 마을 안으로 들여보내 주었다.

"앞으로 유나는 어떻게 할 거야?"

"오늘은 늦었으니 내일 돌아다닐 준비를 하고 자려고요. 그래서 말인데, 여관을 소개해주면 고맙겠는데요."

"여관이라…… 식사가 나오지 않을 가능성이 있어."

"괜찮아요. 먹을 거라면 가지고 있으니 잘 곳을 제공해주기만 하면 돼요."

정 안 되면 사람이 오지 않을 법한 곳을 찾아서 곰 하우스를 설치하는 방법도 있었다.

"그럼 유나, 여관을 잡지 않고 우리 집으로 오는 건 어때?"

"아뇨, 괜찮아요. 모처럼 오랜만에 가족과 만나시잖아요. 저는 신경 쓰지 않아도 돼요."

"그렇지만 그렇게 식재료를 받았는데……."

어제 아이템 봉투에 울프 고기와 밀가루, 채소를 넣어 건네줬다.

이 두 사람은 아이템 봉투도 가지고 있지 않으면서 크리모니아까지 식재료를 사러 향하고 있었다. 크리모니아에 도착했다고 한들 구입한 식재료를 가지고 정말 그 산맥을 오를 작정이었다고 생각하니 무모하기 짝이 없었다.

그만큼 궁지에 몰려있었다는 건가.

"보답은 마을로 안내해준 거면 돼요."

두 사람은 식재료와 맞바꿔 돈을 주려고 했지만 그건 거절했다.

여관 안내도 처음에는 거절했지만 「그 정도는 하게 해줘」라는 말을 들어 버렸다. 두 사람은 얼른 가족들에게 식재료를 가지고 돌아가고 싶은 것을 참고 나를 여관까지 안내해줬다.

마을 안으로 들어와 한동안 걸었지만 마을에 활기가 없었다. 통행인이 적었다. 해가 저물고 있다고 해도 사람이 적었다. 커다란 광장에도 사람이 없었다. 그만큼 내 모습을 기이한 눈으로 보는 사람도 적어서 다행이지만.

"원래라면 여기에 포장마차가 많이 나와 있는데……."

유우라 씨가 쓸쓸하게 말했다.

"크라켄 때문에 생선이 잡히지 않아서 모두들 장사를 못하게 됐어."

"배도 들어오지 않아 근처 마을에서도 사람이 오지 않게 됐으니까 말이야."

"잡은 생선은 상업 길드가 관리를 한다고 했죠?"

"그래, 그것들은 이런 상황인데도 돈을 버는 일만 생각하고 있거든."

일단 표면상으로는 생선을 나눠주고 있는 것 같지만 뒤에서는 돈을 내는 사람에게 우선적으로 나눠주고 있는 모양이었다.

하지만 내가 가진 상업 길드의 이미지는 딱 그런 느낌인데. 양손을 비비며 「맡아 드릴깝쇼?」 같은 말을 하거나 해서…….

크리모니아에서 알고 지내는 상업 길드의 직원도 장사에 대한 일이라면 시끄러워지니까 말이다. 뭐, 그 덕분에 가게도 번성하고 있지만.

"다몬!"

여관을 향해 걸어가고 있는데 뒤에서 다몬 씨를 부르는 소리가
들렸다. 뒤를 돌아보자 다몬 씨와 비슷한 연배의 남자가 다가왔다.

"젤레모?"

"언제 돌아온 거야?"

"방금 전에."

"그랬군. 네가 산맥을 넘어 크리모니아 마을로 향했다고 들었을
땐 놀랐다고."

"먹을거리가 얼마 남지 않았었거든."

"그건 미안하네. 그나저나 이 이상한 복장을 한 아가씨는 누구
지?"

남자는 다몬 씨에게서 나로 시선을 옮겼다.

"이 아가씨는 유나야. 모험가지. 우리가 설산에서 쓰러져 있는
것을 구해줬어. 그리고 식재료도 나눠주고 우리를 마을까지 데려
와줬지."

"모험가? ……이 곰 차림을 한 꼬마 아가씨가?"

"유나, 소개하지. 상업 길드에서 일하고 있는 젤레모야."

"악덕 상업 길드의……?"

"이 녀석은 괜찮은 쪽이야."

"괜찮은 쪽이라니, 그 말투는 뭐야."

"그래도 그 녀석들의 동료라는 것보다는 낫잖아."

"그렇긴 해도……. 다시 소개하지, 나는 젤레모다. 일단은 상업 길드에서 일하고 있어."

그는 내 모습이 신경 쓰이는지 흘깃흘깃 보고 있었다.

"저는 유나예요. 일단은 모험가고요. 곰 옷차림에 대해선 물어도 대답하지 않을 거예요."

내가 선수를 치자 젤레모 씨는 입을 닫았다. 여러 가지로 물어본들 대답이 불가능하고, 무엇보다도 귀찮았다.

"뭐, 다몬을 구해줬다는 건 감사하네. 그래서, 아가씨는 무슨 일로 설산을 올라왔지?"

"바다를 보러 왔어요."

"……그것만을 위해서 저 산을 넘어 왔다는 건가?"

내 말에 당황한 모양이었다.

바다를 보는 것도 목적이지만, 제일의 목적은 바다의 식재료였다.

"이런 어린 아가씨가 저 산을 넘어오다니 믿기지 않는구먼."

"뭐, 도움을 받은 나도 믿기지 않지만 마물을 손쉽게 쓰러뜨리는 모습을 봤으니까."

"호오, 그건 대단하군. 꼬마 아가씨가 그만큼 세다면 일전에 온 모험가와 협력해서 도적을 쓰러뜨릴 수 있는 거 아냐?"

"모험가?"

"음, 일전에 마을길을 통해서 랭크 C의 모험가 파티가 왔거든."

"그래?"

"그래, 문제는 우리 길드 마스터가 말을 걸어보겠다고 한 거야.
어쩌면 상업 길드가 데려갈 가능성도 있어. 게다가 마을에서 나
가고 싶어 하는 사람도 많아서 호위 의뢰를 받아 나갈지도 몰라."

"그렇군. 그 파티가 좋은 모험가들이라면 괜찮겠지만……."

잠시 침묵이 흘렀다.

"그럼, 나는 일하러 돌아가지. 곰 아가씨도 이 마을에 길게 있
지 않길 권유하지."

그렇게 젤레모 씨와는 갈림길에서 헤어졌다.

🎀 86 곰 씨, 모험가 길드에 가다

"유나, 여기가 여관이야."

안내 받은 여관은 의외로 큰 여관이었다.

"배를 타고 다른 마을에서 물고기를 팔러 오는 사람도 있으니까. 지금은 오는 사람이 없어서 비어 있을 거야."

두 사람이 먼저 여관으로 들어갔고 나도 뒤따라갔다.

"데거 씨, 계세요?"

"다몬이군."

여관 안으로 들어서자 햇빛에 그을린 마초가 카운터에 앉아 있었다. 마초와 눈이 마주쳤다.

"근육?"

"곰?"

두 사람이 서로의 특징을 말했다.

대단한 근육이었다. 바다 사나이의 관록이 느껴졌다.

"다몬, 그 곰 차림을 한 귀여운 아가씨는 누구지?"

"우리의 생명의 은인이네. 크리모니아로 가던 길에 우리를 구해 줬어."

"생명이라니, 과장이 심하군."

"진짜야. 설산에서 쓰러져 있는 걸 구해줬어. 그리고 호위를 해주며 마을까지 데려다 주었지."

"이 곰 아가씨가……."

"그래서, 숙박을 하고 싶다고 하는데 방은 비어 있나?"

"저번에 온 모험가 일행이 묵고 있는 정도야. 방은 얼마든지 비어 있지."

"그렇다면 이 아이를 묵게 해주지 않겠어?"

"그래, 물론 상관없네. 다만, 식사 제공이 안 돼. 다몬에게 이야기를 들었겠지만 이 마을은 식량난에 빠져 있어. 이런 말은 조금 그렇지만 외부인에게 먹을거리를 줄 수 있는 여유가 없다네."

모린 씨가 만들어준 빵이라든가 다른 먹을거리를 가지고 있어서 음식에 관해서는 아무런 문제가 없었다.

"만약 식재료를 갖고 있다면 만들어 주는 건 가능하지만, 어떻게 할래?"

모처럼의 제의에 요리를 부탁하기로 했다. 어패류를 못 먹는 건 유감이지만.

곰 박스에서 고기, 채소, 밀가루 등의 식재료를 마초 앞에서 꺼내 건넸다.

"그럼, 이걸로 부탁해요."

"이렇게나……?!"

"얼마나 머물지 모르지만 맛있는 식사로 부탁할게요. 부족하면 말하시고요."

"좋아, 알겠네. 그럼 바로 식사 준비를 해주지. 원래대로라면 맛있는 생선 요리를 준비해주고 싶었지만 말이야. 나는 데거라고 해."

"저는 유나예요."

"그래, 잘 부탁하지, 곰 아가씨."

어째서 이름을 말했는데 이름을 안 부르는 걸까.

이대로 널리 알려지면 『곰 아가씨=나』라는 방정식이 세계로 퍼져나갈 것 같았다. 실제로 크리모니아 마을에서는 『곰 여자아이=나』라는 방정식이 세워져 있었다.

다몬 씨 부부는 집으로 돌아갔고 나는 식사를 대접받게 됐다. 음식의 맛은 그 마초의 풍채로 봤을 때 상상이 되지 않을 정도로 맛있었다. 배도 부르고, 나는 방을 안내 받았다.

방은 많이 비어있었기 때문에 1인실로 가장 넓은 방을 가격 변동 없이 배정받았다.

곰돌이와 곰순이를 소환할 수 있을 정도로 충분히 넓었다. 나는 침대에 걸터앉아 곰 폰을 꺼냈다. 피나가 걱정하고 있을 수 있었기 때문에 연락을 했다.

『유나 언니?!』

연락을 걸자마자 피나의 목소리가 들렸다.

"피나, 나는 여기 무사히 도착했어."

『정말요? 다행이네요.』

곰 폰 너머로 피나가 안도하고 있는 모습이 전해져 왔다. 이렇게 걱정해주니 기분이 좋아졌다.

『그래서 바다는 예뻐요?』

"응, 예뻐."

산 위에서밖에 보지 않았지만.

『좋겠다. 저도 보고 싶어요.』

"티루미나 씨가 허락해주면 다음에 같이 올까?"

『정말요?!』

뭐, 그러려면 도적과 크라켄이 없어져야 할 텐데. 피나에게는 걱정시키고 싶지 않았기 때문에 도적이나 크라켄, 마을이 식량난 이라는 것은 알려주지 않았다. 다만 당분간은 바다를 보며 돌아 다닐 거라 돌아가는 건 늦어질 것이라고 전했다.

밤도 깊어서 대화는 적당히 하기로 했다.

"그럼, 무슨 일 있으면 걱정 말고 연락 줘."

『네, 유나 언니도 무리는 하지 마세요.』

아침에 일어나자 침대 위에 커다란 검은 만두와 하얀 만두가 있 었다. 뭐지? 하고 자세히 보니 꼬맹이로 변한 곰돌이와 곰순이가 침대 위에서 웅크리고 자고 있었다. 어젯밤에 방범 대책으로 소 환해 뒀던 것을 떠올렸다. 열다섯 살짜리 소녀가 자는 데 그 정도 의 방범 대책은 필요하니까.

하지만 곰돌이와 곰순이는 기분 좋게 자고 있는데, 누가 오면 확실히 깨워주는 거 맞지?

　믿어보겠어. 자고 있는 곰돌이와 곰순이를 부드럽게 쓰다듬었다.

　쓰다듬는 손길에 곰돌이와 곰순이는 내 쪽을 봤지만 이내 작게 하품을 하더니 곧바로 웅크렸다. 그런 곰돌이와 곰순이를 송환하고 침대에서 일어났다. 나는 하얀 곰에서 검은 곰 옷으로 갈아입고 1층 식당으로 향했다.

　"빠르네. 식사라면 준비해놨어."

　근육 마초 데거 씨가 아침 식사를 내어주었다. 역시 맛있었다.

　이 여관에는 마초의 부인과 부인을 닮은 남매가 있었다. 두 사람 모두 나보다 연상으로 아들은 여관 일을 도우면서 어부 일을 하고 있다고 했다. 여관의 식사로 나오는 생선은 아들이 잡아와 요리를 한다고 했지만 지금은 바다로 나가지 못하고 여관을 도우고 있었다.

　딸의 나이는 나보다 조금 많아 보였다. 청소, 빨래, 식사 준비 등 어머니를 도우고 있었다. 두 사람을 봤을 때 마초가 아니라 다행이라고 생각했다. 부인의 유전자에 감사했다.

　"맛은 어때?"

　"맛있어요."

　"그건 다행이군. 그렇지만 우리 몫까지 식재료를 줘도 괜찮은 거야?"

　"그 대신 좋은 방을 쓰고 있잖아요."

데거 씨의 이야기에 따르면 슬슬 식재료가 떨어지는 집이 나올 거라고 했다. 일단, 알고 지내는 사이끼리 서로 나누고 있지만 그 것도 한계에 다다른 모양이었다.

"그래도 적긴 하지만 상업 길드의 배급도 있잖아요."

"흥! 일단 배급을 흉내 내고는 있지만 뒤에서 돈을 지불한 주민 들에게 우선적으로 나눠주고 있다고."

유우라 씨 부부도 그런 말을 했었지. 그렇다면 식재료를 넘기려 면 다른 곳이 좋으려나?

"그럼 식재료는 이제 더 이상 안 들어와요?"

내 물음에 데거 씨는 고개를 옆으로 저었다.

"모험가 길드가 산에서 울프나 동물들을 토벌해서 배부하고 있 지만 양이 적어."

"모험가 길드가 그런 일도 해요?"

"그래, 그 덕분에 도움 받는 사람들도 많아."

아무래도 상업 길드는 쓰레기지만 모험가 길드는 제대로 된 모 양이었다.

나는 여관을 나와 데거 씨에게 들은 모험가 길드로 향했다. 길 드는 바로 발견할 수 있었다. 크리모니아 마을의 모험가 길드보다 도 작았다.

나는 모험가에게 시비를 걸릴 준비를 하면서 길드 안으로 들어

갔다. 안으로 들어서자 모험가 전원의 시선이 내게로…… 향하지
않았다.

"아무도…… 없어?"

"어머, 실례야. 여기 있잖아."

목소리가 들린 쪽을 바라보자 노출광 한 명이 그곳에 있었다.
강조된 큰 가슴, 맨살이 보이는 허리춤, 짧은 스커트. 여자는 의
자에 앉아 아침부터 술을 마시고 있었다.

"귀여운 곰 씨가 이런 모험가 길드에 무슨 용건일까?"

"여기 모험가 길드죠?"

잘못해서 어른들 가게로 와버렸나?

"맞는데."

모험가 길드가 맞는 모양이었다.

"그렇다면 어째서 길드에 노출광이 있는 거죠?"

"어머, 실례잖니. 이건 내 사복이야. 남자들은 기뻐해준다고."

그녀는 그렇게 말하며 가슴을 강조했다. 현재 빈약한 가슴의
나로서는 할 수 없는 기술이었다. 앞으로 몇 년이 지나면 가능할
테지만 말이다.

"그런데, 그 봐준다는 남자랄까, 모험가들은 아무도 없는데요."

"있을 리가 없잖아. 이 마을에 대해 못 들은 거야?"

"크라켄과 도적이 나타나 곤란하다는 이야기는 들어서 알고 있
어요. 그래서 높은 랭크의 모험가들은 일부 시민과 함께 도망쳤

고, 낮은 랭크의 모험가들은 남아있다고 들었는데요."

그런데 아무도 없었다.

"대부분 맞는 이야기야. 다만, 남아있는 모험가들은 상업 길드 쪽에 있어."

"모험가가 상업 길드에요?"

"낮은 랭크라고는 해도 낮은 랭크의 마물이나 동물들은 토벌할 수 있어. 그걸 높은 값으로 사주니까 대부분의 모험가들은 그쪽으로 가 있지."

그렇군, 모험가 길드가 아니라 상업 길드에 팔면 돈이 된다는 건가. 즉, 모험가들은 큰 가슴보다 돈을 골랐다는 건가. 이 생각을 입 밖으로 꺼낼 순 없지만……

"모험가 길드는 비싸게 안 사나요?"

"저런, 내게 그런 녀석들과 같은 짓을 하라니—."

여자는 쏘아보듯 나를 쳐다봤다.

순간 여자의 날카로운 눈매에 멈칫해버렸다.

"후훗, 농담이야. 그렇게 겁먹지 마. 그나저나 귀여운 곰 씨는 모험가 길드에 뭐 하러 온 걸까."

"식재료가 부족하다고 들어서 기부하러 왔어요. 일단은 모험가니까요."

"자기가 모험가라고? 후훗, 아하하하하하……! 오랜만에 웃었네. 곰 아가씨가 모험가라고? 아하하하!"

그녀는 몇 번이고 나를 보며 웃어댔다.

"그런데요."

여자는 웃으면서 술을 마셨다. 기분은 알겠는데, 그렇게까지 웃지 않았으면 좋겠는데.

"미안해. 이렇게 사랑스러운 곰 차림을 하고 있는 여자아이가 모험가라고는 생각지도 못했거든. 확인을 위해 길드 카드를 보여 주겠어?"

"당신은?"

"맞네, 그러고 보니 통성명도 안했네. 나는 이 마을 모험가 길드의 길드 마스터인 아트라야."

설마 노출광이 길드 마스터라니. 인재부족인 건가. 어쨌든 아트라 씨에게 길드 카드를 건넸다.

"다른 직원은 없어요?"

"마을이 이런 상황에서 빈둥거릴 정도로 길드는 한가하지 않아."

당신은 한가로이 술을 마시고 있지 않았나?

"전투 지식이 있는 자는 산으로 식재료를 확보하러, 힘이 있는 자들은 가까운 마을로 모험가 파병 교섭을 하러. 그 이외의 자들은 마물이나 동물의 해체, 식재료 배급을 하고 있어."

데거 씨도 그런 말을 했었다. 자신들이 잡아온 식재료를 배급하고 있다고.

"이미 들었을 거라 생각하지만, 지금은 식량난이니까. 식재료에

어려움을 겪는 주민들이 많아. 죽게 내버려둘 수는 없지. 할 수 있는 건 가능한 한 할 거야."

겉보기와는 정 반대로 주민들을 위해 열심히 노력하는 길드 마스터였다.

아트라 씨는 길드의 카운터 안으로 들어가더니 내 길드 카드를 수정판에 올리고 조작했다.

"모험가 랭크 D…… 이름은 유나."

아트라 씨는 내 모험가 랭크와 이름을 읽었다.

"이건……."

그러다가 눈을 가늘게 뜨고 수정판에 떠오른 글자를 읽었다. 내 쪽에서는 뭐가 적혀 있는지 알 수 없었다.

"마물…… 토벌에…… 타이거…… 블랙…… 도적…… 의뢰 성공률 100퍼센트……."

잘 들리지 않을 정도의 작은 목소리로 중얼거리고 있었다. 들려온 몇 마디로 봤을 때, 내가 토벌한 마물들의 내용을 보고 있는 것 같았다. 아트라 씨는 수정판에 떠오른 내 길드 카드의 내용을 보고 굳어 있었다.

"믿기지 않아……. 자기, 뭐하는 사람이야?"

"모험가인데요."

그것밖에 대답할 수 없었다.

"고블린 무리 단독 토벌, 고블린 킹 토벌. 타이거 울프 토벌, 블랙 바이퍼 토벌. 도적 토벌, 의뢰 성공률 100퍼센트. 믿을 수 없어."

사실입니다.

"정말 혼자서 한 거야? 도저히 믿음이 안 가는데?"

아트라 씨는 눈을 가늘게 뜨고 의심하듯 나를 쳐다봤다.

"그렇게 안 보이죠."

뭐, 곰 옷차림을 하고 있는 여자아이가 할 수 있으리라고는 생각이 안 들겠지.

"이것만으로도 안 믿기는데 이런 것까지 있다니……."

아트라 씨는 믿을 수 없는 것을 보듯 내 길드 카드의 정보를 읽고 있었다.

달리 놀랄 정보가 있었나? 마물 1만 마리의 정보는 기재되어 있지 않을 터였다. 그건 사냐 씨와 이야기를 나눈 결과, 길드 카드에는 올리지 않기로 했다.

"뭐가 또 있나요?"

나는 신경이 쓰여서 물어봤다.

"그래, 길드 마스터만 볼 수 있는 항목이 있는데……."

아트라 씨는 거기까지 말하더니 다시 나를 바라봤다.

"엘파니카 왕국의 각인이 찍혀 있어."

"엘파니카의 각인?"

처음 듣는데?

"그 엘파니카 각인이라는 게 뭐죠?"

"국왕이 가장 신뢰하는 모험가와 상인에게 주어지는 각인이야. 나라를 위해 일하고 대단한 공적을 남긴 자에게 주어진다고 전해지고 있지. 자기, 나이 사칭하는 거 아니지?"

"열다섯 살 소녀인데요."

그런 게 길드 카드에 찍혀 있다니, 몰랐다. 각인을 찍은 건 틀림없이 국왕이겠지. 각인이라고 하니 그 이외는 생각할 수 없었다. 길드 카드에 입성 허가증을 기입할 때 멋대로 찍은 것 같았다. 그런 걸 찍으려면 미리 알려주길 바랐다.

"자기, 엘파니카 왕국에서 뭘 한 거야?"

틀림없이 마물 1만 마리의 건이겠지. 하지만 그런 걸 말할 수는 없었다.

"조금, 사람을 도운 것뿐이에요."

거짓말은 하지 않았다. 내 대답에 아트라 씨는 눈을 가늘게 뜨고 의심하듯 쳐다봤다.

"혹시 자기, 왕족 관계자야?"

"아니에요. 평범한 모험가예요."

곰 차림을 한 왕족이 있을 리 만무했다.

하지만 이렇다는 건 다른 마을의 길드에 갈 때마다 소란스러워진다는 건가?

"그 정보, 지우는 게 가능할까요?"

역시, 국왕에게 부탁하지 않으면 안 되려나?

"무, 무슨 말을 하는 거야?! 지울 수 있을 리가 없잖아. 엘파니카 왕국의 각인이라고?!"

"그렇게 소란을 피우는 게 귀찮아서요."

"그렇다면 안심해. 각인은 길드 마스터만 볼 수 있으니까 일반적으로 사용할 때에는 아무도 눈치채지 못해. 하지만 곤란한 일이 있을 때 길드 마스터에게 보여주면 꽤 우대를 해줄 거야."

옛 시대극에서 나오는 인장 같은 건가.

"하지만, 길드 마스터가 말을 퍼트리면 의미가 없잖아요."

"보통은 그런 일은 하지 않아. 길드 마스터만 볼 수 있다는 시점에서 극비 취급이야. 입 밖에라도 꺼낸다면 길드 마스터의 자질을 묻게 돼."

그렇다면 괜찮은 건가?

아트라 씨의 경우, 취기에 이야기를 한 것 같지만.

"자기, 이상한 복장을 하고 있지만, 강한 모험가는 대환영이야."

아트라 씨가 손을 내밀어 악수를 청하자 곰 장갑을 낀 손으로 그 손을 맞잡았다. 조금 전의 태도와는 달리 환영을 받았다.

"그래서, 유나는 뭐 하러 모험가 길드에 왔어? 설마 도적 토벌이라도 해주는 거야?"

"그래도 되지만……. 아까도 말했지만 오늘은 식재료 제공을 하러 온 것뿐이에요. 마을 사람의 이야기를 들으니 상업 길드보다도 모험가 길드 쪽이 좋은 것 같아서요."

"어머, 그런 말을 해주다니, 기쁜걸?"

"울프라도 괜찮아요?"

"당연하지. 한 마리든 두 마리든 지금은 적어도 큰 도움이야."

5천 마리인데…….

"세이! 세이 있어?"

아트라 씨가 안쪽 방을 향해 소리쳤다.

"무슨 일이시죠?"

안쪽 방에서 남자 직원이 나타났다.

"세이, 식재료 쪽은 어때?"

"그다지 좋지는 않습니다. 어르신과 아이가 있는 곳에 우선적으로 배급하고 있지만 그것도 모자라게 될 것 같습니다."

"그래, 여기 이 아가씨가 울프를 제공해준다고 하니까 부탁할게."

세이라고 불린 남자 직원이 내 쪽을 쳐다봤다.

"길드 마스터, 여기 귀여운 차림을 한 여자아이는 누구죠?"

"모험가인 유나야. 어제 이 마을에 왔대."

"모험가신가요. 저는 모험가 길드에서 일하고 있는 세이라고 합니다. 잘 부탁드립니다."

직원은 내 겉모습에 신경 쓰지 않고 정중하게 인사를 해주었다. 첫 대면에 곰에 대해 묻지 않았다.

"그래서, 울프를 제공해주신다는 게 정말이신가요?"

"네, 그 외에도 여럿 있지만 울프가 가장 많을 거예요."

곰 박스에는 마물 1만 마리를 쓰러뜨렸을 때의 울프가 들어 있었다. 그건 처분이 불가능할 정도의 수였다.

"고맙습니다."

세이가 고개를 숙여 감사 인사를 했다.

"그럼, 울프를 1천 마리정도 꺼낼 건데, 어디 적당한 장소가 있을까요?"

마을 인구가 어느 정도일지 모르지만 이만큼 있으면 충분할 거라고 생각되는 양을 제공해봤다. 사실은 채소와 빵 등이 있다면 좋겠지만, 그 정도로 많이 갖고 있지는 않았다.

"……지금 뭐라고?"

어쩐지 두 사람이 입을 헤 벌리고 있다.

"어디 적당한 장소가 있을까요?"

"그게 아니야. 1천 마리라고 하지 않았어?!"

식량난을 겪는 주민들에게 나눠주려면 1천 마리로는 부족한 건가?

"부족하다면 2천 마리 꺼낼까요?"

"그게 아니라, 어째서 그렇게나 많이 가지고 있는 거야?! 그보다 어디에 담은 거야?!"

"쓰러뜨려서 가지고 있을 뿐인데요. 많이 들어가는 아이템 봉투를 가지고 있으니까요."

솔직하게 대답했다. 거짓말은 하지 않았다.

"······그랬지. 자기, 각인을 가지고 있었지. 이제야 그 의미를 조금은 알 거 같아."

"각인?"

세이 씨가 되물었다.

"아무것도 아니야."

이 이상 물어오지 않도록 아트라 씨가 세이 씨와의 대화를 잘랐다.

"유나. 정말 가지고 있다면 1백 마리로도 충분해. 1천 마리나 받아도 해체가 불가능해."

그건 맞는 말이었다. 직원이 몇 명이 있을지 모르지만 1백 마리 해체를 하는 것도 그 나름의 시간이 걸릴 것이었다. 상식적으로 생각해서 1천 마리는 해체할 수 있는 양이 아니었다.

하지만 1백 마리 만이라면 울프 재고 처분이 불가능했다.

"세이, 그녀를 창고로 안내해줘. 그리고 직원 전원이 해체하고 주민들에게 배급을 부탁할게."

"앗, 맞다. 내가 울프를 건넨 건 말하지 말아주세요."

"어째서?"

"눈에 띄고 싶지 않아서요."

내 말에 아트라 씨와 세이 씨가 새삼 내 모습을 봤다. 하고 싶은 말은 대단히 잘 알고 있다. 하지만 겉모습으로 소란스러워 지는 것과 식재료를 건네서 소란스러워 지는 것은 별개의 문제였다.

어쩌면 식재료를 바라고 내가 있는 곳에 사람들이 몰려올 수도 있었다. 그에 한 명 한 명 대처 같은 건 불가능했다.

"알았어. 세이, 그녀에 대해선 비밀로 해줘."

"알겠습니다. 유나 님, 이쪽으로 와주세요."

세이 씨는 창고로 안내를 해주었다.

"이곳 바닥에 부탁드립니다."

나는 안내받은 창고 바닥에 곰 박스에서 꺼낸 울프를 산더미처럼 쌓아 두었다.

"정말 고맙습니다. 이것으로 괜찮아질 겁니다."

"부족하면 말하세요."

「재고를 줄이고 싶으니까」라는 마지막 말은 마음속으로만 중얼거렸다.

울프의 재고가 생각보다 줄지 않은 건 유감이지만 세이 씨의 말로는 「제공해주실 수 있다면 또 부탁드리겠습니다」라고 했다. 아직 줄 찬스는 있는 것 같았다.

울프를 모험가 길드에 건네고 나는 마을을 탐색하기로 했다. 우선 이 마을에 온 제일 첫 번째 목적인 바다로 향했다.

원래대로라면 시장 같은 게 있으면 어패류를 사러 갔겠지만, 그건 될 것 같지도 않았다. 생선을 마음대로 낚거나 하면 혼나겠지. 그런 짓을 하다가 크라켄을 불러들인다면 큰일이 될 것이다.

바다를 향해 걷는데 앞에 유우라 씨의 모습이 보였다.

"유우라 씨, 어디 가세요?"

"어제 약속했잖아. 마을을 안내해주겠다고. 그런데 여관으로 갔더니 이미 나갔다고 해서 유나를 찾고 있었어."

"죄송해요. 모험가 길드에 갔었어요."

잊었던 건 아니지만 마을의 식재료가 신경이 쓰여 혼자 모험가 길드로 향했다.

"앞으로 예정이 없다면 마을을 안내할 건데, 어때?"

유우라 씨의 권유를 감사히 받아들이기로 했다.

"그래서, 유나는 어디로 가려고 했던 거야?"

"일단, 바다로 가려고 했었어요."

"그럼 안내할게. 그런 뒤엔 어떻게 할래? 어디 가고 싶은 곳 있어? 보다시피 이런 상황이라 아무것도 없지만."

"생선을 팔고 있는 곳이 있다면 보고 싶었는데……."

지금은 시장 같은 건 없겠지.

"생선은 상업 길드가 사들이고 있어서 산다고 하면 상업 길드려나……. 돈을 내면 살 수 있을지도 모르지만 얼토당토 않는 가격이야."

뭐, 거의 잡히지 않는 상태라 비싼 건 어쩔 수 없었다. 돈이 있으니 살 수는 있지만 어패류가 먹고 싶다는 이유만으로 마을의 식재료를 사는 건 할 수 없었다.

"그런데, 다몬 씨는요?"

"다몬은 유나에게 받은 식재료를 지인들에게 나눠주러 갔어."

"괜찮아요? 부족하지 않아요?"

"당분간은 괜찮아. 서로 적은 식재료를 교환하는 거니까."

"부족하면 말해주세요."

열심히 울프 재고를 줄여야 하거든요.

한동안 걸어가자 해안이 보였다. 시야에 드넓은 바다가 쫙 펼쳐
졌다. 파랗게 펼쳐진 바다, 파란 하늘. 크라켄이 있다고는 생각할
수 없는 평화로운 바다였다. 시선을 왼쪽으로 옮기자 많은 어선들
이 항구에 정박 중이었다. 크라켄이 없었다면 저 많은 어선들이
바다로 나가 있었겠지.

"유우라 씨의 배도 저기에 있나요?"

"맞아, 있어. 크라켄 때문에 배는 못 내보이지만."

"어느 쪽에서 나오는 거예요?"

나는 눈앞에 펼쳐진 바다를 가리켰다. 이 조용하고 평화롭게만
보이는 넓은 바다에 크라켄이 있다고는 생각되지 않았다.

"어디라고 정해져 있지 않아. 멀리 나가는 배는 반드시 습격을
받아. 근처에서 생선을 잡고 있던 사람이 습격을 당한 적도 있으
니까 일괄적으로 어디에서 나타난다고 할 수는 없어. 전에도 이야
기했지만 마을 근처까지 온 적도 있어서 어디서든 나타난다고도

할 수 있지."

현재 나는 크라켄을 쓰러뜨릴 방법을 가지고 있지 않다. 바다 위에서는 싸울 수 없었다. 하늘은 날 수 없고, 바다에서는 물에 뜰 수 없다. 게임에서는 물속에서도 숨을 쉴 수가 있는 아이템이 있거나 스킬로 물속을 인어처럼 헤엄치는 플레이어도 있었다.

하지만 여기에서는 물속에서 숨을 쉴 수 있는 아이템도, 인어처럼 헤엄칠 수 있는 스킬도 없거니와 하늘을 나는 것도 불가능했다. 내가 가지고 있는 힘으로는 크라켄을 쓰러뜨릴 수 없었다.

적어도 지상에서 싸우는 게 가능하다면 마법으로 거대 오징어 구이를 만들 수 있겠지만 말이다. 하지만 이것만큼은 생떼를 써도 방법이 없었다. 아무리 곰 장비라 하더라도 바다 속에서는 싸울 수 없는 것이다. 높은 랭크의 모험가나 군대가 움직이는 걸 기원할 수밖에 없었다.

바다를 보면서 해안가를 거닐었다.

그러다 문득 모래사장이 눈에 들어왔다. 바지락 같은 것도 있을까?

된장이 있다면…… 바지락 된장국이 먹고 싶어졌다. 정말로 일식 요리를 점점 사랑하게 되고 있다.

내가 돈을 내면 높은 모험가들이 토벌해 와주지 않을까. 그런 생각을 하며 모래사장을 걸었다. 모래사장을 걷는 저편에 언덕이 보였다.

"유나. 저 언덕 너머에 도적이 나타나니까 가면 안 돼."

유우라 씨가 주의를 주었다. 나 혼자서 걷고 있으면 습격해올까? 습격해준다면 일부러 마중 나가지 않고 끝나니까 편한데…….

그 후, 해가 저물 때까지 유우라 씨에게 마을 안을 안내 받았다. 중간에 들린 모험가 길드에서는 내가 건넨 울프와 다른 식재료를 나눠 주고 있는 모습이 보였다.

🎀 87 곰 씨, 모르는 사이에 원한을 사다

"뭐가 어떻게 된 거야!"

나는 방에 있는 부하들에게 화를 냈다.

"어째서 모험가 길드가 울프 고기를 대량으로 가지고 있는 거지!"

"많이 잡은 게 아닐까요?"

한 부하가 대답했다.

"넌 바보냐! 하루 이틀 사이에 그렇게 대량으로 잡을 수 있을 리가 없잖아!"

어느 녀석이고 다 바보 같은 것들뿐이다. 생각을 하지 않는다.

"길드 마스터, 어쩌면 저번에 온 모험가가 아닐런지요?"

확실히 며칠 전에 한 모험가 파티가 마을에 왔다. 검사 두 명, 마법사 두 명인 4인 파티였다. 랭크도 높으니 내게 힘을 빌려주지 않겠냐고 권유했지만 거절당했다. 지금 떠올려도 열 받는다. 게다가 리더인 남자는 어여쁜 여자를 세 명이나 데리고 있었다.

그 모험가들이 모험가 길드에 건넸을 가능성은 있다. 하지만 그 모험가들은 며칠 전부터 마을 밖으로 나가 있다는 정보가 들어와 있었다.

단, 의문인 건 어떻게 그만한 양의 울프 고기를 준비했냐는 것이었다.

"돌아오면 붙잡을까요?"

"네놈들 중에 랭크 C 파티의 모험가들을 붙잡을 수 있는 놈이 어디 있다는 거냐?! 생각을 좀 하고 말해!"

정말로 바보 녀석들뿐이다. 그런 게 가능하다면 처음부터 그랬을 것을……. 불가능하기 때문에 이런 상황인 것이다. 그런 것도 모른다고 생각하니 머리가 지끈거려 왔다.

"일단, 모험가 길드가 어떻게 울프 고기를 대량으로 손에 넣었는지 알아봐!"

내가 다그치자 부하들은 모두 방에서 튕겨나가듯 나갔다.

쓸모없는 부하들을 거느리면 고생이었다.

"젠장, 앞으로 한 달, 어느 정도 돈이 모이면 이런 외딴 마을에서 나갈 작정이었는데—."

5년 전, 이 마을의 상업 길드 마스터가 됐다.

원래는 큰 마을의 상업 길드 직원이었다. 그러다가 길드 마스터가 될 수 있다는 말을 듣고 시험을 봤더니 이런 외진 마을로 보내졌다. 그럼에도 5년간 열심히 해 왔다. 주민들을 속여서 돈을 축적해 왔다. 큰 마을로 돌아가기 위해 열심히 한 것이다. 그런데 크라켄의 출현으로 계획이 무너졌다.

배는 나갈 수 없게 됐고, 생선은 잡을 수 없게 됐으며, 바보 같은 촌장은 재산을 가지고 도망쳤다. 게다가 돈줄인 주민들도 도망치려고 한다. 이 이상 돈줄들이 없어지는 것은 곤란했다.

그래서 나는 양아치 모험가들을 돈으로 고용하여 도적질을 시켰다.

모험가들도 이런 크라켄이 있는 마을에서 나갈 예정이었을 것이다. 그러다가 나가기 전에 돈을 벌고 싶었는지 내 감언이설에 간단하게 동조해왔다.

양아치를 고용한 나는 도적 흉내를 시켜 주민들이 마을에서 도망치지 못하도록 했다. 그럼에도 일부 주민들은 모험가를 고용해 도망쳤지만, 도적 이야기가 퍼지자 도망치는 자는 더 이상 나오지 않게 되었다.

유일하게 마을 밖으로 나갈 수 있었던 길은 도적에게 막혔고, 바다는 크라켄 때문에 배를 내보낼 수가 없다. 남은 것은 넘기 힘든 산맥뿐이다. 필연적으로 주민들은 마을에 남겨지게 되었다.

해안가에서 잡히는 생선은 일부 어부들에게만 잡게 하고 모두 내가 관리하고 있다.

평등하게 나눠주는 척하고 보통 가격보다 비싼 값으로 팔았다. 먹을 것을 많이 바라는 자는 돈을 내서라도 사러 왔다. 돈을 내지 않는 자에게는 조금밖에 주지 않았다. 먹을 것을 주지 않으면 폭동이 일어나므로 이 조절이 힘든 부분이었다.

만약 도망치려 해도 도적에게 습격당해 재산을 뺏겼다. 도망쳐도 재산을 뺏기고, 남아도 재산을 뺏겼다. 그렇게 앞으로 한 달— 주민들을 쥐어짠 뒤 나는 마을에서 나갈 작정이었다. 그런데 모험가 길드가 무료로 울프 고기를 배부했다.

그 때문에 먹을 것을 싸게 팔라든가 무료로 나눠주라고 말하는 바보까지 나왔다. 얼른 손을 쓰지 않으면 돈벌이가 없어지게 되고, 나아가 주민들이 소동을 피우게 되면 막을 방법이 없다.

어찌됐든 울프 고기를 사들인 곳을 알아내지 않고서는 아무것도 할 수 없었다.

기다리던 정보는 바로 그날 밤에 부하가 가지고 왔다.

"곰이 수상한 것 같습니다."

그런 보고를 하는 부하가 바보로 보였다. 갑자기 곰이 수상하다니, 이 녀석, 머리 괜찮은 거야?

"너, 나를 놀리고 있는 건가?"

"아뇨, 아닙니다. 곰 옷차림을 한 여자가 있습니다."

그런 이상한 복장을 하고 있는 녀석이 이 마을에 있다고?

"알아보니 저번에 혼자서 이 마을로 왔다는 모양입니다."

"도적에게 습격당하지 않고 왔다고?"

호위라도 있었나? 여자가 혼자서 왔다면 그 녀석들이 습격했을 텐데, 혼자라서 신경 쓰지 않았던 건가?

"정보에 의하면 혼자서 산맥을 넘어왔다고 합니다."

"네 녀석, 바보냐? 그 산을 넘어왔다고?!"

"문지기 담당인 남자에게 들었으니 틀림없을 것입니다. 이야기에 따르면 산맥을 넘으려고 했던 주민을 도왔다고 합니다. 그 다음날, 해안에 있는 곰을 몇몇 주민들이 봤습니다. 그리고 모험가 길드로 향하는 것도 봤습니다."

보고에 따르면 그 곰 옷차림을 한 여자가 모험가 길드로 간 후 울프 고기가 대량으로 나돌고 있다고 했다. 만약 그 산맥을 넘을 정도의 실력이 있는 모험가라면 여자라 해도 울프 정도는 간단하게 쓰러뜨릴 수 있을 것이다. 게다가 대량의 울프가 들어간다는 건 꽤 고급 아이템 봉투를 가지고 있다는 말이 된다.

꽤 상위 모험가라는 건가?

랭크 B, 최소한 C 정도인가.

어떻게든 그 여자를 이쪽으로 끌어들이고 싶은데. 그렇게 한다면 울프 고기도 손에 넣을 수 있을 텐데…….

어떻게 하면 좋을까…….

"그래서, 그 여자는 어떤 여자냐?"

"열세 살 정도의 여자아이로, 귀여운 곰 옷차림을 하고 있습니다."

"……뭐? 몇 살 정도라고?"

"열세 살 정도의 여자아이입니다."

"네 놈, 날 놀리는 거지? 그런 어린아이가 혼자서 산맥을 넘고, 울프를 대량으로 가지고 왔다는 거냐?!"

"……네."

열세 살짜리 꼬맹이라……. 날 바보 취급을 하다니— 그런 꼬맹이가 어떻게 산맥을 넘어 온다는 거야! 조금은 생각을 하고 나서 보고를 해! 이러니까 바보는 싫다는 거야!

조금 더 제대로 된 보고는 없나!

하지만 시간이 지나면 지날수록 모여드는 정보는 다들 곰에 관한 것들뿐이었다.

모험가 길드를 지켜보고 온 자가 말하기를, 울프 고기는 아직 많이 있다고 했다. 창고에서 해체 작업을 하고 밖으로 고기를 운반해 꺼내는 것을 확인했다.

곰 여자는 믿을 수 없지만 울프 고기가 존재하는 건 사실이었다.

"그 곰 여자는 지금 어디에 있는지 알아봤나?"

"네, 데거의 여관에 묵고 있습니다."

"그 근육의 여관이라……."

조금 성가시군. 하지만 이대로 둘 수는 없었다.

"그렇다면 오늘 밤, 모험가들을 네다섯 명 모아 습격해."

깊은 밤, 곰 여자를 습격하기로 했다. 울프를 가지고 있다면 뺏으면 됐다. 가지고 있지 않으면 여자를 도적들에게 건네고 처리를 맡기자. 그 정도의 인원이면 꼬맹이를 좋아하는 취향의 녀석도 있겠지.

일단 수상한 녀석은 처리하자.

하지만, 여관으로 향한 모험가들은 어느 누구 한 명도 돌아오지 않았다.

🎀 88 곰 씨, 여관에서 습격을 받다

마을을 안내해준 유우라 씨와 헤어진 뒤 여관으로 돌아왔다. 저녁식사도 마초가 만들어 준 요리를 먹었고, 배도 볼록 불렀다.

요리는 맛있지만, 바다가 눈앞에 있는데 해산물 요리를 먹을 수 없는 건 아쉬웠다. 마을에서 좀 떨어진 바다에서 생선 낚시라도 할까⋯⋯. 낚시를 해본 경험은 없지만 마법으로 낚는 건 가능할지도 몰랐다.

가장 좋은 건 크라켄을 쓰러뜨리는 거겠지만⋯⋯. 내겐 쓰러뜨릴 방법이 준비되어 있지 않았다.

마을을 돌아다니면서 알게 된 점은 상황이 좋지 않다는 것이었다. 마을에 활기가 없었고 바다로 나갈 수도 없었다. 마을 밖으로 나가는 유일한 길에는 도적들이 나타난 탓에 먹을거리가 적었다. 해안 부근에서 잡히는 건 상업 길드가 관리를 하며 사욕을 채우는 상태였다.

내일 한 번 더 모험가 길드로 가서 아트라 씨에게 도적에 대한 이야기를 들어보는 게 나으려나?

도적을 쓰러뜨리는 것이 가능하다면 식재료 문제도 조금은 해결될 수 있을 것이다.

우선 오늘은 이불 속에 들어가 자기로 했다. 옆에서는 꼬맹이로 변한 곰돌이와 곰순이가 웅크리고 자고 있었다. 여관 같은 곳에서 소환을 하다니, 꼬맹이화는 편리했다. 공간을 많이 잡아먹지 않아서 침대 위에서 같이 자는 것도 가능했다.

"무슨 일 생기면 깨워줘야 해."

나는 곰돌이와 곰순이의 머리를 쓰다듬고 둘 사이에 껴서 눈을 감았다.

톡톡, 톡톡.

무언가 부드러운 물체가 뺨을 두드렸다.

톡톡, 톡톡.

나는 그것을 뿌리쳤다.

부드러운 털가죽이 닿았다.

이불?

이불을 붙잡아 끌어안았다.

으~응, 따뜻해. 푹신푹신하네.

그러자 무언가가 얼굴을 덮었다.

뿌리칠 수가 없었다.

점점 답답해져서 눈이 떠졌다.

"뭐야?!"

일어나 보니 곰돌이가 얼굴에 착 달라붙어 있었다. 내 팔 안에는 곰순이가 있었다.

"뭐야? 너희, 잠버릇이 험했던 거야?"

내가 그렇게 칭얼대자 곰돌이와 곰순이는 작게 「크~응」하고 울며 문 쪽을 쳐다봤다.

"설마 누가 온 거니?"

곰들은 다시 「크~응」하고 울었다.

데거 씨 가족이라면 곰돌이와 곰순이가 깨울 리가 없었다.

탐지 스킬을 사용하자 여관 안에서 움직이는 사람이 있었다. 수는 네 명.

이런 밤중에 누구지?

달리 묵고 있는 사람이 있었나?

탐지 스킬에 걸린 그들은 천천히 계단을 올라왔다. 설마 저번에 말했던 랭크 C의 모험가들이 이 시간에 돌아온 건가?

하지만 그들은 지금은 더 이상 묵고 있지 않다고 들었다.

그들은 내 방 앞에서 멈췄다. 덮칠 리는 없을 텐데. 덮친다면 쭉쭉 빵빵인 길드 마스터 같은 여자 쪽이 좋을 테고…….

일단 대처를 하기 위해 침대에서 나와 곰돌이와 곰순이를 크게 만들어 두었다.

문은 잠겨 있는데 어쩔 셈인 거지?

달칵.

네, 간단하게 문이 열렸습니다. 예비용 열쇠라도 있는 거야? 그게 아니라면 마법?

천천히 문이 열렸다. 열다섯 살짜리 소녀의 방에 침입해오는 거니까 적당히 봐줄 필요는 없겠지.

문이 열린 순간 원스텝으로 문 앞으로 다가가 문을 연 인물의 얼굴에 곰 펀치를 날렸다. 얻어맞은 남자는 통로 벽에 부딪치고 정신을 잃었다. 그 기세 그대로 통로로 나가자 어두침침한 복도에 사람 세 명이 서 있었다.

얼굴을 확인하기 위해 빛 마법을 사용했다.

"뭐야!"

갑자기 나타난 빛에 세 명은 깜짝 놀랐다. 세 명 모두 나이프를 가지고 있었다. 이거 틀림없이 강도인 거지?

"이런 밤중에 내게 무슨 용건이지?"

"꼬맹이 아가씨가 모험가 길드에 울프를 건넨 건가?"

알려졌나?

"그렇다면?"

"조용히 우리를 따라와라. 그렇게 하면 험한 꼴은 면하게 해주지."

따라오라고 해도 이런 수상한 사람들을 따라갈 리가 없었다.

"거절하면?"

"강제로라도 데려가지."

남자는 나이프를 감아쥐었다.

노리는 건 내가 아니라 울프인 것 같았다.

으음, 길드 직원에게 입단속을 시켜도 역시 정보는 세어나가는군.

이런 한밤중이 아니었다면 일부러 붙잡히는 척해서 우두머리가 있는 곳까지 따라가 흠씬 두들겨 패고 끝낼 텐데…… 지금은 졸렸다.

나는 수면, 식사, 게임을 방해 받는 게 가장 열 받는다. 그래서 얼른 후다닥 쓰러뜨리고 수면을 이어가기로 했다.

"그런 이유로— 어서 자고 싶으니까 쓰러뜨려줄게."

"뭐가 그런 이유라는 거야?!"

남자들이 나이프를 꽉 쥐고 공격해왔다.

곰 펀치! 곰 펀치! 곰 펀치!

비장의 곰 펀치가 작렬했다(일반적인 곰 장갑 펀치입니다).

커다란 소리를 내며 남자들이 복도에 쓰러졌다. 너무 큰 소리를 냈나? 마초 씨 가족이 일어나 버릴지도 몰랐다. 그 전에 나는 남자들에게 물었다.

"일단 확인을 위해 묻겠는데, 누구에게 부탁 받은 거지? 어디로 데려갈 작정이었어?"

"말할 리가 없잖아."

응, 귀찮아. 나는 곰돌이와 곰순이를 불렀다.

원래 크기로 돌아온 곰돌이와 곰순이가 문을 아슬아슬하게 통과하고 복도로 나왔다.

"고, 곰!"

남자들이 곰돌이를 보고 경악한 표정을 지었다.

"말하고 싶지 않은 것 같으니까 먹어버려도 괜찮아."

곰돌이와 곰순이는 천천히 쓰러져 있는 남자들에게 다가갔다.

"기, 기다려!"

"안 기다려."

곰돌이는 남자 위로 덮쳐 눌렀다. 그리고 할짝 하고 한 번 핥았다.

"말할게! 말할 테니 잡아먹지 말아줘!"

"네 명이나 있으니 한 명 정도 먹어도 문제없으니까 괜찮아."

곰순이도 두 사람을 덮쳐 눌러 도망치지 못하도록 막고 있었다.

행복한 사람은 처음에 내게 맞고 기절한 남자겠지.

"부탁할게……."

"어쩔 수 없네. 그럼, 내 질문에 대답해주면 멈춰줄게."

남자는 곰돌이에게 눌려있는 채로 말하기 시작했다.

"우리에게 지시를 내린 건 상업 길드의 길드 마스터야."

상업 길드라……. 하지만 상업 길드에 원한을 살 일은 하지 않은 것 같은데?

"너, 모험가 길드에 대량의 울프 고기를 건네줬지?"

"어째서 나인 걸 알았지?"

일단 입막음은 해뒀었다.

"조금만 알아보면 아가씨가 모험가 길드에 들렀다는 것도, 그와 동시에 모험가 길드에 울프 고기가 대량으로 입고되었다는 것도 알 수 있어."

모험가 길드로 몰래 찾아간 게 아니니까 들키는 것도 어쩔 수 없나.

"게다가 여관 주인에게 이야기를 물었더니 네 녀석에게 식재료를 나눠 받았다는 것도 알 수 있었지. 그 밖에도 네 녀석이 설산에서 구해준 주민에게 식재료를 건네줬다는 것도 알고 있어."

여러 가지로 들켰네.

"그래서, 내가 가지고 있는 울프를 빼앗을 생각이었다는 건가."

"그것도 있지만, 그만한 양을 가지고 움직일 수 있는 아이템 봉투를 손에 넣으라는 지시도 있었어."

노렸던 건 울프와 아이템 봉투였군.

"이제 됐지? 얘기 했잖아! 이제 놔줘!"

"뭘 말했다는 거지? 당신이 부탁한 건『먹지 말아줘』잖아. 나를 공격했는데 놓칠 수는 없지. 지금 경비병을 부르는 것도 귀찮으니 아침까지 그러고 있어. 곰돌이, 곰순이, 만약 도망치려고 하면 먹어도 돼."

나는 곰돌이와 곰순이에게 지시를 내리고 방으로 돌아가 다시 자기로 했다.

마초 씨 가족이 일어날 것 같지도 않으니 연락은 아침 일찍 일어나서 하면 되려나…….

"기다려! 아침까지 이대로라니!"

"아, 그리고 내 숙면을 방해하려고 하면 그때도 잡아먹어도 돼."

곰들은 남자들을 꼼짝 못하게 누르고 작게 「크~응」하고 울었다.

"조용히 있으면 산 채로 경비병에게 넘기지."

남자들에게 말하자 그들은 내 말에 입을 닫고 조용해졌다.

나는 방으로 돌아가 다시 잠자리에 들었다.

다음날 아침.

"우아아아악! 어째서 곰이 있는 거야?!"

복도가 소란스러웠다.

"곰 아가씨는 괜찮은 건가?! 곰 아가씨!"

나를 부르는 목소리가 들려왔다. 천천히 어젯밤의 일을 떠올렸다.

아, 그랬지. 곰돌이와 곰순이가 복도에 있었다.

졸린 눈을 비비며 방에서 나왔다.

"곰 아가씨, 무사했던 거야?! 왜인지 우리 여관에 곰이 있어!"

마초가 주먹을 감아쥐었다. 혹시 우리 곰들과 싸울 생각이신가요?

무모하기 짝이 없잖아.

"그 곰, 제 소환수니까 안심하세요."

"소환수? 아가씨, 그런 것도 가능한 거야? 게다가 뭐야, 곰 아래 깔려 있는 남자들은?"

남자들은 얼굴이 곰돌이와 곰순이의 침으로 흠뻑 젖어 있었다.

"밤중에 저를 덮치러 와서 잡은 거예요."

"덮치러 왔다고?"

"상업 길드의 길드 마스터에게 부탁을 받은 모양이에요."

"상업 길드의 길드 마스터라니……."

"그래서, 이 남자들을 경비병에게 넘기고 싶은데요."

"그건 관두는 게 좋겠어."

"어째서요?"

"촌장이 도망친 지금, 경비병을 관리하는 것도 상업 길드야. 건네려면 모험가 길드가 좋아."

마초 씨의 아들이 모험가 길드로 연락하기로 했다.

그동안 곰돌이와 곰순이를 송환하고, 마초 씨가 곰들의 밑에 깔려있던 남자들을 줄로 묶어 주었다. 잠시 후, 아들이 길드 직원들을 데리고 돌아왔다.

"어째서 아트라 씨가 함께 있는 거죠?"

아트라 씨가 길드 직원들과 함께 왔다. 하지만 노출 차림이 아닌 어깨부터 가볍게 겉옷을 덮고 있었다. 역시 그 차림으로는 밖으로 나가지 않는 건가. 그 이전에 춥기도 할 테고.

"그거야 자기가 습격을 당했다고 들어서지. 그래서, 어디의 어떤 놈이야? 유나를 덮친 멍청이들은."

나는 줄로 묶여 지쳐있는 남자들을 가리켰다.

"이 녀석들이야?"

아트라 씨가 남자들에게 다가갔다.

"너는 분명, 도로이였지."

아트라 씨는 한 모험가의 이름을 말했다.

"길드 마스터……."

"아예 밑바닥까지 추락했구나."

"저는……."

"이야기는 모험가 길드에서 듣지."

아트라 씨는 데려온 직원들에게 그들을 연행하도록 지시했다.

"그래서, 유나는 다치진 않았고?"

"괜찮아요. 호위도 있으니까요."

"호위?"

"다음에 소개할게요."

곰돌이와 곰순이에 대해서는 다음에 설명하기로 했다.

"그래서, 습격을 당한 이유가 뭐야?"

"제가 가지고 있는 울프였던 것 같아요. 상업 길드에게 부탁을
받았다는 듯이 말했었는데……."

"울프 고기를 배부하는 게 아니꼽게 보였나 보네. 그래도 설마
이렇게 빨리 습격할 줄은 생각 못했는데……. 일단 붙잡은 남자
들을 자세하게 조사하는 건 이쪽에서 할게."

그건 문제없었다.

"아, 맞다. 아트라 씨, 도적 토벌을 하러 갈까 하는데, 자세한
애길 들려주시겠어요?"

"도적 토벌? 혼자서?"

"네, 크라켄을 쓰러뜨리는 건 불가능하지만 도적 정도라면 어떻게든 될 것 같아서요. 도적이 없어지면 길도 지날 수 있게 되잖아요."

"그렇긴 하지만, 혼자는 위험해."

"괜찮아요. 아트라 씨도 길드 카드를 보셨잖아요?"

내 말에 아트라 씨는 잠시 생각에 잠겼다.

"저번에 마을에 왔던 네 명의 모험가들이 도적 토벌을 하러 갔었어."

아트라 씨의 이야기에 따르면 마을에 왔던 모험가들이 도적 토벌을 하러 갔지만 며칠이 지나도 돌아오지 않는다고 했다.

"말리긴 했는데 상태를 보고 온다고 해서……."

설마 이 여관에 머물렀던 모험가들인 걸까?

지금은 없다고 했고…….

이거, 서두르는 편이 나으려나?

나는 아트라 씨에게 도적에 대해 많은 이야기를 들었다.

도적은 다 합쳐 스무 명 이상, 인상은 얼굴을 가리고 있기 때문에 알 수 없다. 호위가 붙어있는 경우엔 습격해오지 않는다. 아지트는 산 어딘가인 것밖에 알지 못한다. 뭐, 그건 탐지 스킬을 사용하면 알게 될 터였다.

"붙잡혀 있는 사람은 있어요?"

"아마 여자들이 잡혀 있을 거야. 사체는 남자들만 남아 있었으니까."

그 말에 사양 않고 때려죽일 수 있겠군. 돈만 노렸다면 반죽음으로 용서해줬겠지만, 남자는 죽이고 여자는 데려갔다. 충분히 내 분노 리스트에 들어간다.

"그럼, 얼른 지금부터 갔다 올게요."

"무리는 하지 마."

아트라 씨는 걱정스러운 듯 신경 써 주었다. 내가 그대로 여관을 나서려는데, 뒤에서 아트라 씨가 추가로 입을 열었다.

"그 하얀 곰 차림도 귀여워."

데거 씨의 외침에 일어난 차림 그대로 있었던 것을 잊고 있었다. 어째서인지 하얀 곰 옷차림을 보이면 창피했다. 하얀 곰 옷은 언제나 입고 있는 검은 곰 옷에서 색깔만 다를 뿐인데……. 역시 하얀 곰은 파자마로 입어서 그런가?

나는 출발하기 전에 하루의 원동력인 아침 식사를 데거 씨에게 부탁했다.

🎀 89 곰 씨, 도적 토벌을 하러 가다

나를 습격한 남자들에 대해서는 아트라 씨에게 맡기고, 나는 도적 토벌 준비를 했다.

준비라고 해도 배를 채우는 것뿐이었다.

"곰 아가씨, 정말로 도적 토벌을 하러 가는 건가?"

나와 아트라 씨의 대화를 듣고 있던 데거 씨가 걱정스럽게 물어왔다.

"그 전에 데거 씨의 맛있는 아침을 먹고 가려고요."

"그렇게 말해주는 건 기쁘지만, 곰 아가씨 같은 여자아이로는 위험해."

"괜찮아요. 일단은 모험가이기도 하고, 곰도 보셨잖아요. 그 아이들도 있으니까 후다닥 무찌르고 올게요."

"그렇군, 그럼 돌아오면 내가 지금 할 수 있는 최고의 요리를 만들어주지."

마초 씨는 팔을 구부려 근육을 강조시켰다. 요리에 근육은 관계없다고 생각하지만 그 마음은 기뻤다.

"그럼 얼른 쓰러뜨리고 오지 않으면 안 되겠네요."

나는 마을 밖으로 나가 곰돌이를 소환했다.

그럼, 도적 토벌을 하러 출발!

도적이 나타난다는 장소로 향했다. 해안가를 따라 이어지는 길을 말이 달리는 정도의 속도로 나아갔다. 바닷바람이 기분 좋았다. 조금 더 따뜻해지면 수영도 가능하려나?

피나는 바다를 본 적이 없을 테니 따뜻해지면 다 같이 오는 것도 좋을 것 같다. 하지만 나는 초등학교 수업 이후로 수영을 해본 적이 없다. 그 때는 조금이나마 수영할 줄 알았지만 지금도 가능할까? 뭐, 장거리 수영은 불가능하다는 건 틀림없었다.

모래사장에서 노는 것도 즐거울 테고, 바다에서의 놀이 방법은 여러 가지 있었다. 나중 일은 나중에 생각하기로 하고 지금은 도적 토벌이 우선이다.

도적이 언제 나타날지 모르니 탐지 스킬을 발동시켜 두었다. 맵이 작성되어 있지 않아서 진행 방향은 검은 색으로 뒤덮였다. 길이 이어지는 대로 나아가자 지도 앞에 사람 반응이 네 개 나타났다.

도적?

매복?

하지만 마을에서 들었던 수 보다 적네. 일반인을 습격하는 거라면 그 정도면 되는 건가?

기왕이면 전원이 공격해오는 게 제일 편한데…… 하지만 붙잡혀 있는 사람도 있으니 아지트에는 가야 되니까 어느 쪽이든 같나?

나는 곰돌이의 속도를 늦추고 천천히 갔다. 멀리 보이던 사람의 모습이 파악됐다. 숨어 있는 건 아니니까 도적이 아닌 건가? 하지만 이 길에 사람이 있는 건 수상했다. 일반인인 척하고 공격해 올 가능성도 있으니 위협의 의미로 곰돌이를 탄 채 그대로 가기로 했다.

곰 위에 곰 옷차림을 한 여자아이라니, 주위에서 봤을 때 어떤 느낌일까.

내 모습에 대해 생각해 봤지만, 무서운 건지 무섭지 않은 건지 모호했다. 고민을 해도 어쩔 도리가 없었으므로 이대로 가기로 했다. 점점 상대와의 거리가 줄어들었다.

응?

혹시 아트라 씨가 말했던 모험가들인가?

예상대로 앞에서 모험가 복장을 한 네 사람이 이곳을 향해 걸어왔다. 남자 한 명에 여자가 세 명, 남자가 봤을 때 부러운 파티겠네. 이게 소위 말하는 하렘 파티인가?

모험가들은 곰돌이에 올라탄 나를 보고 검과 지팡이를 쥐었다.

설마 전투로 이어지는 거야? 마음의 준비를 해두자.

도적 토벌을 하러 왔다고 해서 모든 모험가들이 좋은 사람이라고는 단정할 수 없었다. 도적이 가지고 있는 것을 손에 넣으려고 움직이고 있는 것뿐일 수도 있었다.

"잠깐, 기다려."

선두에 선 남자가 길을 막고 말을 걸어왔다. 갑자기 공격해 오지는 않았지만 언짢은 듯한 눈빛으로 나를 봤다.

"뭐지?"

나는 멈춰 서서 곰돌이 위에서 물었다.

"네 녀석의 옷차림은 뭐지? 게다가 그 곰은?"

"나는 모험가고, 이 곰은 내 곰인데."

나는 곰돌이의 머리를 쓰다듬었다.

"꼬마 아가씨가 모험가라고?"

뭐, 믿어주지 않겠지.

"그 곰은 정말로 네 곰이야?"

남자 뒤에 있던 마법사로 보이는 여자가 물어왔다.

"그런데?"

"길드 카드를 확인해도 될까?"

"자기들은 안 보여주고 내게만 보여 달라는 거야?"

"미안. 나는 로사, 랭크 C의 모험가야."

로사라고 소개한 여자는 카드를 보여줬다.

"나는 유나, 모험가 랭크는 D야."

나도 길드 카드를 로사라는 여자에게 보여줬다.

"정말 모험가네. 의심해서 미안해."

내 길드 카드를 확인한 여자는 다른 멤버들에게 무기를 내리도록 했다.

"그 곰은 안전한가?"

"그 쪽이 공격하지 않는다면. 적의를 보이면 공격할 거야."

"알았어."

남자는 검을 칼집에 넣었다. 그것을 본 다른 멤버들도 무기를 내렸다.

"그래서, 꼬마 아가씨는 어디로 가는 거지? 이 주변에는 도적들이 나오니까 위험해."

"알고 있어. 그 도적을 토벌하러 온 거니까."

"뭐? 유나라고 했지? 정말이야? 너 같은 여자아이가 혼자서 쓰러뜨릴 수 있는 상대가 아니야."

"게다가 우리도 며칠 동안 도적을 찾고 있는데 못 찾아내고 있어."

뭐, 도적의 아지트라면 간단하게는 찾을 수 없을 테고, 모험가가 걷고 있으면 나올 리도 없을 것이다. 하지만 내게는 탐지 스킬이 있었다. 도적이 있을 법한 곳을 곰돌이와 곰순이로 적당히 달리다 보면 탐지에 걸릴 것이다.

"그건 괜찮아. 이 아이가 찾아줄 테니까."

나는 곰돌이의 머리를 쓰다듬었다. 그러자 곰돌이가 「맡겨줘」라는 듯이 내 쪽으로 고개를 돌리더니 작게 「크~웅」하고 울었다.

"귀여운 곰이네."

"만약 그 곰이 찾아낸다고 해도 도적을 토벌하는 건 혼자로는 불가능할 거야."

"괜찮아."

도적이 크라켄을 조종하고 있다는 게 아니라면 괜찮았다.

"어린아이가 혼자서 쓰러뜨릴 수 있을 리가 없잖아! 위험해!"

남자 모험가가 소리쳤다.

"그렇다면 우리가 따라가면 되는 거 아냐?"

"로사?!"

"어차피 목적은 같잖아. 이 곰이 있으면 도적이 있는 곳을 알 수 있어. 하지만 이 곰 옷을 입은 여자아이 혼자서 도적의 아지트로 가게 할 수는 없고. 그렇다면 우리가 같이 따라가면 되는 거잖아?"

"그렇긴 하지만……."

로사의 의견에 남자는 생각하기 시작했다.

"나도 찬성이야."

"나도 문제는 없어."

조용히 이야기를 듣고 있던 두 여자도 로사의 의견에 찬성했다.

"너희까지―."

"저 곰이 있으면 찾을 수 있는 걸. 우리로는 찾지 못하잖아. 그렇다면 저 곰에게 의지해야 한다고 생각해."

"얼른 도적을 쓰러뜨려야 해."

"하지만 이런 작은 여자아이를 데리고 가는 거라고."

아무래도 무시하는 게 아니라 나에 대해 걱정을 해주고 있는 것 같았다.

"우리가 지켜주면 돼."

여검사가 대답했다.

"······알았어. 너희가 그렇게 말한다면 나도 괜찮아."

내 의사는 묻지도 않고 멋대로 이야기가 진행되고 있는데, 나는 동의하지 않았는데요. 이제 와서 안 된다고는 할 수 없게 됐다.

결국 거절하지 못하고 함께 행동하며 다시 자기소개를 했다.

남자의 이름은 블리츠, 스물다섯 살 정도 되어 보였다. 일단은 리더라는데, 기본적으로는 로사라는 여자 마법사가 지휘하는 것 같았다. 잡혀 사는 모양이다.

그리고 다른 한 명의 마법사— 나이는 열여덟 살 전후 정도의 여자아이로 이름은 란이었다.

마지막 한 명은 블리츠와 비슷할 정도로 키가 큰 여검사로, 검은 피부에 조금 커다란 검을 가지고 있었다. 이름은 그리모스였다.

"한 가지 물어봐도 될까?"

"뭔데?"

"유나의 그 옷차림은 뭐야?"

역시, 물어보는군. 로사 씨는 내 복장을 이상한 것을 보는 것처럼 쳐다봤다.

"곰의 가호를 받고 있는 거예요."

"곰의 가호?"

매번 듣는 질문이기 때문에 새롭게 설정을 생각해 봤다. 딱히 거짓말을 하고 있는 것도 아니었다. 실제로 저주라고 해도 될 정도로 곰의 가호를 받고 있었다. 마법은 물론, 소환수인 곰돌이와 곰순이, 곰 박스에 곰 방어구, 신님에게서 받은 곰 장비가 없으면 아무것도 할 수 없었다.

"그런 가호가 있어?"

"이 아이가 내 지시를 따르는 게 그 증거잖아요?"

나는 곰돌이의 머리를 부드럽게 쓰다듬었다. 로사 씨는 납득을 한 건지 못한 건지 미묘한 표정을 짓고 있었다.

나도 곰의 가호라는 거 처음 듣는 말이야. 만화, 소설, 게임, 영화, 여러 판타지물을 봐왔지만 한 번도 본 적이 없어.

"그래도 얌전한 아이네. 이름은 뭐야?"

"곰돌이요."

"귀여운 이름이네. 만져봐도 돼?"

"괜찮지만, 부드럽게 만져주세요."

내가 허락을 하자 로사 씨는 곰돌이의 몸을 부드럽게 쓰다듬었다.

"부드러워!"

"나도 괜찮을까?"

다른 한 명의 마법사인 란도 물어봐서 승낙했다.

"정말로 부드럽네. 뭐야, 이 털? 고급 털가죽을 만지고 있는 것 같아. 기분 좋아."

란은 요령껏 걸으면서 곰돌이 몸에 볼을 대고 비볐다.

"정말 안 위험한 거야?"

블리츠가 걱정스럽게 두 사람을 바라봤다.

"이 아이와 내게 위해를 가하지 않는다면 아무 짓도 안 해요."

블리츠의 걱정에 개의치 않고 두 마법사는 곰돌이의 털 감촉을 즐겼다. 한동안 함께 도적이 나타날 법한 곳을 돌아다니자 탐지 스킬에서 사람의 반응이 나왔다. 위치는 산 중턱 부근이었다.

반응은 두 개. 도적이라고 하기에는 적지 않나? ─

그게 아니면 감시자인가?

일반인일 가능성도 있으니 어쩌면 좋지?

"왜 그래?"

내가 고민하고 있자 로사 씨가 말을 걸어왔다.

"이 아이가 산 중턱 부근에서 사람을 발견했는데 어떡할까 해서요."

"도적?!"

"그것까지는 몰라요. 도적일지도 모르고 일반인일 수도 있어요. 아무래도 거기까지의 판단은 이 아이로는 할 수 없거든요."

"뭐, 이런 곳에 있다면 도적이라고 생각해도 틀리진 않겠지."

그 말에 나도 동감이다.

"어느 쪽에 있는데?"

"고개는 돌리지 마세요. 오른쪽 산에서 암벽이 보이는 곳 근처예요."

모두 산으로 눈동자만 움직였다.

"나는 모르겠는데."

"나도 모르겠어."

"그래서 어떡하지?"

우선 눈치채지 않은 척하면서 나아갔다. 반응은 움직이지 않았다.

조금씩 거리를 줄였다. 숲 속으로 들어가면 우리 모습은 안 보이려나? 이대로 아무것도 안 할 수는 없었다. 하지만 자칫 잘못하면 놓칠 가능성도 있었다. 아니, 없나? 단지 귀찮은 것뿐이다.

"저 나무 아래를 지나면 제가 확인해보고 올게요. 도적이면 붙잡아 올 테니까 여러분은 이대로 걷고 있어 주겠어요?"

"잠깐……."

내가 갑자기 지시를 내리자 로사 씨 일행은 놀랐다.

"우리를 미끼로 쓸 셈인 거야?"

"미끼가 아니에요. 적재적소인 거죠. 당신들은 사람이 있는 정확한 위치를 모르고, 저는 이 아이가 있기 때문에 알아요. 만약 당신들에게 맡겼는데 놓쳐버리면 어떡하려고요."

"너도 놓칠 가능성이 있잖아."

"이 아이에게서 도망칠 수 있을 리가 없죠."

나는 곰돌이를 쓰다듬었다.

"정말 혼자로 괜찮겠어?"

"괜찮아요."

여차하면 곰순이도 있으니까.

"알겠어. 저렇게까지 말하면 맡겨도 되겠지. 조금 걷다가 우리도 뒤따라갈게. 이것만큼은 양보 못해."

"알겠어요."

목표로 하고 있는 나무가 가까워졌다.

나무 아래를 지난 순간, 나는 반응이 있는 곳을 향해 곰돌이를 달리게 했다. 곰돌이는 나무들 사이를 달려 빠져나갔다. 언덕도 상관없었다. 곰돌이는 최단거리로 반응이 있는 곳까지 향했다. 잠시 후, 곰돌이는 목적지까지 나를 옮겨주었다.

"뭐냐!"

숨어있던 인물이 소리쳤다. 일반인으로는 보이지 않는 옷차림이었다. 두 남자는 재빨리 검을 빼들려 했지만 늦었다. 곰돌이가 두 사람을 덮치고 검을 쳐내어 남자들의 몸을 짓눌렀다.

"도적의 동료가 맞지?"

틀림없겠지만 일단 확인을 했다.

"무슨 말이냐!"

이런 상황인데 잘도 거짓말을 하는군.

"시치미 떼는 거야? 뭐, 이야기를 듣는 거라면 한 명으로 충분한가? 곰돌이, 맛있어 보이는 쪽을 먹어도 좋아."

내 말에 곰돌이가 입을 크게 벌렸다.

"자, 잠깐 기다려! 나, 나는 맛없다고!"

"나도야!"

"그렇다면 먼저 맛을 보고 맛있었던 쪽을 전부 먹기로 할까? 곰돌이, 두 사람의 팔을 먹어도 좋아."

내가 위협만 하는 것을 곰돌이가 눈치채고 연기해 주었다.

입을 크게 벌려 남자들의 얼굴 위에서 침을 흘렸다.

"잠깐 기다려!"

"부탁이야. 얘기할 테니까 멈춰 줘!"

남자들은 애원했다.

"그렇다면 다시 한 번 물을게. 그리고 거짓을 말하면 잡아먹히는 거야. 당신들은 여기를 지나는 사람들을 습격하는 도적이 맞지?"

"……그래, 맞아."

남자들은 포기한 듯 대답했다.

"그럼 아지트를 알려주겠어? 방향만이라도 괜찮아."

"말해주면 놔주는 건가?"

"설마, 말하면 곰에게 먹히지 않을 뿐이지. 말을 하고 붙잡힐지, 말을 안 하고 잡아먹힐지, 원하는 걸 골라. 아, 이 아이는 지금 배가 고프니까 얼른 부탁할게."

곰돌이는 다시 침을 남자들 얼굴에 떨어뜨렸다. 음, 연기를 잘하네. 그런데 이런 표정을 짓는 곰돌이는 피나나 다른 사람들에게는 보일 수 없겠어.

"아, 알겠어. 말할 테니 잡아먹지 말아줘."

🎀 90 곰 씨, 도적을 토벌하다

곰돌이의 연기 덕분에 망을 보고 있던 두 사람에게 아지트의 위치를 들을 수 있었다.

두 사람을 어떻게 할지 고민하고 있는데 산을 올라오는 블리츠 일행의 모습이 보였다. 경사가 꽤 높아서 그런지 올라오는 데 고생을 하고 있었다. 특히 커다란 검을 가지고 있는 그리모스가 고생했다. 네 명은 가까스로 내가 있는 곳까지 왔다.

"유나, 괜찮아?"

"괜찮아요."

"그래서 어떻게 됐어?!"

"역시 도적의 동료였어요."

내가 곰돌이에 깔려 있는 남자들을 가리키자 로사 씨 일행도 남자들을 바라봤다.

"아지트가 있는 곳도 들었으니 지금부터 갈까 하는데, 여기 두 사람은 어떻게 할까요?"

"데려갈 수는 없고, 이대로 두고 갈 수도 없는데……."

"그렇다면 구멍을 파서 묻어둘까요?"

나중에 파내면 되니까.

"그만 둬!"

"제대로 알려줬잖아!"

내 말에 곰돌이 아래에서 남자들이 소리쳤다.

"걱정 마. 얼굴은 확실하게 내놓아 줄 테니까."

얼굴만 밖으로 내놓고 땅 속에 파묻으면 숨은 쉴 수 있었다. 다만, 잊어버리게 된다면 평생 그 상태겠지만.

"내가 남을게."

숨을 가다듬고 그리모스가 입을 열었다.

"산 속에서 움직임이 더딘 나는 거치적거릴 거야. 이 녀석들을 데리고 아래에서 기다리고 있을게."

그리모스는 아이템 봉투에서 로프를 꺼내 도적들을 묶었다.

"그래. 거짓말을 했으면 한 번 더 물어야 하니까."

"그럼 그리모스, 부탁할게. 혹시 우리가 돌아오지 않으면 길드에 연락을 부탁해."

로사 씨의 지시에 그리모스는 순순히 고개를 끄덕였다. 어라? 리더가 누구였더라? 이래서야 누가 리더인지 모르겠잖아.

붙잡힌 두 사람은 그리모스에게 맡기고 우리는 도적의 아지트로 향하기로 했다.

감시하던 남자들이 항상 지나다니는 길인지 짐승이 다니는 길처럼 계속 이어졌다. 어느 정도의 방향을 알면 탐지 스킬과 곰돌이가 알려주었다.

"그렇긴 해도 정말 사람이 있었던 것엔 놀랐어."

"이 아이 덕분인 걸요."

탐지 스킬에 대해서는 말할 수 없기 때문에 전부 곰돌이의 공으로 돌렸다. 뭐, 실제로 곰돌이도 탐지하니까 거짓말은 아니다.

"나도 갖고 싶다……."

란이 부러운 듯이 곰돌이를 끌어안았다.

안 줘.

그렇게 한동안 나아가니 탐지 스킬에 수십 명의 반응이 나타났다. 의외로 가까웠다. 이제 저곳으로 향하는 것만 남았다.

"망설임 없이 가고 있는데 괜찮은 건가?"

블리츠는 선두를 걷는 내게 걱정스럽게 물었다.

"괜찮아요. 이 아이도 있고 가까워지면 알 거예요."

이미 탐색은 끝났지만 말이지.

"붙잡은 도적이 거짓말을 했을 가능성도 있잖아. 만일 거짓말을 한 거라면 그 곰으로도 알지 못하는 거 아냐?"

정말 성가시군. 곰돌이, 부탁해. 마음속으로 곰돌이에게 부탁을 했다. 그러자 곰돌이에게 내 마음이 닿았는지 반응을 했다.

"아무래도 발견해 준 것 같은데요."

"정말?"

"이제 금방인 것 같네요. 휴식 필요해요?"

나는 곰돌이에 올라타 있기만 했을 뿐이라 지치지 않았다.

"괜찮아."

"나도 괜찮아."

"나도 힘내볼게."

세 명의 말을 듣고 이대로 나가기로 했다. 곰돌이가 풀과 나무를 쓰러뜨리고, 그 길을 세 명이 따라왔다. 반응이 가까워졌다.

"이제 곧 근처에 다다르니까 조용히 해주세요."

도적의 아지트 근처까지 왔기 때문에 일단 주의를 해두었다. 뒤에 있는 세 명은 말없이 고개를 끄덕였다.

풀과 나무를 걷어내니 공터가 나왔고, 동굴도 보였다. 동굴 앞에는 열 명 정도 되는 남자들이 여자들에게 시중을 들게 하면서 대낮부터 술판을 벌이고 있었다. 붙잡은 남자들이 말한 그대로였다. 주변의 여자들은 붙잡혀 온 것이리라. 탐지 스킬로 보니 동굴 안에서도 반응이 있었다. 도적인지, 붙잡혀 있는 사람들인지 판단이 되지 않는 게 탐지 스킬의 단점이었다.

"이런 곳이 있었다니……."

"젠장, 잡혀 있는 여자들도 있잖아?!"

"어떻게 할까?"

"내가 전부 상대해도 되는데."

귀찮아서 그렇게 대답해 봤다.

"유나, 지금은 농담할 때가 아니야."

내 제안은 그 자리에서 농담 취급을 당했다.

"인질이 거슬리네."

"잘못하면 인질이 살해당할 가능성도 있어."

"기습을 해서 쓰러뜨릴 수밖에 없는 것 같아."

세 명은 여러 가지로 의견을 냈다. 가장 큰 문제는 잡혀있는 여자들, 다음 문제는 동굴에는 사람이 얼마나 있느냐, 였다. 그밖에도 감시원들을 붙잡아 버린 터라 시간을 오래 끌면 안 된다는 등의 의견을 나눴다.

동굴 안에는 여섯 명 정도의 반응이 있었다. 그게 도적인지 붙잡혀있는 사람들인지는 알 수 없었다.

"그리모스를 불러 올까?"

"지금 부르기에는 시간이 오래 걸려."

"그럼 어떻게 할래?"

세 명은 답을 내놓지 못했다.

이건 아무리 고민해도 대답이 나오지 않을 것 같았다.

"무리라면 정말 저 혼자서 갈게요."

얼른 돌아가고 싶기도 하고……. 나는 곰돌이를 걷게 했다.

"기다려, 유나. 조금만 더 이야기하고 나서―."

시간이 아까워서 나는 곰돌이와 함께 튀어 나갔다. 이제 와서 생각해 보니, 이런 성격이라서 게임에서도 파티 플레이를 잘 못했던 건가?

"뭐야!"

"곰!"

"곰이다!"

남자들이 소리쳤다.

나는 곰돌이에서 뛰어 내렸다.

착지와 동시에 여자들과 좀 떨어진 자리에 있던 도적들은 구멍을 만들어 구멍으로 빠뜨렸다.

이것으로 네 명이 사라졌다.

갑자기 구멍에 빠졌으니 낙법을 구사하지 못하고 부상을 입었을 것이다. 죽지 않은 것만으로 감사히 여기길 바랐다.

"곰돌이! 도망치는 놈이 있으면 부탁해!"

사실은 붙잡혀 있는 여자들의 호위를 부탁하고 싶었지만 곰이 다가가면 소란을 피울 게 눈에 훤했다.

"네 놈은 뭐냐!"

남은 도적들이 휘청거리며 일어섰다. 행동이 굼떴다. 대낮부터 술 같은 걸 마시니까 그렇지. 주정뱅이가 일어서기 위해 여자의 몸에서 떨어진 순간 공기탄을 남자에게 날렸고, 여자로부터 조금 떨어진 곳에 구멍을 만들어 빠뜨렸다.

"유나, 뒤!"

내가 뒤를 돌아보자 화염 구슬이 날아오고 있었다. 왼손의 하얀 곰을 화염 구슬에 대자 화염이 사라졌다. 지팡이를 쥐고 있는 남자가 세 명 있었다. 그들이 다시 마법을 날렸지만 나는 옆으로 피하고 공기탄을 그들의 정수리에 꽂았다. 명중 보정이 있어서 피하려고 하지 않으면 백발백중이었다. 더구나 공기탄은 눈에 보이지 않아서 도망치기 어려운 것 같았다.

"곰돌이, 부탁해."

마법을 쓴다면 구멍에 빠뜨려도 다시 나올 가능성이 있어서 곰돌이에게 부탁했다.

"네 녀석은 뭐냐!"

세 명이 한 곳으로 모여 여자 중 한 명을 인질로 삼아 내게 외쳤다.

이 장면, 만화 같은 것에서 자주 봤는데, 실력 차이가 난다면 망설임 없이 공격을 하는 편이 낫다고 생각한다. 대화를 하며 상대에게 맞춰주면 다른 도적이 모일 테고, 쓰러뜨린 자들도 부활할 수 있었다. 게다가 동굴 안도 신경이 쓰였다.

나는 남자들의 물음에 대답하지 않고 내게 검을 겨누고 있는 두 사람에게 공기탄을 날려 나가떨어지게 했다. 이것으로 남은 건 한 명─.

"무슨─!"

여자에게 검을 겨누던 남자가 놀란 표정을 지었다. 나는 신체 강화 마법으로 남자와의 거리를 한순간에 좁히고 남자의 검을 하얀 곰 장갑으로 잡았다. 그대로 힘껏 후려쳐도 됐지만 반동에 의해 검이 여자에게 닿으면 위험했다.

"이거 놔!"

남자는 힘을 줬지만 검은 꿈적도 하지 않았다.

"괴물······!"

나는 그 말을 무시하고 검은 곰 장갑으로 후려쳤다.

"괜찮아요?"

잡혀 있던 여자에게 말을 걸자 그녀는 떨면서 고개를 끄덕였다. 나 때문에 떨고 있는 건 아니겠지? 붙잡혀 있던 게 무서웠던 것뿐이겠지?

뭐, 일단 끝났나? 서 있는 사람은 나밖에 없었다. 여자들은 모두 무사한 것 같았다. 블리츠 일행이 여자들에게 다가가 진정시키고 있었다.

"유나, 다치진 않았어?!"

로사 씨가 달려왔다.

"괜찮아요."

"정말? 마법 공격을 당한 것 같았는데?"

그건 하얀 곰 장갑으로 막아서 다치지 않았다.

"그 정도는 괜찮아요. 그것보다도 여기 있는 도적들과 여자들을 부탁할게요."

그렇게 로사 씨에게 부탁하는데 동굴에서 남자들 몇 명이 나타났다.

그 중심에 서 있는 남자가 이상한 분위기를 내뿜고 있었다. 대

검을 지녔고, 볼에 커다란 흉터가 있었다.

"이게 뭐냐!"

주변의 상황을 보고 볼에 흉터가 있는 남자가 고함을 질렀다.

"이건 네 놈들의 짓이냐!"

남자는 내가 아닌 블리츠 일행 쪽을 봤다. 뭐, 보통은 곰 인형 옷이 했다고는 생각 않겠지.

"………너, 블리츠냐? 게다가 로사도……?"

남자가 블리츠와 로사 씨를 봤다. 설마 아는 사이?

"너는 오모스………, 어째서 네 녀석이 여기에 있는 거야?!"

"당연히 여기서 일하고 있으니까 그렇지."

"일이라니―."

"그래, 여기 앞의 길을 지나는 사람을 습격해서 돈을 빼앗고, 여자를 납치하는 간단한 일이지."

나는 근처에 있는 로사 씨에게 물었다.

"누구예요?"

"전에 있던 마을에서 본 적 있는 모험가야. 실력은 있지만 난폭하고 제멋대로에, 파티에 있는 여자들은 자기 것이라고 생각 하는 남자. 그래서 아무도 그와는 파티를 맺지 않아서 마을에서 사라졌는데, 이런 곳에서 도적이 되어 있을 줄은 상상도 못했어."

"어이, 이봐, 나는 도적이 아니라고. 모험가로서의 일이야. 상업 길드의 길드 마스터에게 받은 정식 의뢰라고."

"상업 길드?"

어쩐지 지금 여기서 나와서는 안 될 말이 나온 것 같은데?

"그런 걸 우리에게 얘기해도 되는 거야?"

블리츠가 남자 앞에 섰다.

"별 상관없잖아. 네 녀석은 죽을 거고, 네 녀석의 여자들은 내 여자가 될 테니까."

남자는 큰 소리로 웃었다.

"이 자식―!"

"전에 봤을 때부터 안고 싶다고 생각했었어."

남자가 더러운 미소로 로사 씨를 바라봤다. 블리츠가 검을 뽑으려는 순간, 오모스라는 이름의 흉터를 가진 남자가 날아갔다.

물론, 제가 때렸습니다.

그도 그렇게 때리기 쉬울 법한 얼굴을 하고 있었고, 무방비하게 블리츠와 잡담을 하고 있었고, 무엇보다도 열 받게 했으니까. 이유는 그것만으로 충분했다.

나는 추격하듯 쓰러져 있는 남자 위로 올라타 계속해서 가격했다.

물론 쉽게 기절하지 않도록 적당히 했다.

"너 이 자식―!"

곰 펀치! 곰 펀치! 곰 펀치! 곰 펀치!

"비, 비켜!"

남자가 손을 뻗어 왔지만 개의치 않고 곰 펀치! 곰 펀치! 곰 편치! 곰 펀치!

"그, 그만둬………"

그만 둘 순 없었다.

곰 펀치! 곰 펀치! 곰 펀치! 곰 펀치!

남자의 얼굴이 변형되어 갔다. 내게 손을 뻗으려고 했지만 바로 쳐내고 계속 때렸다. 남자의 손은 힘이 다한 듯 지면에 떨어졌다.

"아~, 후련하다."

나는 남자에게서 떨어졌다.

주변을 둘러보자 블리츠, 동굴에서 나온 도적들, 잡혀 있던 여자들— 모두가 나를 보고 있었다.

"왜 그러세요?"

"『왜 그러세요』라니……"

"설마 때리고 싶었어요? 얼굴은 이미 끝났지만 다른 곳이라면 상처가 없으니까 내키는 곳을 때려도 좋아요. 하지만 죽이진 마세요. 아까 재미있는 얘기를 해서 저는 적당히 했거든요."

"적당히 라니…."

로사 씨는 아연한 듯 얼굴이 부어오르고 있는 남자를 바라봤다. 상처가 늘었나? 뭐, 원래가 덩치가 컸으니까 조금 정도는 괜찮겠지.

그건 그렇고 남자는 신경 쓰이는 말을 했다. 상업 길드의 길드 마스터에게 부탁을 받았다고—

여관에서 습격해 온 모험가들도 상업 길드의 길드 마스터에게 부탁을 받았다고 했는데, 크라켄도 상업 길드의 길드 마스터 때문인 건가……?

"그래, 거기에 서 있는 도적 여러분은 점잖게 붙잡힐 건가? 아니면 이 녀석처럼 될래?"

내 말에 도적들은 오모스의 얼굴을 보더니 고개를 젓고 무기를 버렸다.

"안에 아직 동료가 있나?"

"없어. 붙잡아둔 여자들만 있어."

남자들은 순순히 대답했다.

그 뒤, 동굴 안에 붙잡혀 있는 여자들을 꺼내어 주고 빼앗겼던 재산도 회수했다. 말도, 마차도 기슭에 있다고 해서 감사히 활용했다. 도적들을 전원 묶어서 마차에 쑤셔 넣고 마을로 돌아가기로 했다.

"우린 아무것도 안 했네."

"그러게. 심지어 오모스가 그렇게 쉽게 당할 줄이야."

오모스는 의식은 있지만 움직이지 못하는 상태였다. 한 번 눈을 떴던 오모스가 소동을 피우기 시작해 시끄러워서 줄 없는 번지 점프를 시켜봤다. 바람 마법으로 오모스를 상공으로 날린 다음 지면으로 떨어뜨렸다. 기절을 해도 물을 끼얹어 일으켰다. 이것을 몇 번이고 반복했더니—.

"부탁이니 멈춰줘. 계속 할 거면 차라리 죽여줘……."

편해지고 싶어서 죽여 달라니, 빠져나갈 구멍을 허락하지 않았다. 게다가 물을 것도 많이 있었다. 최종적으로는 죄를 갚겠다고했지만 그것을 정하는 건 내가 아니었다. 가족이 살해당한 여자들도 있었고, 피해를 입은 마을의 주민들도 있었다. 마차는 계속나아갔고, 중간에 그리모스와 합류했다.

마을로 돌아오자 경비를 서고 있던 남자가 뛰어왔다.

"이건………."

그는 납치당했던 여자들과 도적들이 붙잡혀 있는 것을 보고 놀란 표정을 지었다.

"도적들을 전원 잡아 왔어요. 모험가 길드의 길드 마스터에게보고를 하고 싶은데요."

블리츠가 우리를 대표해서 말했다. 일단은 리더라는 건가?

"바로 보고하고 오겠습니다!"

경비를 서던 사람은 모험가 길드로 달려갔다. 그동안 우리는 붙잡혀 있던 여자들을 마차에서 내려주었다. 여자들은 서로 울면서부둥켜안았다. 도적에게 붙잡혀 있는 동안 무슨 일을 당했는지상상이 갔지만 내겐 뭐라 해줄 말이 없었다. 게다가 그것만이 아니겠지. 함께 마을을 나갔던 사람들도 있었을 것이었다. 남편이나부모, 어쩌면 아이도 있었을 수도 있다. 그래서 그 아픔을 알지못하는 나로서는 말이 나오지 않았다. 하지만 붙잡혀 있던 여자들은 몇 번이고 내게 감사 인사를 했다.

새삼 여기는 일본이 아닌, 게임 세계도 아닌, 이세계라는 걸 오랜만에 재확인할 수 있었다.

잠시 후 아트라 씨와 길드 직원들이 오는 것이 보였다.

"유나! 정말 토벌해 준 거야?!"

"로사 씨 일행이 힘을 빌려줬거든요."

"우리는 아무것도 안 했는걸."

로사 씨는 그렇게 말했지만, 그들은 도적을 묶어주거나 붙잡혀 있던 여자들을 돌봐 주거나 마차를 이끌어 주었다. 나로서는 여자를 돌볼 수도 없었고, 마차도 몰 수 없었으니 도움을 받은 건 사실이었다.

"그래서, 붙잡은 도적이 이 녀석들이야?"

아트라 씨가 마차 위에 잡혀 있는 도적들을 봤다.

"너희들은……."

"아는 사람들이에요?"

"그래, 몇 명은 이 마을의 모험가야. 분명 크라켄에 겁먹고 도망쳤다고 생각했는데, 설마 도적이 돼 있었을 줄은……."

전직 모험가들은 아트라 씨와는 눈을 맞추지 못하고 고개를 푹 숙였다.

"그런데, 붙잡은 도적들에게서 재미있는 얘기를 들었는데요."

"재미있는 이야기?"

나는 상업 길드의 길드 마스터의 이야기를 했다.

"그거 재미있는 이야기네. 우리 쪽에서도 여러 가지로 알아내던 참이었어."

아트라 씨는 분노가 깃든 미소를 지었다.

🎀 91 곰 씨가 모르는 사이, 사건은 일어났다 2

어떻게 된 일이지?

여관에 있는 여자아이를 습격하도록 지시를 내렸던 모험가들에 게서 보고가 올라오지 않았다. 여자를 데려오든지 아이템 봉투 를 확보하라고 지시를 내렸었다. 정말로 울프를 대량으로 가지고 있는 거라면, 이 마을에서 더욱 많은 돈을 벌 수 있었다. 그럼 이 딴 마을에서 떠나 버릴 것이었다.

그렇게 기대하며 아침을 맞았지만 보고가 없었다.

설마, 선금만 받고 습격하지 않은 건가?

부하에게 여관을 살펴보라고 보냈다. 습격을 했다면 뭐가 됐건 알 수 있을 터였다.

"길드 마스터!"

"왜 그러냐."

"어제, 여관에 있는 곰 소녀를 습격하러 간 자들이 잡혔습니다."

"잡혔다니?"

"묶여있는 남자들이 모험가 길드로 끌려가는 것을 몇 명이 봤 습니다."

"모험가 길드라고?"

그건 좋지 않았다. 경비를 하고 있는 자에게 건넸다면 어떻게든 그냥 넘겼을 텐데, 하필이면 모험가 길드라니…….

그런데, 어째서 붙잡힌 거지? 전에 온 랭크 C의 모험가들은 분명 없었을 것이다. 그 여관의 근육 주인장에게 붙잡힌 건가? 그렇게밖에 생각이 안 들지만…… 네 명이나 있었는데? 일반인에게 붙잡히다니, 얼마나 약해 빠진 거야?

분노밖에 차오르지 않았다.

하지만 좋지 않은 상황이 된 건 사실이었다. 붙잡힌 자들이 내 이름을 꺼낸다면 틀림없이 내 명령이라는 것을 알게 될 것이었다.

"어떻게 하죠?"

"내버려 둬."

"괜찮으세요?"

"그 녀석들에게서 내 이름이 나와도 증거는 없지. 누명이라고 하면 돼."

이제 울프를 가지고 있는 여자는 습격할 수 없게 되었다. 이건 단념하기로 하고 이 마을에서 나가는 편이 나을지도 모르겠어.

똑똑.

그때, 노크 소리가 들렸다.

"뭐지?"

한 직원이 들어왔다.

"모험가 길드의 길드 마스터가 왔습니다."

역시 왔군. 부하를 방에서 쫓아내고 직원에게 말했다.

"방으로 들여."

가슴을 강조한 옷을 입은 여자가 방으로 들어왔다. 모험가 길드의 길드 마스터인 아트라였다.

"오랜만이네, 잴러드."

"서로 얼굴은 마주하고 싶지 않잖아. 용건만 빨리 말해."

"어젯밤, 여관에서 여자아이가 습격을 당했는데 뭔가 아는 거라도 있을까?"

어젯밤?

붙잡힌 건 오늘 아침이라고 들었는데?

"모른다."

일단 모르는 척 했다.

"습격한 건 이 상업 길드로 드나드는 모험가들인데."

"그렇다고 해서 내가 모든 모험가들의 행동을 알고 있을 리가 없잖아."

"하지만 붙잡힌 모험가들이 당신의 지시를 받았다고 말하고 있는 걸."

"모르겠는데? 어째서 알지도 못하는 여자를 내가 습격하라고 시키겠어?"

쳇, 역시 내 이름을 내뱉었군.

"울프를 빼앗기 위해서잖아."

"설마 모험가 길드에서 대량의 울프를 배급한 게 그 여자와 관계가 있는 거야?"

이미 알고 있었지만 어떻게든 지금 알게 된 것처럼 말했다.

"맞아, 엄청 귀여운 여자아이지. 그런 그녀가 습격을 당해서 내가, 굉장히 화가 나있는데……."

"그렇다면 붙잡은 그 모험가들을 사형이라도 시키는 건 어때?"

그렇게 되면 죽은 자는 말이 없다. 발뺌하는 건 간단하게 할 수 있었다.

"어디까지나 당신은 상관없다는 거네?"

"물론이지. 나도 언제 습격당할지 모르니 그런 모험가는 바로 처벌하는 것을 권하지."

"알았어. 또 올게."

오지 않아도 돼. 나는 속으로 속삭였다. 아트라는 돌아갔지만 이대로 끝날 거라곤 생각하지 않았다. 그 길드 마스터는 무엇을 생각하고 있는지 알 수가 없었다. 슬슬 때가 된 것일지도 몰랐다. 마을을 나갈 거라면 서두르는 편이 좋겠다. 앞으로 한 달 후에 나가자고 생각했지만 어쩔 수 없었다. 이것도 바보 같은 부하와 울프를 제공한 곰 여자 때문이었다.

내가 도적과 연결되어 있는 것을 알고 있는 부하 세 명을 불러 모았다. 내가 뒤에서 무슨 짓을 하는지 알고 있는 자는 적었다. 적은 편이 정보도 유출되지 않고 처리하기도 편하기 때문이었다.

조금 예정이 앞당겨졌지만 이 마을에서 나가는 것을 세 명에게 전했다. 세 명에게는 오늘 밤에라도 마을을 나가 오모스와 합류하도록 지시했다.

세 명이 마을을 나감과 동시에 상업 길드에서 번 돈을 내가 훔치고 그 세 명이 한 짓인 것처럼 꾸몄다.

그리고 오모스와 합류한 세 명은 도적에게 살해당하도록 미리 손을 써뒀다. 시체가 길에 널브러져 있으면 돈은 도적에게 빼앗겼다고 생각될 터였다. 그렇게 되면 상업 길드에서 얻은 돈은 전부 내 것이 되게 된다.

"나는 일단 집으로 돌아가지. 바로 돌아갈 테니까 너희들도 준비가 되는대로 출발해."

나는 집으로 돌아가 값나가는 물건을 아이템 봉투에 담았다. 그중에는 마을에서 도망치는 주민들에게서 빼앗은 것도 있었다. 마을의 것은 나의 것이니 아무런 문제는 없었다.

오모스는 돈과 여자에게만 흥미가 있어서 그것들만 건네면 조종하기가 쉬운 멍청이였다.

뭐, 그 녀석은 돈 이외의 귀중품을 팔아치우는 루트는 가지고 있지 않겠지. 보석의 가치를 그 녀석에게 말해도 소용없으니 말이야. 집 안에 있는 값진 물건들과 식재료를 아이템 봉투에 담았다. 이제 남은 것은 상업 길드의 돈을 훔치는 것뿐이었다.

상업 길드로 돌아오자 어쩐지 소란스러웠다. 내가 없는 동안 무슨 일 있었나?

직원들의 얼굴을 보자 미소를 짓고 있는 게 보였다.

"무슨 일 있었나?"

근처에 있던 직원에게 물었다.

"마을을 나가는 길목에 있던 도적들이 토벌됐다고 합니다."

뭐라고? 그 힘밖에 모르는 오모스가 당했다는 거야?

"이제 길을 사용할 수 있게 됐습니다. 그럼 식재료도 들어올 거고요. 이제 이런 생활에서 벗어날 수 있겠어요."

직원은 기쁘게 말했다.

웃기지 마!

도적들이 토벌됐다니, 그게 사실이라면 부하 세 명의 처리가 불가능했다. 그것보다도 문제는 오모스 일행이 어떻게 됐냐는 것이었다.

"도적들은 모두 죽은 건가?"

죽었다면 아무런 문제는 없었다. 죽은 자는 말이 없으니.

"도적들은 붙잡혔다고 합니다. 게다가 대부분의 도적이 이 마을의 모험가였다는군요. 현재 모험가 길드의 길드 마스터가 취조하고 있는 모양이에요."

살아 있다니!

그건 곤란해. 전원이 내 지시라고 말하면 아무래도 빠져나가는 것도 어려워질 거야.

뭔가 좋은 방법은 없는 건가?

"게다가 쓰러뜨린 사람이 곰 옷차림을 한 여자아이라고 합니다. 상황을 보고 온 아이가 말하길, 귀여운 여자아이라고 했어요."

또 곰인 건가. 도대체 뭐야! 울프 고기를 대량으로 갖고 있는 데다, 그것이 모두 들어가는 아이템 봉투를 가지고 있으며, 습격한 모험가를 붙잡고 도적까지 쓰러뜨렸다니, 대체 어떤 곰인 거냐!

"길드 마스터. 이것으로 길드 마스터의 생각이 실행될 수 있게 되었네요. 한동안 눈치를 보고 있었지만 이번 일로 어떻게든 일을 앞당길 수 있겠어요."

요 한 달 동안, 나는 길드 직원들을 명령에 따르게 하기 위해 거짓 지시를 내렸다.

우선, 식재료를 비싸게 파는 것은 추후 도적이 없어졌을 때 대량으로 식재료를 사들이기 위함이라고. 혹은 크라켄을 토벌하기 위한 의뢰비로 사용하기 위함이라고. 그렇게 멍청한 직원들은 내 말을 믿었다.

직원들은 내 지시에 따라 식재료를 부자들을 중심으로 팔았고, 많은 돈을 벌어왔다. 하지만 그로 인해 나머지 직원들이나 주민들은 반발을 일으켰다. 빈곤층에게는 식재료가 돌아가지 않게 됐다.

빈곤층이 아무리 죽어도 나는 아프지도, 가렵지도 않았지만 시끄러웠기 때문에 돈도 안 되는 빈곤층에게는 나눠주는 양을 줄였다.

"길드 마스터?"

"아무것도 아니야. 일단 모험가 길드의 보고를 기다린다. 어쩌
면 남아 있는 도적이 있을지도 몰라."

오모스가 당했다고는 생각되지 않았다.

"그러네요. 만약 길을 가다가 도적이 나오기라도 하면 곤란하니
까요."

직원은 납득을 하고 물러났다.

나는 상업 길드에 있는 내 방으로 향했다. 좋은 생각이 떠오르
지 않았다. 적어도 오모스가 잡히지 않고, 약속한 장소에 있어야
했다. 혹은 부하 세 명은 내가 죽이거나.

행동으로 옮긴다 해도 정보가 너무 적었다. 하지만 시간이 지나
면 내가 도망칠 곳이 없어진다. 생각하는 것만으로 시간이 지나
갔다. 돈은 포기하고 마을에서 나가는 편이 나으려나……. 여러
가지로 생각을 하는데 누군가가 문을 두드렸다.

"뭐지?"

"모험가 길드의 길드 마스터가 왔습니다."

벌써 온 건가!

"그럼, 이쪽으로 안내하게."

"그것이, 밖으로 나오길 바라시는데요."

"어째서지?"

"그게……."

"알았다. 내가 가면 되잖아!"

밖으로 나가자 내가 고용한 도적들이 나란히 잡혀 있었다. 모두 묶인 채로, 입도 막혀 있었다. 이것을 보이기 위해 나를 밖으로 부른 건가.

도적의 얼굴들을 보고 있는데 그곳에는 오모스가…… 오모스?

체격 등 모든 요소가 오모스라고 말해주고 있지만 얼굴이 심하게 망가져 있었다. 게다가 저 자기밖에 모르고 제멋대로인 남자가 조용히 지면에 앉아 있었다.

내가 알고 있는 오모스라면 난동을 피울 터였다. 이런 짓을 당할 바에야 차라리 죽음을 선택할 남자였다. 믿을 수 없는 광경이었다.

그런 가운데, 아트라가 선두에 섰다.

응? 아트라 뒤에 작고 검은 물체가 보였다.

곰?

그곳에는 작은 여자아이가 곰 옷차림을 하고 있었다. 설마, 소문의 곰인가? 이런 꼬맹이에게 오모스가 당했다는 거야?

정말이지 웃음밖에 안 나왔다. 이런 이상한 복장을 한 곰 여자에게 내 시나리오가 무너졌다고?

나는 웃음을 억누르고 놀란 듯 물었다.

"이게 도적들인가?"

"그래. 모두 너에게 고용됐다고 하더군."

"나는 모르겠는데?"

"아직 시치미를 떼시겠다.?"

"모르는 건 모르는 거야."

도적들이 나를 노려봤다. 붙잡힐 바에야 죽어줬으면 좋았을 것을……. 네 놈들은 살아있을 가치가 없으니 죽어서 내 도움이 되면 좋았잖아.

"그렇다면 이 밧줄을 풀어도 될까?"

아트라가 나이프를 꺼내 남자들의 밧줄을 자르는 시늉을 했다. 묶여있는 남자들은 당장에라도 덮쳐올 듯 나를 노려봤다. 여기서 밧줄을 자르면 어떻게 될 지 상상이 갔다.

"도적들을 놓칠 셈인가?"

"그런 짓은 안 해. 단지 밧줄을 자르면 어떻게 될지 생각했을 뿐이야."

주변이 나를 의심의 눈초리로 보았다. 이 여자도 나에 대해 도적들의 우두머리라고 확신을 가지고 있는 것이겠지. 뭔가 빠져나갈 구멍을 찾아야—

"그럼, 이걸 봐도 시치미를 뗄 수 있을까?"

아트라가 뒤에 있는 직원에게 말을 걸자 밧줄에 묶여 있는 또다른 남자들이 나타났다. 도적에게 죽임을 당하도록 꾸몄던 세 명이었다.

"뭔가 수상한 행동을 하고 있어서 뒤를 밟았는데, 마을을 나가려고 해서 잠깐 상냥하게 물었더니 전부 얘기해 줬어."

세 명은 입이 막힌 채 「우~우~」 하고 소리를 냈다.

"그 세 명이 한 짓을 내게 덮어 씌웠겠지. 나는 모른다!"

제길, 도대체 뭐야! 이 녀석이고 저 녀석이고 내 발을 묶고……!

"그렇다면 당신이 소중하게 가지고 있는 아이템 봉투의 내용물을 보여줄 수 있을까?"

순간 쥐고 있던 아이템 봉투로 눈이 갔다. 계속 쥐고 있었던 모양이었다.

"이건……."

뒤로 숨기려고 했지만 이미 늦었다. 이 아이템 봉투에는 돈과 보석, 도적에게 훔치게 한 물건들이 들어 있었다.

"대단한 건 들어있지 않아. 네가 신경 쓸 게 아니야."

"그럼 내용물을 보여줄 수 있을까? 이 세 명은 흔쾌히 보여줬는데."

세 명은 「우~우~」 하고 소리 내며 고개를 흔들고 있었다.

"거절하지. 어째서 네 녀석에게 보여줘야 하지?"

그녀는 정확히 꿰뚫고 있었다. 안을 보이면 발뺌할 수 없었다. 나는 아이템 봉투를 뒤로 숨겼다. 하지만 아트라가 소리쳤다.

"내가 모든 책임을 지겠다! 젤러드의 아이템 봉투 속 내용물을 확인해라!"

아트라는 길드 직원들에게 명령했다.

도망치려 했지만 전직 모험가였던 모험가 길드의 직원들에게서는 도망칠 수 없었다.

"그만 둬!"

아이템 봉투를 빼앗기고 몸이 짓눌렸다.

"그럼, 내용물을 보실까—."

아트라는 내 아이템 봉투를 쥐더니 내용물을 전부 털어냈다.

🎀 92 곰 씨, 크라켄을 쓰러뜨릴 이유가 생기다

도적을 붙잡은 나는 아트라 씨에게 이끌려 상업 길드로 왔다.

듣자하니 붙잡힌 도적을 상업 길드로 데리고 가고 싶으니 함께 가 주길 바란다며 부탁을 받았다. 나는 필요 없다고 생각하는데…….

아트라 씨가 말하길, 내가 함께 있으면 도적들이 얌전해질 거라고 했다. 나는 맹수 취급인가…….

그런데, 어째서 일부러 붙잡은 도적들을 상업 길드로 데려가는지 묻자 상대의 반응을 보고 싶어서라고 했다.

확실히 붙잡힌 도적의 우두머리의 얼굴을 본 순간 상업 길드의 길드 마스터의 표정이 변했다.

너무 때렸나?

"그럼, 내용물을 보실까—."

아트라 씨는 아이템 봉투를 쥐더니 아이템 봉투의 내용물을 지면에 모조리 털어냈다.

"어이, 뭐야? 이 양은…….."

지면에는 돈이 될 법한 물건들이 떨어지며 가득 쌓였다.

"저거, 도몬 씨의 집에서 봤었어."

"저건 도쥬 씨의……."

주민들이 떨어진 물건들을 보고 소란스러워졌다. 많은 물건들이 쌓여 있는 가운데, 한쪽에 작고 빨간 보석 반지가 떨어져 있었다. 그 반지를 본 한 여자가 작게 중얼거렸다.

"저건 내…… 도적에게 붙잡혔을 때 빼앗겼던 반지……."

여자는 도적에게 붙잡혀 있던 이들 중 한 사람이었다. 여자는 앞으로 뛰쳐나와 반지를 줍더니 소중하게 쥐었다. 그녀의 눈에서 눈물이 천천히 흘러내렸다.

"아람……."

그녀가 어떤 이의 이름을 불렀다. 그리고 일어나 소리쳤다.

"아람을 돌려줘!"

그대로 길드 마스터에게 다가가 세게 쳤다.

"당신이 도적에게 명령해서 죽인 아람을 돌려줘……."

여자는 울며 주저앉았다. 그것을 본 주민들은 분노가 폭발했다. 길드 마스터를 향해 돌이 던져졌다. 돌은 얼굴을 가격하고 몸에 명중했으며, 머리에서는 피가 흘러내렸다. 돌이 길드 마스터를 붙잡고 있던 모험가 길드의 직원도 맞췄지만 주민들은 돌을 던지는 것을 멈추지 않았다.

상업 길드의 직원들은 망연하게 서 있었다.

"그만 두세요!"

아트라 씨가 소리쳤다.

그 외침에 투석은 멈췄고 주민들은 조용해졌다.

"이 남자의 처분은 제가 책임을 가지고 시행하죠. 모험가 길드
의 길드 마스터의 이름을 걸고 말이죠."

주민들은 아트라 씨의 말에 쥐고 있던 돌을 버렸다.

주모자인 상업 길드의 길드 마스터을 붙잡은 후, 길드 마스터
에 가담한 자들도 전부 붙잡았다.

일이 전부 끝나자 해가 저물고 저녁 식사 시간이 되었다.

"돌아갈까."

데거 씨가 데리러 와주었다.

"정말 도적을 토벌해줄 거라곤 생각도 못했어. 이걸로 이제 근
처 마을까지 물건을 사러 나갈 수 있겠어. 다시 감사 인사를 하
지. 고맙네."

"신경 쓰지 않아도 돼요. 원래라면 크라켄을 어떻게 해드리고
싶은데……."

"아하하하, 역시 그거는 무리지. 크라켄이 얼마나 강한지는 어
린아이라도 알고 있을 거야. 우리가 할 수 있는 건 크라켄이 해역
에서 나가는 것을 비는 것 뿐이야."

"미안해요."

"어째서 곰 아가씨가 사과를 하는 거야? 우리는 도적만이라도
토벌해줘서 고마워하고 있다고. 게다가 요즘 나도는 울프 고기나
밀가루도 곰 아가씨 덕분인 걸."

모험가 길드에서 비밀로 해주기로 했는데?

"알 만한 사람은 다 알고 있다고. 그래도 모험가 길드의 길드마스터에게 입단속 얘기는 들었어. 네가 쑥스러우니까 보답은 됐다고."

"성가실 뿐이에요."

본심을 입 밖으로 꺼냈다. 소란스러워지는 것이 싫은 것뿐이었다. 데거 씨는 웃으면서 요리를 만들어주었다.

저녁밥을 먹고 방으로 돌아가려는데 데거 씨가 불러 세웠다.

"아침에 약속했던 최고의 요리를 만들어 줄 테니 내일 점심에 식당으로 와줘. 맛있는 요리를 먹게 해주지."

"정말요? 그치만 식재료가 부족하잖아요."

"곰 아가씨는 신경 쓰지 않아도 돼. 내가 아가씨에게 할 수 있는 보답은 이정도 뿐이니까."

"네, 알겠어요. 기대하고 있을게요."

나는 방으로 돌아와 오늘 하루의 피로를 풀기 위해 하얀 곰 옷으로 갈아입고 호위로 곰돌이와 곰순이를 꼬맹이화 상태로 소환했다.

두 곰을 소환하자 곰순이의 상태가 이상했다. 등을 돌리고 이쪽을 보지 않았다. 과거의 경험으로 토라져 있는 것을 알아챘다.

오늘 있었던 일을 되돌아보자 오늘은 곰돌이와 쭉 함께였고 곰순이를 한 번도 소환하지 않았던 것을 깨달았다. 틀림없이 그 이유로 토라져 있었다.

이건 감싸주지 않으면 안 됐다. 하지만 오늘은 여러 가지 일 때문에 지쳐서 졸렸다.

그래서 나는 뒤를 향해 있는 곰순이를 끌어안았다.

"미안해. 오늘은 같이 자자."

곰순이를 끌어안고 함께 이불 속으로 들어갔다. 응, 부드러워. 피로와 곰순이의 온기 덕분에 곧바로 잠에 빠져들었다.

다음날 아침, 일어나 보니 곰순이의 기분이 나아졌고 곰돌이도 토라진 기색은 없었다. 괜찮은 것 같았다.

곰돌이와 곰순이를 송환하고 검은 곰 옷으로 갈아입은 후 아래로 내려갔다.

식당에는 블리츠 일행이 여행 채비를 하고 있었다.

"마을을 떠나려고요?"

"바로 돌아오긴 할 거야."

"도적이 없어져서 마을 사람들이 옆 마을까지 식재료를 사러 가게 됐어. 그래서 우리에게 호위 의뢰가 왔고."

"뭐, 왕복 열흘 정도야. 잘 하면 며칠 단축도 가능하고, 빨리 돌아올 생각이야."

"그렇구나. 그때 제가 있을지 없을지 모르니까 미리 말해둘게요. 이번엔 여러모로 고마웠어요."

"그건 아니지. 우리야말로 고마웠어. 유나가 없었으면 도적 토벌
은 불가능했을 거야. 으으, 오모스에게 졌으면 어떻게 됐을지…….
정말 고마워."

이번에 이 파티 멤버들에게는 정신적으로 도움을 받았다고 생
각했다.

인생 경험이 적은 나로서는 붙잡혀 있던 여자에게 건네는 말이
떠오르지 않았고 아무런 행동도 할 수 없었다. 도적은 내가 쓰러
뜨렸지만 뒤처리는 전부 블리츠 일행이 해주었다. 나는 아무것도
하지 않았다.

"그럼, 우리는 이만 갈게."

"유나, 또 봐."

"곰돌이한테도 인사 전해줘."

"또 만나자."

"조심히 가세요."

블리츠는 손을 들어 대답하더니 여관을 나갔다. 나도 아침 식
사를 먹고 바깥 공기를 마시러 밖으로 나갔다.

마을 안을 돌아다녀 보자 주민들의 얼굴이 조금은 밝아진 것처
럼 보였다. 마을 사람들은 나를 보면 가볍게 고개를 숙여주었다.
아이들도 「곰님」하며 다가와 줬다. 우리가 도적을 토벌했다는 사
실이 마을 안에 퍼져 있는 듯 했다.

모험가 길드에 들렸더니 아트라 씨와 직원들이 분주해 보였다. 이야기에 따르면 상업 길드에서 독점하고 있던 생선과 식재료를 일시적으로 모험가 길드에서 관리하게 됐다고 한다.

아트라 씨는 힘들어 보였다. 며칠 전에 아트라 씨가 길드에서 졸린 듯 아침부터 술을 마시고 있었던 모습이 옛날 일 같았다.

지쳤을 때에는 달달한 게 가장 좋기 때문에 간식으로 푸딩을 건네 줬다.

모험가 길드를 나오자 처음 마을로 왔을 때 만났던 상업 길드의 제레모 씨를 만났다.

"곰 아가씨잖아! 이번 일은 고마웠어."

"어째서 여기에 있어요?"

"상업 길드의 일이야. 길드 마스터를 시작으로 그 외의 멤버들도 붙잡혔으니까. 말단인 내게 대량으로 일이 돌아온 거지."

"그랬구나."

"뭐, 말단인 덕에 길드 마스터의 범죄에 휘말리지 않고 끝났지만 말이야."

상업 길드 마스터는 묵비권을 지속하고 있는 모양이었다. 도적에게 지시를 내렸다는 건 틀림없었고, 주모자라는 것은 확실했다. 주민들은 처벌을 원했지만 현재는 보류 상태가 되어 있었다.

붙잡혀 있던 여자들의 기분을 생각하면 당장이라도 처형을 하고 싶었지만, 여기가 어느 나라에도 속해있지 않은 마을이라는 것과, 더욱이 촌장이 도망쳤기 때문에 재판을 할 사람이 없다는 점 때문에 이런 결과가 됐다. 아트라 씨도 이래서는 안 된다는 걸 알고 있지만 서둘러서 처리해야 할 일들이 산더미처럼 쌓여 있어서 그쪽을 우선으로 하고 있었다.

도적이 없어져 낚시가 가능한 장소가 늘었고, 늘어난 생선을 균등하게 배분해야 하고, 그 외에도 도적에게 죽임을 당하고 재산을 빼앗겼던 사람들에 대한 보상 문제도 있었다. 원래 도적을 토벌하면 토벌한 우리가 도적들이 앗아간 재산을 받을 수 있지만, 나와 블리츠는 그것을 포기했다. 대신 붙잡혀 있던 여성들이나 귀족들이 돌려받기로 결정되었지만 가족 전원이 살해당한 케이스도 많았다.

"쓰러뜨린 건 유나니까. 그러니 우리가 받을 수는 없잖아."

블리츠는 멋있는 척을 했다. 여자 일행들도 납득을 하는지 아무런 말도 하지 않았다. 이러쿵저러쿵 해도 블리츠의 의견은 존중받는 모양이었다.

나를 포함해 블리츠 일행은 무르다고 아트라 씨에게 한소리 들었지만, 감사 인사도 함께 들었다.

점심이 지나서 여관으로 돌아오자 맛있는 냄새가 났다.

"오오, 돌아왔나. 슬슬 다 만들어졌으니 앉아서 기다려 줘."

그 말에 따라 잠시 기다리고 있자 주방에서 식욕을 돋우는 냄새가 났다.

잠시 후, 요리가 차려졌다.

그건 이 세계에서 처음 보는 먹거리로, 내가 잘 아는 음식이었다.

"……밥."

"뭐야, 알고 있는 거야? 생선과 엄청 잘 어울리는 음식이지."

내 앞에 놓인 건 새하얀 밥이었다. 밥 옆에는 바다에서 잡은 생선 구이가 있었고, 게다가 된장국으로 보이는 것도 있었다. 나는 된장국을 한 입 먹었다. 틀림없이 된장국이었다. 안에는 채소가 들어가 있었고, 매우 맛있었다. 한 입, 두 입, 목구멍을 통과했다. 그리웠던 맛……. 생선을 먹고 밥을 먹었다.

그 순간, 그리움이 복받쳐 올랐다.

쌀이다. 게다가 된장국, 밥이랑 엄청 잘 어울려.

나는 생선 옆에 있는 작은 병에 담긴 액체가 신경 쓰였다. 설마……. 내가 생각한 그 가능성을 믿고, 작은 병 안에 담긴 액체를 생선에 뿌렸다. 조금 검붉은 액체. 그 액체가 뿌려진 생선을 먹어봤다. 틀림없이 내가 찾고 있던 간장이었다.

하얀 밥에 된장국. 생선 구이에 간장. 안 되겠어. 맛있어! 내가 이렇게 일식 요리에 굶주려 있는 줄 몰랐다.

"곰 아가씨, 우는 거야? 생선에 잘 어울린다고 생각했는데 아니었나? 그게 아니면 생선이 문제야? 곰 아가씨가 먹고 싶어 하기에 받아 왔는데……."

나도 모르는 사이 눈물을 흘리고 있었던 모양이다. 그래서 데거 씨가 걱정한 것 같았다.

"아뇨. 그게 아니에요. 엄청 맛있어요. 데거 씨의 요리가 맛있어서 눈물이 나왔어요."

울고 있는 게 창피해져서 눈물을 훔치고 미소를 지으며 대답했다. 맛있는 건 거짓말이 아니었다.

"정말이야?"

"네, 엄청 맛있어요."

그 증거로 밥도 생선도 남김없이 먹었다.

"그렇게 말해주는 건 기쁜데, 무리하고 있는 거 아니지?"

맛이 없어서 무리해서 먹고 있다고 생각하는 건가?

"네, 이거 우리나라 고향의 맛이에요. 더 이상 먹을 수 없을 거라고 생각했는데. 기뻐서 그래요."

"이게 고향의 맛이라니, 설마 화(和) 나라 출신이야?"

"화 나라?"

"아닌가?"

"아니에요. 훨씬 멀고, 두 번 다시 갈 수 없을 정도로 먼 곳에 위치했어요."

"그렇게 멀리서 왔구나. 외롭지 않아?"

"가끔 고향이 그리워지긴 하지만 여기도 재밌으니까 괜찮아요. 그런데 이렇게 고향의 맛을 느끼게 되다니 기뻐서……."

"그렇군. 원래라면 더 만들고 싶지만 재고가 없어서 말이야. 크

228

라켄이 나타나기 전까지는 화 나라에서 한 달에 한 번 배로 운반해 왔는데……"

그런 나라가 있구나. 한 번 가보고 싶네. 하지만 그러려면 크라켄을 토벌하거나 스스로 사라지는 걸 기다릴 수밖에 없었다.

쓰러뜨릴 방법은 없는 건가?

그런 걸 생각하면서 데거 씨의 요리를 전부 비웠다.

"엄청 맛있었어요."

나는 데거 씨에게 감사 인사를 하고 여관을 나왔다.

그대로 해안까지 걸었다. 넓게 펼쳐진 바다. 그 너머에는 쌀, 간장이 있는 나라가 있다. 그 외에도 일본과 닮은 게 많을 수도 있었다. 무엇보다도 쌀과 간장, 된장을 얻고 싶었다. 하지만 크라켄이 방해를 하고 있다.

전투 방법은 한정되어 있다.

첫 번째, 대형 배를 사용해 바다로 나가 쓰러뜨린다. 하지만 그런 커다란 배는 이 마을에 존재하지 않았다. 게다가 내가 배를 조종하는 건 불가능했다.

두 번째, 하늘을 날아 상공에서 쓰러뜨린다. 응, 곰은 날 수 없어.

세 번째, 바다를 얼려서 지면으로 삼아 싸운다. 시험 삼아 모래사장으로 가서 바다를 얼려봤다. 얼음이 얼긴 하지만 그 위를 파도가 뒤덮었다. 광범위하게 얼리지 않으면 전투가 어려웠다. 얼음 두께에 대해서도 생각하니 마력을 얼마나 써야할지 감을 못 잡겠다. 전투가 시작되면 크라켄은 날뛸 것이고, 그렇게 되면 바다는 거칠어져 파도가 높아지고 얼음을 깨 부셔 싸울 수 있는 상황이 안 될 것이다. 바다로 떨어지면 바로 아웃이었다.

네 번째, 공기 구슬 안으로 들어가 바다에 침투한다? 시험 삼아 공기 구슬을 만들어 바다 속으로 들어가 봤다. 그 결과 평범하게 바다로 들어갈 수 있었다. 하지만 이건 크라켄에게 공격당하면 끝일 것이다. 게다가 이 구슬 안에서 공격이 가능할까? 구슬이 깨지면 끝이었다. 산소 문제도 있었다. 여러 가지로 생각하니 공기 구슬은 불가능했다.

남은 건 곰돌이, 곰순이를 타고 싸운다?

나는 곰돌이와 곰순이를 소환했다.

"둘 다 헤엄칠 수 있어?"

곰들은 바다로 들어가더니 평범하게 수영하기 시작했다.

헤엄칠 수 있구나. 뭐, 북극곰도 수영할 수 있으니까.

문제가 있다면 내가 바다에서 헤엄쳐 본 적이 없다는 것이었다. 그 이전에 마지막으로 수영했던 게 몇 년 전이지?

떠올려 보니 초등학교 수영 수업이 마지막이었다. 곰돌이와 곰순이에게서 떨어지면 틀림없이 죽을 것이다. 하지만 곰돌이와 곰순이를 타고 있는 동안은 자고 있어도 떨어지지 않으니 떨어질 일은 없으려나······.

다만, 싸운게 되면 틀림없이 온 몸이 젖게 될 것이다. 게다가 크라켄에 의해 바다 아래로 잠기게 된다면 아무것도 못하는 건 변함이 없었다.

이 방안은 보류해두자. 으음~, 달리 쓰러뜨릴 방법을 찾지 못했다. 바다에서 싸울 때 참고가 될 만한 이야기가 있으려나?

물속에서도 숨을 쉴 수 있고 자유롭게 움직일 수 있는 게 제일 좋은데……. 하지만 생떼를 쓴다고 해도 소용없었다.

그럼 모세처럼 바다를 가른다? 아니, 무리라니까. 게다가 도망치면 쫓아갈 수 없었다. 그 이전에 그런 건 불가능할 테고.

…………안 돼.

……No.

……기각.

……거절.

……싫다.

……무리.

그러다가, 한 가지 생각이 떠올랐다.

응, 이 방법으로 해볼까. 실패해도 손해는 없을 것이었다. 성공한다면 싸울 수 있었다. 안 된다면 다른 방법을 생각하면 된다.

🎀 93 곰 씨, 크라켄을 토벌하러 가다

다음날, 크라켄 토벌 방법을 생각한 나는 허가를 받으러 모험가 길드로 향했다. 어제와 같이 모험가 길드의 직원들이 바쁘게 움직이고 있었다. 그 일의 절반이 상업 길드의 일인 것이 이상한 점이었다. 지시를 내리는 건 모험가 길드의 길드 마스터인 아트라 씨이지만 상업 길드의 직원들도 착실히 일하고 있었다. 바빠 보이는 아트라 씨를 발견하고 말을 걸었다.

"유나, 어쩐 일이야?"

"잠깐 상담이랄까? 부탁? 청하고 싶은 게 있어서요."

"뭔데? 유나의 청이라면 뭐든지 들어줄게."

내가 남자였다면 「뭐든지」라는 말에 반응하겠지.

그런 바보 같은 생각을 하고 있는데 아트라 씨의 커다란 가슴이 얼굴 쪽으로 다가왔다. 그렇게 큰 가슴을 들이대지 말아 주세요— 라고 외치고 싶어졌다. 결코 부러워서가 아니다.

"아무도 없는 곳에서 괜찮을까요?"

내가 주변을 둘러보면서 부탁하자 그녀는 안쪽 방으로 들여보내 주었다.

"조금 어질러져 있지만 앉아."

서류 더미가 많이 쌓여 있었다. 전부 일들과 관련된 건가? 어제

부터 시작했던 거 같은데……. 설마 아트라 씨, 잠도 안 자고 일하는 건가?

"그래서, 부탁이라는 게 뭐야?"

"크라켄과 싸우려는데 그 건으로 부탁이 있어서요."

"……."

아트라 씨의 입이 벌어진 채 굳었다.

"미안해. 피곤해서 그런지 잘못 들은 것 같아. 지금 크라켄이랑 싸우겠다고 들렸는데 잘못 들은 거 맞지?"

"크라켄과 싸운다고 확실하게 말했어요."

"진심이니?"

"조금, 크라켄을 쓰러뜨릴 이유가 생겨서요."

"그 이유가 뭔데? 목숨을 걸 정도인 거야?"

"큰 이유는 아니에요. 개인적인 거라서요."

아무래도 쌀과 간장과 된장을 위해서, 라고는 말할 수 없었다.

"하아……, 일단 부탁이라는 게 크라켄을 쓰러뜨릴 테니 손을 빌려달라는 건가? 무리야. 크라켄과 싸울 수 있는 모험가는 한 명도 없어. 블리츠 일행이라면 조금은 도울 수 있었겠지만. 그들에겐 다른 일을 부탁해버렸어."

그건 알고 있다. 어제 출발하는 것을 배웅했으니까.

"크라켄과는 저 혼자서 싸울 거니까 걱정 마세요."

아트라 씨는 내게 다가오더니 내 이마에 손을 짚었다.

"열은 없네. 크라켄은 혼자서 쓰러뜨릴 수 있는 마물이 아니야. 아무리 자기가 강하다고 해도 무리라고. 도적을 토벌했다고 해서 크라켄도 쓰러뜨릴 수 있을 거라고 생각하지 않는 게 좋아."

뭐, 게임에서도 혼자서 쓰러뜨릴만한 마물은 아니었다.

"저를 믿어 달라고 해도 안 돼요?"

"참고로 묻겠는데, 승산은?"

"지정한 곳에서 크라켄이 나타나 준다면 쓰러뜨릴 수 있어요."

아트라 씨가 내 눈을 가만히 바라봤다.

그리고 작게 한숨을 쉬었다.

"하아, 알았어. 그래서 나는 뭘 하면 되는 거지?"

"도적이 나타난 길에 바다로 향하는 커다란 언덕이 있죠?"

"그래."

"그 근처에서 싸우고 싶으니까 아무도 가까이 오지 못하도록 해 주셨으면 해요. 그리고 그 날은 위험하니까 낚시는 물론 아무도 바다에 가지 않도록 해주세요."

"어떻게 크라켄을 그곳으로 불러들일 생각인데?"

나는 먹이를 준비할 것을 설명했다.

"낚일지는 모르겠지만요."

"그건 그렇네. 아무도 크라켄을 낚으려고 생각하지도 하고, 한 적도 없으니까. 하지만 불러들이는 데 성공해도 놓칠 가능성도 있잖아?"

"놓칠 생각은 없어요."

언덕 근처까지 오면 내 영역이었다. 그때는 사냥 당하는 두려움을 크라켄에게 알려줄 것이다.

"으음……, 알았어. 조금 시간을 줘. 그때까지는 설득해 볼 테니까."

"고마워요."

"감사 인사를 들을 일이 아니야. 유나는 마을을 위해 해주고 있는 거니까."

사실은 쌀과 간장과 된장을 위해서라는 말 따위 할 수 없겠네.

"그리고 울프 추가도 부탁해도 될까? 설득 재료로도 유용할 거야."

「그걸로 해결된다면 1천 마리든 2천 마리든 내드릴 수 있어요」라고 말했더니 2백이면 된다는 말을 들었다. 유감이군.

다음 날, 아트라 씨가 여관에 찾아왔다.

"유나. 약속대로 이틀 후에 마을 주민들 외출을 금지시켰어."

"음, 말하기 좀 그렇지만 잘도 모두가 납득했네요."

어제 부탁했는데 바로 오늘 해결됐다. 마을 주민들에게 설명을 해야 할 테고, 설득도 시간이 걸릴 터였다.

"바다는 어부들 중 가장 지위가 높은 할아버지를 설득하면 되는 것뿐이었고, 다른 건 모험가 길드에서 대처할 거라서 괜찮아."

"하지만, 그 할아버지가 잘도 승낙해 주셨네요."

이럴 경우, 완고한 할아버지와 갈등이 생기는 게 당연할 것이다.

"뭐, 유나의 부탁인데 거절 같은 건 못 하지. 식재료 제공에 도적단 토벌, 거기다 붙잡혀 있던 사람들을 구출해 주었잖아. 게다가 상업 길드의 횡포를 막아주었고."

"상업 길드는 저와 관계없는데요."

"식재료 제공과 도적을 토벌한 덕분에 악행이 탄로 난 거니까 유나 덕분이지. 그러니 할아버지도 흔쾌히 유나의 부탁을 들어주셨어. 그리고 할아버지로부터의 전언이야.『무리는 하지 말게. 곰 아가씨에게는 감사하네. 어떻게 그 괴물을 쓰러뜨릴지 나로서는 모르겠지만 손을 빌리고 싶을 때는 말해주게』라고 하셨어. 그 할아버지가 그렇게까지 말하게 하다니 대단한 거라고."

쌀을 위해 싸우는 건 점점 말할 수 없게 되겠는데…….

"설마, 제가 크라켄과 싸울 거라고 할아버지에게 얘기하셨어요?"

"아무래도 설득하려면 이유가 필요해서 말이야. 그래도 할아버지께 다른 사람에게는 말하지 말아달라고 부탁해뒀으니까 괜찮아. 그런 이야기를 다른 주민들에게 말하면 일이 커질 거야."

하긴, 크라켄과 싸운다는 이야기가 퍼지면 큰 소동이 일어날 것이 틀림없었다.

전투 당일. 아침에 일어나 방의 창문에서 바깥을 바라봤다. 날씨가 쾌청해 싸우기 좋은 날이었다. 역시 비가 내리는 것보다 맑은 게 좋다. 아래층으로 내려가자 데거 씨가 있었다.

"곰 아가씨, 오늘 어디 가는 거야?"

"산책하러 가요. 왜요?"

데거 씨에게 질문을 받았지만 아무래도 크라켄을 쓰러뜨리러 간다고는 할 수 없어 그렇게 대답했다.

"산책이라……. 그럼, 맛있는 아침밥을 만들 테니까 제대로 먹고 가."

"데거 씨의 식사는 항상 맛있어요."

본심을 말했다. 데거 씨의 요리는 뭐든 맛있었다. 쌀은 최고였고.

"나를 울리지 마!"

내 말에 데거 씨는 코를 문지르며 묘하게 우는 눈이 되었다.

"제대로 식사 만들어 줄 테니까 돌아와야 해."

"저녁 식사 때까지는 확실히 돌아와야 해."

끈질길 정도로 돌아오라는 강요를 받으며 여관을 나왔다. 숙박비가 걱정되나? 뭐, 나는 단 한 명뿐인 손님이니까.

마을 밖으로 나가는 출구로 향하자 아트라 씨를 포함한 모험가 길드의 직원 몇 명이 있었다.

"좋은 아침이에요."

모두에게 인사를 하자 아트라 씨와 직원 모두가 대답을 해주었다. 설마 직원들한테도 얘기해버린 건가?

"그럼, 다녀올 테니 이 앞으로는 무슨 일이 있어도 내보내면 안 돼."

아트라 씨가 직원들에게 지시를 내렸다. 그런데, 다녀온다니?

"설마 아트라 씨도 따라올 작정이에요?"

"그럼, 당연하지. 유나를 혼자서 가게 할 수는 없잖아."

"위험해요."

"위험할 땐 유나를 데리고 도망칠 테니까 걱정 마."

"저는 괜찮으니까 혼자서 도망치세요."

나는 아트라 씨에게 충고했다. 정말로 위험할 때는 도망쳐 줬으면 좋겠다. 나는 마을 밖으로 나가 곰돌이와 곰순이를 소환했다.

"이 아이들이 소환수구나."

숨길 것도 없어서 아트라 씨에게 곰돌이와 곰순이에 대해 이야기는 했었다.

"거기 검은 곰을 타세요."

"어머, 괜찮아?"

"얼른 쓰러뜨리고 돌아오고 싶으니까요."

"믿음직하네."

나는 곰순이 위에 올라타 크라켄과 싸울 장소로 정해둔 언덕으로 향했다.

곰순이를 타고 바다를 보면서 나아갔다. 정말 조용한 바다다. 이곳에 크라켄이 있다니 믿기지 않았다. 하지만 어제도 먼 바다에서 크라켄이 보였다고 했다.

"저기, 유나. 어째서 이렇게까지 해주는 거야? 유나에게 여기는 관계없는 마을이잖아. 아는 사람이 있는 것도 아니고, 목숨을 걸면서까지 크라켄과 싸울 이유가 아무리 생각해 봐도 알 수 없어서 말이야."

아트라 씨가 진지한 눈으로 나를 바라봤다. 그 눈을 보니 도저히 「쌀과 간장과 된장을 위해서입니다」라고 말할 수 없었다.

"아트라 씨와 데거 씨, 유우라 씨, 다몬 씨. 아는 사람은 많이 있어요."

마을에 와서 친해진 사람은 많이 있었다. 아트라 씨도 처음 만났을 때는 이상한 사람이라고 생각했는데 사실은 상냥한 사람이었고, 데거 씨도 걱정해줬다. 쌀과는 별개로 돕고 싶은 건 진심이었다.

"고마워. 그렇게 말해주니 기쁘지만, 무리하면 안 돼."

잠시 후, 목적지인 언덕에 도착했다.

"여기서 싸우는 거야?"

"크라켄이 와주면요."

나는 크라켄을 불러들이기 위해 곰 박스에서 먹이를 꺼냈다.

먹이는 바로 왕도에서 1만 마리의 마물을 쓰러뜨렸을 때의 웜이다. 게다가 곰 박스 안에서 시간도 멈춰 있었기 때문에 죽은 지 얼마 안 돼 따끈따끈한, 아직 온기가 있는 신선한 웜이었다.

"잠깐, 그건?!"

아트라 씨는 웜을 보고 소리쳤다.

"웜이에요."

"그건 보면 알지만, 어째서 그런 걸 유나가 가지고 있는 거야? 게다가 울프를 꺼낼 때에도 생각했지만 유나의 아이템 봉투는 대체 뭐야?"

"고급 아이템 봉투입니다."

"유나랑 있으면 놀라는 일들뿐이야. 엘파니카의 각인도 납득이 가네. 하지만 이 웜을 어쩌려고?"

"이걸 먹이로 사용해 크라켄을 불러들일 셈이에요."

"그런 아까운 걸…… 괜찮아? 웜은 고급 식재료로 일부 사람들에게 비싸게 팔려."

역시 먹는구나. 응, 나는 절대 먹고 싶지 않아. 게다가 돈에 궁핍한 것도 아니었다.

"웜으로 마을을 구할 수 있다면 싼 거라고 생각해요."

나는 조금 멋진 말을 해봤다. 본심은 먹고 싶지 않고, 판다고 해도 눈에 띄니까 피하고 싶을 뿐이었다.

"유나. 너란 아이는……."

어쩐지 아트라 씨가 감격해버렸다. 거짓말은 하지 않았지만, 본심을 말하기 어려워졌다.

나는 대화를 하면서 작업을 이어갔다. 얼음 마법을 사용해 웜의 하반신에 얼음을 휘감아 언덕 위에서 마을을 향해 매달았다. 이미지 상으로는 언덕 끝에 있는 커다란 고드름이 웜을 매달고 있는 느낌이 됐다.

웜의 몸이 절반 정도 바다에 잠겼다.

옛날에 텔레비전에서 생선을 낚을 때 유충을 사용하는 것을 본 적이 있었다. 웜은 유충과 닮았다. 그래서 크라켄의 먹이가 되지 않을까~ 생각했던 것이었다.

실제로 크라켄은 사람을 먹는 육식 동물이니 웜도 먹겠지?

웜은 컸다. 그만큼 냄새도 바다로 퍼지기 쉬웠다. 잘하면 이 언덕까지 크라켄이 와 줄 가능성이 있었다.

만약 오지 않는다면 곰돌이와 곰순이를 타고 바다 위에서 싸울 수밖에 없지만, 그런 싸움은 하고 싶지 않으니 크라켄이 오기를 빌었다.

"안 오네."

웜을 매달아 두고 어느 정도 시간이 지났다. 곰돌이와 곰순이 사이에 껴서 바다를 바라봤다. 바다는 조용했다. 역시 웜으로는 낚을 수 없나?

"낚시는 인내심이 있어야 돼."

물론 은둔형 외톨이인 내가 낚시를 해 본 적은 없다. 해 본 적은 없지만, 낚지 못하면 재미가 없다. 이대로 곰돌이와 곰순이 사이에 끼어 있으니 졸리기 시작했다.

아트라 씨의 말대로 유유히 바다를 바라보고 있자 파도가 높아진 것 같은 느낌이 들었다. 곰돌이와 곰순이가 바다를 보고 작게 울었다. 나는 자리에서 일어나 바다를 바라봤다.

"유나?"

저 멀리 무언가가 보인 것 같았다. 탐지 스킬을 사용했다. 크라켄의 반응이 나왔다. 엄청난 속도로 내가 있는 언덕으로 다가오고 있었다. 바다 속에 있는 크라켄이 보였다. 그리고 바다에서 가늘고 긴 촉수가 튀어 나와 윔을 휘감았다. 고드름은 부러졌고 윔은 바다로 빨려 들어갔다.

"유나!"

"아트라 씨는 물러나세요!"

나는 땅 마법을 발동시켜 상상했다. 거대한 곰, 언덕의 높이 정도인 곰을—.

바다 속에서 흙으로 만든 거대한 곰이 여러 개 솟아올라 내가 서 있는 언덕을 중심으로 반원을 만들어 빈틈없이 강력한 곰 벽이 완성됐다.

오랜만에 거대한 마법으로 마력을 대량 소비하니 탈력감이 덮쳐왔다.

크기뿐 아니라 크라켄에 의해 부서지지 않도록 강도도 높였다. 그만큼 대량으로 마력을 빼앗겼다. 하지만 그 덕분에 거대한 곰 벽 안에 크라켄을 가둘 수 있었다.

크라켄은 곰 벽에 갇혀 있는 것도 눈치채지 못하고 윔을 먹으려고 하고 있었다.

커다란 오징어였다. 크라켄이란 커다란 문어나 오징어를 나타낸다. 이번에 내 앞에 나타난 것은 오징어 쪽이었다.

나는 커다란 화염 곰을 대량으로 만들어 웜을 먹고 있는 크라켄을 향해 날려 보냈다. 화염 곰은 크라켄을 불태웠다. 타는 냄새가 났다. 그러자 크라켄은 바다 속으로 들어가 곰의 화염을 떨쳐냈다. 크라켄은 내 존재를 눈치채고 촉수를 뻗어왔다. 여기까지 닿나?

언덕 위까지 뻗어오는 촉수를 에어 커터로 잘라버렸다. 바로 다른 촉수가 뻗어왔다. 나는 촉수를 피하고 화염을 날렸다. 촉수는 타올랐지만 크라켄은 곧바로 바다 속으로 들어가 불을 껐다.

나는 계속해서 화염 곰을 만들어 거대한 곰 벽으로 둘러싸인 바다 속으로 넣었다.

크라켄은 언덕 위에 있는 내게 촉수를 뻗어왔다. 나는 뒤로 물러나 화염 곰을 내보냈다. 역시 지상이 유리했다.

나는 일방적으로 공격했다. 크라켄은 공격을 관두고 바다 속으로 도망치려 했다. 하지만 거대한 곰 벽이 방해를 해서 도망칠 수 없었다. 벽을 기어오르려고 했지만 마법으로 바다로 떨어뜨렸다. 바다 속으로 들어가려고 하면 바다를 향해서 화염 곰을 쏘아댔다.

화염 곰 때문에 해수의 온도가 점점 올라갔다. 거대한 곰 벽 때문에 바다는 냄비 상태가 됐다. 크라켄은 발버둥 치며 괴로워했다. 몇 번이고 곰 벽을 향해 몸을 부딪쳤다. 마력을 대량으로 사

용해 만든 곰 벽이었다. 간단하게 부셔 버리면 곤란했다.

부글부글하고 해수가 끓기 시작했다. 크라켄은 촉수를 뻗어 곰 벽을 오르려 했지만 내가 그렇게 두지 않았다. 베어 커터로 촉수 끝을 잘라냈다. 하지만 곧바로 재생되어 촉수가 자랐다. 아니, 자세히 보니 재생하는 게 아니라 잘린 것들끼리 붙는 것처럼 보였다.

즉, 잘라도 소용이 없어졌다. 이 촉수의 재생은 마력이 이어지는 한 계속될 테니, 어쩌면 마력 승부가 되려나?

승부는 내 마력이 다하기 전에 크라켄이 힘에 부치든가 내 마력이 다 되어 크라켄이 도망치는가로 정해졌다.

크라켄은 몇 번이고 반복해서 곰 벽에 촉수를 뻗었다. 그 때마다 내가 공격해 촉수를 떨어뜨렸다.

곰 벽을 더 크게 만들 걸 그랬다. 설마 이렇게 싸우게 될 줄은 생각지도 못했다.

육체적인 싸움이 없어서 흰 곰 옷으로 싸우면 좋았을 거라고 이제 와서야 통감했다. 그랬다면 마력을 조금씩이라도 회복하면서 싸울 수 있었을 텐데.

만약 마력이 바닥나면 흰 곰 옷으로 갈아입기 위해 여기서 스트립쇼를 할 처지가 될 지도 몰랐다.

그건 싫은데~.

아트라 씨밖에 없어도 남 앞에서 옷을 갈아입는 건 창피했다. 하지만 크라켄 토벌과 바꿀 수 있다면 할 수 밖에 없나, 스트립쇼……

246

화염 곰 덕분에 바닷물은 끓어올랐고 주변은 수증기가 생겨 바다는 열탕 욕조와 같은 상태가 되었다. 그 때문에 주변의 온도가 올라갔다. 아마 외부 기온은 덥겠지만 나는 곰 옷 덕분에 덥지 않았다.

크라켄은 바다가 뜨거워 난동을 피우고 있었다. 언덕도 일부 붕괴되어 원형이 남아 있지 않았다. 나는 크라켄에게 데미지를 입히면서 도망치지 못하도록 했다.

이제 와서 가마를 만들면 좋았을 걸, 하고 생각했지만 남은 마력으로는 만들 수 있을 것 같지도 않았다.

으음, 싸움이 시작되고 보니 작전에 빈틈이 많았다. 다음에 싸울 일이 있다면 신경을 써야겠다.

그렇게 일방적으로 화염 곰을 날리는 것뿐인 공격과 방어(?)가 계속됐다. 크라켄은 촉수를 뻗어 열심히 도망치려고 했지만 나는 놓치지 않았다. 얼른 끝나길 바랐다. 권태감이 커졌다. 마력이 없어지기 시작한 것을 알 수 있었다.

이거 얼른 스트립쇼라도 해서 옷을 갈아입어야 하나……

그렇게 생각한 순간 크라켄의 움직임이 둔해졌다. 촉수가 올라오지 않게 되었고 곰 벽에 몸을 들이받는 것도 없어졌다. 나는 공격을 멈추고 상황을 살폈다. 크라켄은 더 이상 움직이지 않았다.

나는 탐지 스킬을 사용했다. 그리고 탐지 스킬에서 크라켄의 반응이 사라진 것을 확인했다.

……끝났다.

나는 땅바닥에 주저앉아 등부터 지면으로 쓰러졌다.

지쳤다. 마력을 너무 많이 써서 몸이 나른했다. 하지만 어떻게든 스트립쇼는 피할 수 있게 되었다.

"유나!"

아트라 씨가 뛰어왔다. 이마에는 엄청난 땀이 흐르고 있었다. 여기는 덥기 때문이었다.

"아트라 씨. 끝났어요."

"정말 죽은 거야?"

아트라 씨는 끓어오르던 바다에 떠 있는 크라켄을 바라봤다. 크라켄은 촉수 하나 움직이지 않았다.

"쓰러뜨렸어요. 아트라 씨. 뒷일을 맡겨도 될까요? 조금, 아무래도 마력을 너무 많이 써서 더는 못 움직이겠어요. 게다가 나른하고, 졸려요."

더 이상 걸을 힘도 없었다.

"그래, 물론이지. 나머진 맡겨둬. 그리고, 고마워."

쌀과 간장과 된장을 위해서 라고는 말 못하고 웃는 얼굴로 대답을 대신했다.

나는 곰돌이와 곰순이를 불렀다. 곰순이가 다가와 올라타기 쉽게 해주었다.

"고마워."

나는 곰순이, 아트라 씨는 곰돌이를 타고 마을로 돌아갔다.

마을 입구로 돌아왔을 때 많은 사람들이 모여 있었다.

"길드 마스터!"

길드 직원들이 뛰어왔다.

"이런, 무슨 일이지?"

"길드 마스터가 향한 곳에서 크라켄이 보였다는 보고가 있어서 주민들이 소란스러워졌습니다."

아트라 씨는 조금 고민한 뒤 입을 열었다.

"크라켄이라면 이 아이, 유나가 쓰러뜨렸어."

그리고 곰순이 위에 쓰러져 있는 나를 가리켰다.

아, 크게 떠벌리지 말아달라고 부탁하는 걸 잊고 있었다.

지금의 나에게는 그것을 부탁할 힘도 남아있지 않았다. 지금은 얼른 여관으로 돌아가서 자고 싶었다.

"길드 마스터, 정말인가요?"

"그래, 정말이야. 믿기지 않는다면 보러 가도 좋아. 크라켄의 사체가 있으니까."

"위험한 것은……?"

한 직원이 말했다. 그에 아트라 씨는 대답했다.

"뭐가 위험하지? 도적도 없겠다, 크라켄도 없겠다. 뭐가 위험하다는 걸까?"

"그건⋯⋯."

"그것보다도 길을 터주지 않겠어? 이 마을을 구해준 영웅을 여관에서 재우고 싶은데."

"그렇지만 그 곰을 마을 안으로⋯⋯."

직원들이 곰순이와 곰돌이를 바라봤다.

"위험하지 않다는 건 내가 보증하지. 게다가 크라켄과의 전투로 지쳐있는 은인에게 곰에서 내리라고는 나는 말 못해. 그런 말을 하는 자를 나는 경멸하겠어."

아트라 씨는 이곳에 있는 전원에게 눈빛을 보내 조용히 시켰다.

길드 직원들과 주민들은 길을 만들었다. 길이 생기자 나를 태운 곰순이는 그곳을 지나 여관으로 향했다.

"곰 아가씨!"

여관으로 돌아오자 데거 씨가 소리쳤다.

"괜찮아요⋯⋯. 조금 지쳤을 뿐이니까⋯⋯ 한동안은 잘 테니까 깨우지 마세요."

곰순이는 큰 몸으로 여관 안으로 들어가 좁은 계단을 올라갔다. 그 뒤에는 곰돌이가 따라왔다. 방 앞까지 오자 나는 곰순이에게서 내려 문을 열었다.

"곰순이, 고마워."

곰순이와 곰돌이를 꼬맹이화한 후 방으로 들어갔다.

"대통령이든 총리대신이든 국왕이든 누가 온다고 해도 깨우지 말아줘."

이제 점심이 지날 무렵인데 지쳤다. 마력을 너무 썼다. 탈력감이 들었다.

열심히 옷을 벗어 거꾸로 뒤집고 흰 곰 옷으로 갈아입었다.

그대로 침대에 쓰러지자 꼬맹이화한 곰돌이와 곰순이가 내 옆으로 바싹 붙어 와줬다. 그런 곰들에게 고맙다고 말한 후 잠에 빠져들었다.

🎀 94 곰 씨, 눈을 뜨다

눈을 뜨자 내게 달라붙어 자고 있는 곰돌이와 곰순이가 보였다.

지금 몇 시지?

침대에서 내려와 커튼을 걷고 창문을 열었다.

바다 쪽에서 비춰지는 아침노을이 보였다. 점심에 자서 아침까지 일어나지 않았다니 대체 몇 시간을 잔 거지?

하지만 역시 그만큼 자고 일어나니 권태감도 없어지고 체력도 마력도 모두 회복되었다. 조금 이르지만 검은 곰 옷으로 갈아입고 나를 지켜준 곰돌이와 곰순이에게 감사 인사를 건넨 후 송환했다.

방에서 나와 1층으로 내려가니 마침 데거 씨가 안쪽 방에서 나오고 있었다.

"곰 아가씨, 일어났어? 이제 괜찮은 거야?!"

아침부터 큰 목소리로 걱정스러운 듯 말을 건네 왔다.

"괜찮아요. 마법을 너무 많이 써서 피곤했던 것뿐이에요."

"그렇군. 별건 아니었군."

데거 씨의 표정에 안도가 엿보였다. 걱정시킨 것 같았다.

"곰 아가씨는 정말 대단한 모험가였군. 겉보기에는 이렇게나 귀여운데."

데거 씨가 통통, 하고 내 머리를 가볍게 쳤다.

"크라켄에 대해 알고 있었어요?"

"곰 아가씨가 여관으로 돌아왔을 때 아트라 씨에게 들었어."

뭐, 그런 상황으로 돌아오면 당연히 묻겠지.

"그래서, 배는 고픈가, 아무것도 안 먹었지?"

나는 배를 만져봤다. 절벽이었다. 가슴이 아니었다. 배가 절벽이었다.

"고픈 것 같아요."

"그럼 바로 준비할 테니 기다려."

데거 씨는 팔을 구부려 근육을 강조한 후 안쪽 부엌으로 향했다.

"천천히 하셔도 돼요."

데거 씨가 만드는 아침 식사를 멍하니 기다리고 있는데, 아트라 씨가 여관으로 들어왔다.

"유나, 일어났어?!"

"이제 막 일어났어요."

"어디 안 좋은 곳은 없어?"

아트라 씨는 걱정스럽게 내 손이나 몸을 만져봤다.

"괜찮아요. 자고 일어난 덕분에 마력도 회복하고 원래대로 돌아왔어요."

"밤이 돼도 일어나지 않아서 걱정했었어."

진심으로 걱정해주고 있었다. 데거 씨와 함께 걱정을 끼친 모양이었다.

"그래도 괜찮다니 다행이야."

아트라 씨와 이야기를 나누고 있는데 데거 씨가 아침 식사를 가지고 와주었다.

나는 그 아침 식사를 보고 놀랐다.

"쌀? 없었잖아요?"

"마을 사람들이 가지고 와주었어."

"왜요?"

"어제 대단했어. 많은 주민들이 곰 아가씨에게 감사 인사를 하러 여관으로 모였다고."

"그거 참 큰일이었네요."

아트라 씨가 데거 씨의 말에 끄덕이며 동의했다.

"마을로 돌아오고 바로 크라켄이 토벌됐다는 소식이 마을 안에 퍼졌어. 그걸 쓰러뜨린 게 여기에 묵고 있는 유나라는 걸 알고는 모두 이 여관으로 들이닥친 거야."

그렇다는 건 꽤 많은 인원이 모였다는 건가? 상상하고 싶지 않은데…….

"그런데 유나는 피곤해서 자고 있으니까 깨울 수는 없었지. 그래서 조용히 하도록 설득시키고 돌아가게 했어. 그럼에도 보답을 하고 싶다는 주민들이 여기저기서 모여와서 큰일이었다고."

내가 자고 있는 동안 그런 큰일이…….

"그래서 곰 아가씨가 쌀을 좋아한다는 걸 말해 줬더니 주민들이 서로 자기 집에 남아 있는 쌀들을 모아서 가지고 와줬지 뭐야. 각자 가지고 온 양은 적었지만 마을 전체에서 모아온 거라 양이 꽤 되더라고."

그건 꽤 기쁜데?

크라켄을 쓰러뜨려도 쌀이 있는 화 나라가 어디에 있는지도 모르고, 다음에 언제 배가 올지도 몰랐다. 그래서 한동안은 손에 넣을 수 없을 거라고 생각했었다.

"기쁘긴 한데 받아도 되나요? 소중한 식재료잖아요."

"무슨 말을 하는 거야? 자기가 크라켄을 쓰러뜨렸으니 식재료 문제는 해결이야. 바다는 식재료의 보물 창고라고. 먹을 건 많이 있어."

그렇다면 감사히 받아 둘까.

어라? 그렇게 생각하니 옆 마을까지 물건을 사러 간 블리츠 일행에게는 나쁜 짓을 한 건가?

뭐, 사오는 건 생선 이외의 것일 테니 상관없으려나?

"주민들이 보답을 하러 왔었다는 건 제가 크라켄을 토벌했다는 얘기가 퍼졌다는 거네요."

"크라켄과 유나의 싸움을 보고 있던 사람들도 있었어. 그러니까 한 번에 퍼지지."

그 장소에 사람이 있었다고? 전혀 눈치채지 못했다.

조금 더 빨리 옷을 갈아입었어야 했다. 아니, 문제는 그게 아니다, 아닌가, 그것도 중요하지만…… . 사실은 왕도에 있을 때와 똑같이 일을 크게 만들기는 싫었지만, 이번엔 어쩔 수 없다. 우연히 그곳에 있던 랭크 A의 모험가가 쓰러뜨렸다고 하기엔 무리가 있기도 하고…… .

"일단 모두에게는 유나에게 민폐를 끼치지 않도록 해달라고 말해 뒀는데, 뭘 걱정하는 거야?"

"크라켄을 제가 쓰러뜨렸다는 게 퍼지면 귀찮을 거라고 생각했던 것뿐이에요. 그다지 눈에 띄고 싶지 않아요."

내 말에 아트라 씨와 데거 씨가 나를 쳐다봤다. 하고 싶은 말은 알고 있었다.

"그러니까, 이미 늦었겠지만 소문이 퍼지지 않도록 해주셨으면 좋겠는데…… ."

"그건 무리 아니야? 꽤 소문나 있는 걸."

"어제 상황을 보면 무리라고 생각해."

두 사람은 내 부탁을 단번에 잘라버렸다.

"그럼 적어도 마을 사람들에게 마을 밖에서는 말하지 않도록 해주는 건 가능한가요?"

"그거라면 걱정 마. 원래 이 마을은 다른 마을과 교류가 적기고 하고, 게다가 크라켄을 곰 여자아이가 쓰러뜨렸다고 한들 아무도 믿어주지 않을 거야. 만약 그런 소문이 나도 나는 절대로 안 믿어."

하긴, 크라켄을 내가 쓰러뜨렸다고 해도 믿지 않겠지. 실제로 크라켄을 혼자서 쓰러뜨릴 수 있는 사람이 있을까? 강한 사람을 만나본 적이 없어서 모르겠네. 다음번에 높은 랭크의 모험가를 만나보고 싶다.

"뭐, 일단 소문이 퍼지지 않도록 입단속은 시켜주세요."

이것만은 어쩔 수 없었다. 소문이 퍼지지 않길 빌자.

크라켄을 무찔러 쌀과 간장과 된장을 얻게 된 걸 기뻐하자.

주민들에게 받은 쌀로 배부르게 밥을 먹은 후, 아침 산책을 하러 아트라 씨와 함께 여관 밖으로 나오자 아침 일찍임에도 불구하고 많은 사람들이 모여 있었다. 모두의 얼굴에 미소가 지어져 있었고, 활기차게 대화를 나누고 있는 것처럼 보였다.

내가 여관에서 나오는 것을 눈치채고 연배가 있어 보이는 여자 몇몇이 다가왔다.

"아트라, 그쪽의 아가씨가 이번에 크라켄을 쓰러뜨려 준 곰 여자아이야?"

"네, 그녀가 쓰러뜨려줬어요."

"정말 이렇게 귀여운 여자아이가 그 괴물을 쓰러뜨렸다고?"

"정말 고마워. 남편도 아침 일찍부터 기뻐하며 바다로 나갔단다. 이것도 아가씨 덕분이야."

"우리 남편도 마찬가지야. 그렇게 어두운 얼굴을 하고 있었는데, 무찔러진 크라켄을 보러 갔다 돌아와서는 기뻐하며 울었어."

모두에게 감사 인사를 받았다. 이 미소를 보니 쌀과 간장과 된장 등과 관계없이 크라켄을 쓰러뜨려서 다행이었다.

"크라켄 토벌을 축하하기 위해서 생선을 대접할 테니 참가해주겠니?"

"맛있는 요리도 할 테니까 먹으러 오렴."

아주머니들은 하고 싶은 말을 하고 떠나갔다. 그 뒤로도 마을을 걷고 있으면 차례차례로 감사 인사가 날아왔다.

"모두들 유나에게 감사 인사를 하고 싶나 봐. 일단 이래봬도 말리고 있는 거야."

하지만 이대로라면 주민들에게 붙잡힐 것 같아서 아트라 씨와 함께 크라켄과 싸운 언덕으로 향했다.

곰돌이와 곰순이를 타고 언덕 근처까지 오자 바다에서 온기가 흘러나오고 있는 게 보였다.

"아직 유나의 마법 영향이 남아있는 모양이네."

화염 곰 때문인가?

언덕 쪽으로 가자 한 노인이 바다를 보고 있었다.

"쿠로 할아버지?!"

"아트라 아가씨로군."

아무래도 아트라 씨와 아는 사이인 모양이었다.

"쿠로 할아버지, 왜 여기에 계세요?"

"여기에 있으면 이 마물을 쓰러뜨려 준 인물을 만날 수 있을 거라고 생각해서 말이다."

"하지만 고기잡이는 어떻게 하고요?"

"그런 건 젊은이들에게 맡기면 돼. 나는 이 마물을 쓰러뜨려 준 인물에게 감사 인사를 해야 돼. 그래, 이 마물을 쓰러뜨려 준 건 거기 곰 옷차림을 한 아가씨가 맞나?"

"네, 맞아요."

쿠로 할아버지라고 불린 할아버지는 내가 있는 곳으로 다가왔다.

"이야기는 들었지만 이렇게 어린 여자아이였을 줄이야. 나는 이 마을에서 일단은 바다 관리를 맡고 있는 사람이란다. 이번에 마을과 바다를 구해줘서 고맙네."

할아버지는 깊게 고개를 숙였다.

그리고 할아버지는 고개를 들고 언덕 앞에 서서 멀리 바다에 떠 있는 배를 바라봤다.

"이렇게 바다에 떠 있는 배를 보는 게 가능한 것도 아가씨 덕분이네."

할아버지의 눈에 어렴풋이 눈물이 맺히는 게 보였다.

쓰러뜨린 이유가 쌀과 간장과 된장을 위해서 라고는 절대로 말할 수 없었다.

"이런 마물을 쓰러뜨릴 수 있는 사람은 없을 거라고 생각했다네. 어떤 모험가라도, 군대라도 쓰러뜨릴 수 없는 마물이었어. 마을 사람들은 그 부분을 모르고 있어. 아가씨가 얼마나 대단한 일을 했는지를 말일세."

"마음 쓰지 않으셔도 돼요. 우연히 쓰러뜨릴 방법이 있었던 것뿐이니까요. 마을 사람들에게도 너무 난리법석 떨지 않길 바라니까 신경 쓰지 않으셔도 돼요."

지금 내게는 그것밖에 말이 나오지 않았다.

"그렇군. 만일 이 마을에서 곤란한 일이 생기면 내게 말해다오. 아가씨를 위해서라면 힘을 빌려주겠노라 맹세하지."

나는 할아버지에게 감사 인사를 했다.

"그래서 유나, 크라켄은 어떻게 할 생각이야?"

아트라 씨가 바다에 떠 있는 크라켄을 보며 물었다.

"크라켄은 팔리나요?"

"그야 팔리지. 고급 식재료이기도 하고 가죽도 여러 용도가 있어. 희소가치도 있어서 그에 걸맞은 값에 팔릴 거야."

"그럼 마을에 드릴게요."

"괜찮아?! 팔면 한 몫 챙길 수 있을 거야."

"마을에 도움이 된다면 그걸로 됐어요. 크라켄 때문에 배가 망가진 사람도 있을 테고."

"정말로 괜찮아? 우리로서야 엄청 도움이 되지만……."

"마음이 내키지 않는다면 이 마을의 전망 좋은 땅을 소개해주세요."

곰 이동문을 설치하고 싶으니까.

"유나, 이 마을에서 살 거야?"

나는 고개를 가로로 저었다.

"별장으로 삼으려는 것뿐이에요. 따뜻해지면 지인들을 데리고
놀러오기 위해서요."

피나와 모두를 데리고 수영하러 오는 것도 좋겠다. 분명 모두
바다를 본 적은 없을 터였다. 데려와 주고 싶었다.

그러고 보니, 이 세계의 주민들은 어떤 차림으로 수영을 할까?
수영복은 있나? 아무리 그래도 나체는 아닐 테니 있을 거라고 생
각하고 싶다.

"그거라면 여관이라도 괜찮지 않아? 데거라면 흔쾌히 머물게
해줄 거라고 생각하는데."

그럼 곰 이동문을 설치할 수 없었다. 그 산맥을 넘는 건 귀찮았다.

"그나저나 크라켄을 양보해주는 건 기쁘지만 이대로라면 아무
것도 할 수가 없겠네."

크라켄은 바다에 둥둥 떠 있었다.

"해체를 한다고 해도 육지로 올리지 않으면 무리인데……."

분명 그랬다. 평범하게 생각하면 모래사장으로 가지고 오는 것
도 중노동이었다.

"잠깐 기다리세요."

262

나는 땅 마법으로 언덕 위에서 크라켄을 향해 계단을 만들었다.

계단을 내려가 바다 위로 드러난 크라켄의 일부를 잡아 곰 박스에 담았다. 똑같이 익혀져 있는 웜도 같이 곰 박스에 담아 두 사람이 있는 곳으로 돌아갔다.

"유나, 자기는 정말—."

"이 아이템 봉투에 대해선 별로 알려지고 싶지 않으니까 조용히 해주셔야 돼요."

"그건 괜찮지만 이렇게 남겨진 곰 벽을 보니 장관이네."

바다 가운데에 흙으로 만들어진 곰 여러 개가 치솟아 있었다.

"지금 치울게요."

"잠깐 기다려주게."

없애려고 하는데 할아버지에 의해 저지당했다.

"이건 이대로 둬주지 않겠나."

"어째서요?"

"그건, 이번 일을 잊지 않기 위해서다. 시간이 지나면 사람들의 기억은 바래져 지워지기 마련이지. 아가씨에게 도움을 받았다는 것, 크라켄이 나타났었던 것, 바다에서 죽은 사람들을 잊지 않기 위해 남겨두고 싶네."

사실은 남기고 싶지 않았지만 할아버지가 그렇게까지 말씀하시니 없앨 수 없었다. 나는 할아버지의 말을 승낙했다.

"이제 어디서 해체하실 거예요?"

"그렇군. 해체를 한다면 마을 근처 모래사장이 좋겠어. 그 편이 사람들을 부르기에도 편할 테니 말일세."

"그렇네요. 어떻게 옮겼냐고 물으면 유나의 마법이라고 하면 납득하겠죠."

그것으로 납득해도 곤란한데, 그게 좋은 방법인 건가?

"그럼 나는 고기잡이에서 돌아오는 사람들을 모아 오겠네."

"나는 길드에서 해체할 수 있는 직원들을 불러올게."

할아버지는 근처에 정박해 둔 배를 탔고, 아트라 씨도 배에 함께 탔다. 할아버지가 조종하는 배가 움직이기 시작하더니 마을로 향했다.

나는 곰돌이를 타고 해체 예정 장소인 모래사장으로 향했다. 그리고 모래사장에 크라켄과 웜을 꺼냈다. 두 마리 모두 적당히 익어 있었다.

🎀 95 곰 씨, 잔치에 참가하다

쿠로 할아버지의 설명으로는 여기가 좋다고 했지?

곰 박스에서 크라켄과 웜을 모래사장으로 꺼낸 후 바다를 보며 기다리기로 했다. 정말 조용한 바다였다. 어제까지 크라켄이 있었다고는 생각되지 않았다.

문제의 그 크라켄은 모래사장에 놓여 있었다. 어떻게 봐도 거대한 오징어였다. 정말 먹을 수 있는지는 의문이었다. 뭐, 지구와는 생태계도 다르기도 하니 먹을 수 있겠지. 하지만 그 옆에 나열된 웜은 아니었다. 지렁이나 유충을 먹는 습관은 내게 없었다. 먹어보지도 않고 싫어한다고 뭐라 해도 먹을 생각은 없었다.

웜을 보는 건 그만두고 다시 바다를 바라보고 있는데 사람들의 목소리가 들렸다. 목소리가 들린 쪽을 보니 쿠로 할아버지를 선두로 남자들 여러 명이 모래사장으로 오는 모습이 보였다.

"곰 아가씨, 기다리게 했군."

"사람이 많네요."

"얼른 해체하고 해산물 잔치에 참가하고 싶으니까 그렇겠지."

쿠로 할아버지가 남자 무리에게 말을 하고 해체 준비를 하도록 지시를 내리자 남자들은 큰 목소리로 대답을 했다. 남자들은 할아버지와 함께 있는 나를 지나갈 때 「고마워」라고 말을 건넸다. 감사 인사를 들으니 쑥스러워졌다.

쿠로 할아버지가 해체 작업의 지시를 내렸다. 그 지시에 따라 남자들은 분담해서 크라켄의 해체 작업을 시작했다. 할아버지, 엄청 대단하신가보네.

크라켄의 해체 작업을 보고 있는데 이번에는 아트라 씨가 길드 직원들을 데리고 왔다.

"이런, 벌써 시작한 거예요? 그럼 저기는 전문가들에게 맡기고 우리는 웜 쪽을 맡아 해체할까요?"

아트라 씨는 길드 직원들에게 웜의 해체 지시를 내렸다. 아무래도 크라켄은 할아버지가, 웜은 아트라씨 일행이 분담할 모양이었다.

"유나, 정말 웜의 소재도 받아도 되는 거야?"

"파시던 드시던 마음대로 하셔도 돼요. 하지만 절대로 제가 먹을 요리에는 넣지 말아주세요. 장난으로라도 그런 짓을 한다면 난동 피울 거예요."

"그럴 리가, 목숨을 건 장난은 안 해."

"그런데 정말로 이런 별난 게 맛있어요?"

"글쎄, 나도 이야기로만 들어서⋯⋯."

"아트라 씨는 이걸 입에 넣는데 아무런 저항감이 없어요?"

"딱히 없는데. 나는 유나가 그렇게까지 싫어하는 이유를 모르겠어."

이게 식문화의 차이인가. 그렇게 생각하면 피나는 어느 쪽의 인간이려나. 되도록 나와 같은 부류의 인간이었으면 좋겠다. 아트라 씨와 길드 직원들은 웜 해체 작업에 들어갔다.

길드 직원들은 익숙한지 나이프를 푹 찔러 해체를 시작했다.

조금 떨어져서 두 해체 작업을 보고 있는데 유우라 씨가 여자 무리를 이끌고 왔다.

"어제도 봤는데 새삼 보니 크네."

"설마 유우라 씨도 해체를 하시는 거예요?"

"전문가보다는 못하지만 크라켄이라면 커다란 오징어잖아. 이 마을에서 자라온 사람이라면 누구든 해체 정도는 할 수 있어. 하지만 그래도 역시 저쪽은 경험이 부족하지."

유우라 씨가 웜을 보고 대답했지만 이내 여자들도 분담하여 크라켄과 웜의 해체 작업을 도왔다. 인원이 늘어 해체 작업의 속도는 올라갔다.

"곰 아가씨, 잠깐 괜찮은가?"

쿠로 할아버지가 말을 걸어왔다.

"이건 아무래도 받을 수 없으니 넣어두게."

할아버지가 건네 준 것은 예쁘고 큰 청색의 마석, 크라켄의 마석이었다.

"이제껏 살아 왔지만 이렇게 큰 마석을 보는 건 처음일세. 그만큼 곰 아가씨가 쓰러뜨린 마물이 컸다는 뜻이겠지."

"받아도 돼요?"

"마을에서 그렇게 큰 마석을 가지고 있어도 도움은 되지 않네.

파는 것보다 모험가인 곰 아가씨가 가지고 있는 편이 도움이 될 거야. 게다가 원래는 곰 아가씨의 것이었지 않은가."

그렇다면 감사히 받기로 했다. 앞으로 도움이 될 지도 몰랐다.

"그럼, 유나. 이쪽도 줄게."

아트라 씨가 웜의 마석을 건네 줬다. 색이 갈색이었다. 흙의 마석인건가?

"팔아도 돼요."

"우리는 유나에게 충분히 받았어. 이것만은 받을 수 없어. 마석은 모험가가 토벌했다는 증거가 되니까. 이건 유나가 크라켄, 웜을 토벌했다는 증거야. 그걸 우리가 팔거나 할 수는 없어. 만약판다고 해도 그건 유나가 해야 돼."

아트라 씨의 말을 듣고 나는 순순히 마석을 받기로 했다.

해체 작업도 순조롭게 진행됐다. 해체된 건 마차에 쌓아 마을로 운반되었다. 물건에 따라서는 냉동 보존을 한다고 했다.

"그렇지. 곰 아가씨, 여기는 우리에게 맡기고 마을로 돌아가 잔치를 즐겨주게."

"잔치요?"

"크라켄 토벌 축하 잔치네."

"지금쯤 아침 일찍 잡힌 생선들이 요리되어 있을 걸세. 곰 아가씨가 가장 즐겨주길 바란다네."

"주역인 자기가 없으면 의미가 없잖아. 나도 마을로 돌아갈 거니까 같이 가자. 중앙 광장에서 먼저 옮긴 크라켄과 윔 요리를 만들고 있을 테니까 말이야."

쿠로 할아버지의 호의를 거절하지 않고 아트라 씨와 함께 마을로 돌아갔다.

중앙 광장으로 가자 맛있는 냄새가 났다. 생선과 오징어가 구워지고 있었다. 저건 대합인가? 조개도 좋지. 새우나 게는 없나?

간장을 사용했기 때문에 고소한 냄새가 났다. 요리사가 구울 때마다 순서를 기다리는 사람들에게 건네졌다. 아이들도 어른들도 한가득 요리를 먹고 있었다. 아마 오랜만에 배불리 먹을 수 있는 거겠지.

중아 광장에는 많은 사람들이 투입되어 크라켄이 구워지고 있었다. 그 크기를 주민들에게 보여주기 위해서인지 크라켄의 다리 하나가 장식되어 있었다.

다리가 참 기네.

크라켄의 다리를 보고 있는데 모두가 나를 보고 있는 것을 알아챘다.

"크라켄을 쓰러뜨려 준 곰 아가씨지? 이거 가지고 가게. 맛있어."

아주머니가 작은 접시에 담은 생선 요리를 건네주었다. 조개와 새우 등이 들어간 요리였다. 한 입 먹어보니 맛있었다. 하얀 밥이 필요해졌다.

"곰 아가씨, 여기도 맛있다고!"

수건을 두른 아저씨가 생선 구이를 건네주었다. 생선에 제대로 간장이 뿌려져 있었다. 역시 생선 구이에는 간장이지. 그 외에도 폰즈[#2]가 있었다면 최고였을 텐데……. 이세계에서 그것까지 바라는 건 무리겠지.

"고마워요."

테이블로 이동해서 받아 든 음식을 먹기 시작했다. 그것을 계기로 마을 사람들은 보답이라며 음식을 차례차례로 가지고 왔다. 테이블 위에는 어패류 요리가 쭉 차려졌다. 주민들의 호의라 모두 받았지만 역시 이렇게 많이는 먹을 수 없었다.

"모두들 그렇게 많이 가지고 오면 유나가 곤란해요."

아트라 씨가 주민들을 막아줬다. 뭐, 다 못 먹으면 곰 박스에 담을 거니까 괜찮기 한데. 일단 음식이 식기 전에 먹기로 했다. 요리가 모두 매우 맛있었다.

"인기인이네."

"음식을 받는 건 기쁜데 소란스러워 지는 건 곤란하네요."

"그 곰 옷을 벗는 건 어때? 그럼 모두 눈치채지 못할 텐데."

지당한 의견입니다. 하지만 언제 위험해질지 모른다고 생각하니 벗을 수 없었다.

"이건 저주 아이템이라 벗을 수 없어요."

"그래? 그럼 유나는 냄새가 나?"

#2 폰즈(ポン酢) 감귤류의 과즙으로 만든 일본의 대표적인 조미료.

아트라 씨가 내게 다가와 냄새를 맡기 시작했다.

"무슨 짓이에요?!"

"그렇지만 옷을 못 벗는다면 목욕도 샤워도 못하는 거잖아."

"당연히 거짓말이죠."

그런 바보 같은 대화를 하고 있는데 작은 남자아이와 여자아이가 찾아왔다.

"곰님, 마물을 쓰러뜨려 주셔서 고맙습니다."

남자아이가 고개를 숙였다.

"어머니가 밥을 먹을 수 있게 된 건 곰님 덕분이라고 했어요."

"곰님, 고맙습니다."

두 사람은 만면에 미소를 짓고 나를 바라봤다. 나는 무릎을 꿇어 아이들의 시선에 맞췄다.

"많이 먹고 있니?"

"네."

두 사람은 웃는 얼굴로 고개를 끄덕였다. 나는 아이들의 머리를 쓰다듬어 주었다.

"많이 먹고 어머니를 도와드려야 해."

아이들은 고개를 끄덕이고 떠나갔다.

"상냥하네."

"순수하게 감사 인사를 받는 거라면 상냥해져요. 무시당하면 화내지만."

잔치는 늦게까지 이어졌고 중간에 쿠로 할아버지도 오셨다. 그리고 술에 취한 할아버지에게 바다의 대단함에 대해 오랫동안 듣게 됐다. 아트라 씨도 함께 술을 마시고 술주정을 부렸다.

이거, 술을 못 마시는 나는 패배자인 거야?

해가 저물기 시작했을 무렵, 나는 도망치듯 여관으로 향했다.

"유나 씨, 어서 와요."

마초 씨의 딸 안즈가 나를 맞아줬다. 살짝 햇볕에 그을린 건강한 여자아이였다. 은둔형 외톨이었던 나의 하얀 피부색과는 대조적이었다.

"엄청나네."

여관 안에서는 술판을 벌이고 있는 남자 무리가 있어 실내가 술 냄새로 진동했다.

"뭐, 그만큼 모두들 밖으로 나갈 수 있게 돼서 기뻐하고 있는 거죠. 우리 오빠도 기뻐한 걸요."

"데거 씨는?"

"아버지는 고주망태가 돼서 안에서 주무세요."

"그래서 안즈가 여기에 있는 거구나."

"네. 유나 씨는 뭐 드실래요? 이것저것 만들어 드릴게요."

"밖에서 많이 먹고 와서 괜찮아."

더 이상은 뱃속에 들어가지 않았다.

"그렇네요. 어디나 온통 음식이 있으니까요."

"안즈는 뭐하고 있었어?"

"일단은 가게를 지키며 제 식사 준비를 하고 있었어요."

"아직 안 먹었어?"

"아버지가 일찍 취하셔서 제가 모두의 요리를 만들고 있었거든요. 그러다보니 제 식사가 늦어졌네요."

"뭘 만들고 있었어?"

"회요. 생선을 날로 떠서 화 나라 간장을 뿌려 먹으면 맛있어요."

회라니, 간장을 뿌려서 먹고 싶었다. 배에 대고 상담을 했다. 조금이라면 들어간단다.

"내 몫도 있을까?"

"생선은 많이 있으니까요."

"쌀밥은?"

"물론 있죠."

그렇다면 먹을 수밖에 없었다.

안즈는 회를 예쁘게 떠서 가져왔다. 그 중에는 문어랑 오징어도 있었다.

"회 뜨는 거 잘 하네."

"아버지가 가르쳐 주셨거든요. 나중에 제 가게를 차리는 게 꿈이에요."

어라? 엄청 대단한 정보를 얻었다.

크리모니아 마을에서 생선을 구입하려 했는데, 생선을 손질할 수 있는 사람이 없을 가능성이 있었다. 그렇게 생각하자 안즈의 솜씨는 바랄 나위 없이 좋았다.

안즈는 쌀밥 위에 회를 나열해 내 앞에 내주었다. 나는 간장을 뿌려 먹었다.

맛있었다.

"혹시 크리모니아 마을에 있는 내 가게에서 일하지 않을래? 라고 하면 와 줄 거야?"

"유나 씨, 가게를 가지고 계세요?"

"일단은. 나는 아무것도 안 하지만 말이지. 크리모니아 마을에서도 해산물 요리를 먹고 싶은데, 안즈가 와주면 기쁠 것 같아."

"정말로 갈 수 있다면 가고 싶어요. 하지만, 멀기도 하고, 가족과도 만날 수 없는 건 쓸쓸해서……."

즉, 가까우면 좋다는 거네. 나는 해산물 덮밥을 먹으면서 미소를 지었다.

최고로 맛있는 해산물 덮밥을 먹으면서 밤늦게까지 안즈와 즐거운 대화를 나눴다.

곰 곰 곰 베어 4

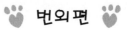 번외편

🎀 곰 씨, 고아원을 재건축하다

고아원 아이들은 열심히 일하고 있었다.

꼬끼오를 돌보는 것도 착실하게 해주고 있었고, 「곰 씨 쉼터」에서 일하는 아이들도 열심히 해주고 있었다.

그런 아이들에게 무언가 해주고 싶었다. 그리고 생각해낸 게 고아원이었다. 고아원의 건물은 수리를 했지만 낡고 상처가 나 있는 것은 틀림없었다. 하지만 아이들은 불만 한 마디 하지 않고 있었다.

"그래서, 고아원을 다시 짓고 싶은데 괜찮을까요?"

나는 눈앞에 앉은 클리프에게 물었다.

"뭐야, 갑자기 찾아와서는."

"일단 클리프 씨의 마을 고아원이니 상담할까 해서요. 멋대로 해서 불만을 듣는 것도 곤란하기도 하고요."

클리프에게 고아원을 다시 짓는 허가를 받으러 왔다. 돈은 나오지 않고 있다고는 해도 건물은 마을 관리 하에 있을 터였다. 원장 선생님이 살 수 있게 해주셨다고도 말했었다. 그리고 추방당하면 갈 곳이 없다고. 그러니 고아원을 다시 지을 허가를 클리프에게 받으러 온 것이다.

"너 말이야, 내가 그렇게 속 좁은 사람이라고 생각하고 있던 거야?"

"살짝?"

"너……."

"농담이에요. 그냥 정말로 허가를 받으러 온 것뿐이에요. 일단 건물은 마을이 관리하고 있잖아요."

"그건 그렇지……. 알았어. 허가를 내리지. 마음대로 해도 좋아."

"고마워요."

"감사 인사를 들을 일은 아니야."

그대로 방을 나가려고 하는데 저지당했다. 그리고 집사인 론드 씨가 불려왔다.

"론드, 돈 준비를 해주게."

론드 씨는 「알겠습니다」라고 대답하더니 바로 방을 나갔다.

"돈은 딱히 필요 없어요."

"그럴 순 없지. 나 때문이기도 해. 돈으로 사죄가 될 거라고는 생각하지 않지만 네가 건물을 다시 짓는다고 말하는데 아무것도 안 할 수는 없잖아."

"하지만―."

"이미 고아원은 네 덕분에 마을의 지원금이 없어도 지낼 수 있게 됐다는 건 알고 있어. 그러니 이 돈은 내 사죄의 의미로 받아줘."

받아도 집을 짓는 데에는 필요 없는데……. 마법으로 만들 거라서.

"용도는 뭐든 괜찮아요?"

"상관없어. 마음대로 써."

그렇다면 가구나 생활에 필요한 것들을 살까. 새로운 이불이나 필요한 것은 많이 있었다. 접시나 식기류도 사두고 싶었다. 이건 원장 선생님과 티루미나 씨와 상담해야겠네.

클리프와의 이야기가 끝나고 문을 열자 집사 론드 씨가 돌아왔다.

"클리프 님, 여기 있습니다."

"유나에게 건네줘."

론드 씨는 내게 돈이 든 자루를 내밀었다.

"받으시죠."

나는 감사 인사를 하고 받았다. 자루는 꽤 무게가 있었다. 설마 엄청난 금액이 들어 있는 거 아니야?

"남으면 돌려주러 오면 되죠?"

"딱히 돌려주지 않아도 돼. 아까도 말했지만 사죄도 포함되어 있어. 만약 돈이 남는다면 필요할 때 써 줘."

클리프에게 고아원 재건축 허가를 받은 후, 이번에는 고아원으로 향했다.

방에 모이도록 부탁한 건 원장 선생님과 리즈 씨, 티루미나 씨, 이렇게 세 명이었다.

"새로운 고아원 말인가요?"

"네, 재건축을 할까 하는데요."

내 말에 세 명은 놀란 표정을 지었다.

"유나 씨가 수리해 준 덕분에 괜찮아요. 틈새바람도 없어져서 따뜻하게 잘 수 있어요."

"맞아요, 아이들도 기뻐하고 있답니다."

원장 선생님과 리즈 씨는 사양이 아니라 진심으로 그렇게 생각하고 있었다.

"게다가 짓는 것도 간단하게 할 수 있는 게 아니니—."

"그건 제 마법으로 가볍게 끝낼 거예요."

내 말에 세 사람은 아연한 표정을 지었다.

"그러고 보니 유나의 그 집도 스스로 만들었지."

"꼬끼오 우리도 유나 씨가 만들었죠."

세 명은 납득해준 것 같았다.

"하지만 멋대로 재건축해도 괜찮아? 고아원 경영은 유나의 돈으로 하고 있지만 건물은 영주님이 관리하고 있잖아. 멋대로 재건축하는 건……."

"그거라면 클리프 씨한테 허가를 받았으니 안심하세요."

"클리프 님이라면 영주님을 말하는 거지?"

"유나 양……."

"유나 씨……."

어째서 그렇게 놀란 듯한 눈으로 나를 보는 겁니까?

간단하게 클리프와의 대화를 설명하고 마지막으로 클리프에게 받은 돈을 테이블 위에 올려 놓았다.

"영주님께 돈을 받다니……."

"믿을 수 없는 일을 하네."

"그런 무서운 행동을……."

어쩐지 클리프, 공포의 대상인 모양이네. 뭐, 피나도 처음에 이런 느낌이었던 것을 떠올렸다. 노아에 대해서도 긴장을 해서 대화를 제대로 못했다. 하지만 최근에는 사이좋게 지내고 있었다. 클리프나 노아에 대해 잘 모른다면, 귀족이나 영주님은 감히 대화도 나눌 수 없는 존재라고 생각할지도 모른다. 클리프도 말투는 좀 그렇지만 기본적으로 이야기는 들어주기도 하고, 내가 상상하고 있던 귀족과는 달랐다. 세 명은 그와 만날 기회가 없으니 어쩔 수 없나?

최종적으로 세 명은 아연해 하면서도 고아원 재건축을 승낙했고, 고아원을 어떻게 할지, 필요한 것은 뭔지 이야기를 나누게 됐다.

방을 남자와 여자로 나눈다든가 욕실의 위치를 정하거나 식당을 어디로 할지 정해갔다. 의외로 방 배치를 정하는 건 즐거웠다. 곰 하우스를 지을 때에도 생각하는 건 즐거웠다.

원장 선생님은 아이들에게도 설명했고, 새로운 고아원을 만드는 동안 근처로 오지 않도록 전했다. 아이들은 매우 기쁜 표정을 지었다.

"절대 유나 씨를 방해해서는 안 된단다."

모두에게서 활기찬 대답이 돌아왔다.

고아원을 짓는 것은 아이들이 일하는 동안에 진행하기로 했고, 아이들이 일을 게으름 피우고 내가 있는 곳에 오지 않도록 리즈 씨가 감시를 맡고, 일을 못하는 유아부는 원장 선생님이 봐주기로 했다.

나는 마법을 써서 곰 하우스를 짓는 요령으로 새로운 고아원을 지었다. 상상한 건 시골에 있을 법한 오래된 학교였다.

중앙에 입구가 있고, 건물 안으로 들어서면 좌우로 통로가 늘어서 있고, 정면에는 문이 있었다. 정면에 있는 문으로 들어가면 커다란 방이 있어, 그곳에서 모두가 식사를 하게 되어 있었다. 그 안쪽에는 부엌이 있었다.

좌우로 나뉜 통로를 따라가면 오른쪽은 여자아이, 왼쪽은 남자아이의 방이 각각 있었다. 그리고 좌우의 끄트머리의 방은 욕실로 되어 있었다. 물론 따뜻한 물이 나오는 곰 석상 설치도 잊지 않았다.

2층으로 올라가자 똑같이 좌우로 남녀의 방으로 나뉘었고 1층 식당의 바로 위 중앙 부분은 놀이방으로 되어 있었다.

방은 각각 4인실로 창문 쪽에 네 개의 책상과 2층 침대를 두 개 설치했다.

생활 용품은 클리프 씨의 돈으로 티루미나 씨가 주문하여 옮겼다. 이불도 새롭게 구입했다.

아이들은 기쁜 듯 소란을 피웠지만 원장 선생님의 말씀에 따라 완성할 때까지 다가오지 않았다. 가끔 어린아이들이 다가오려고 했지만 그보다 나이가 많은 아이들이 막았다.

"유나 언니, 아직 들어가면 안 돼요?"

아이들은 안으로 들어오고 싶어 했다.

"아직 완성하지 않아서 안 돼. 위험하기도 하고."

위험하다는 것보다는 방해가 됐다.

내 말에 아이들은 불만스러워 했다. 그런 어린아이들 앞에 연상의 소년이 섰다.

"모두들, 유나 누나를 곤란하게 하지 마. 유나 누나가 하는 말은 듣기로 약속했잖아. 우리를 구해주신 건 누구지? 먹거리를 주시는 건 누구지? 따뜻한 곳에서 잘 수 있게 된 건 누구 덕분이지? 게다가 새 고아원은 유나 누나가 우리를 위해 만들어 주시고 있는 거야. 떼를 쓰면서 민폐를 끼치면 안 돼."

그 소년의 말에 소란을 피우던 어린아이들이 슬픈 표정을 지었다.

"네."

"죄송해요."

아이들은 순순히 사과를 했다.

"알면 됐어. 하지만 사과는 내가 아니라 유나 누나에게 해야지."

소년은 어린아이들의 머리를 쓰다듬었다.

어쩐지 세뇌하고 있는 거 아니야?

이상하지 않아?

열심히 일하고 있는 건 아이들이었다. 꼬끼오를 돌봐주거나 모린 씨의 가게에서 일하는 아이들도 있었다. 그것이 고아원 경영의 기반이 되고 있었다. 나는 그 도움을 준 것뿐이었다.

"내가 아이들이 다가오지 못하게 할게요."

열두 살 정도 되어 보이는 남자아이가 약속을 해줬다.

"으, 응, 고마워. 너희도 그렇게 기죽어 있지 마. 지금은 아직 위험하니까 들어가게 하고 싶지 않은 것뿐이니까, 제대로 완성되면 안으로 들여보내줄게."

"응!"

아이들은 남자아이에게 이끌려 낡은 고아원으로 향했다.

이건 세뇌가 아니라고 믿고 싶었다.

그 뒤, 고아원 재건축은 순조롭게 진행됐다. 티루미나 씨가 주문한 이불과 수납장, 테이블과 의자. 거기에 낡았던 식기도 새롭게 샀다. 이제껏 꼬끼오알로 인해 수입이 들어오니 새로 사자고 말했지만 원장 선생님이 거절했었다. 하지만 이번엔 사는 것을 허락받았다.

최소한 내가 필요하다고 생각한 건 모두 구입했다.

나머지는 이전 고아원에서 필요한 것들을 옮겼다. 짐을 옮기는 것은 아이들에게 도움을 받았다. 아이들은 새로운 고아원 안으로 들어가는 것을 이제나저제나 하고 기다리다가 기뻐했다.

"방 배정은 원장 선생님과 리즈 씨에게 물어봐. 자신의 방을 알았으면 원장 선생님과 리즈 씨에게 물어서 필요한 물건을 옮겨주겠니?"

아이들은 활기차게 대답했다.

"원장 선생님, 제 방은요?!"

"제 방은요!"

아이들이 원장 선생님에게 달려들자 원장 선생님은 아이들에게 둘러싸였다.

"알았어요. 우선은 모두의 방을 안내할게요. 남자아이들은 나를, 여자아이들은 리즈를 따라가도록 하세요."

원장 선생님의 말에 아이들은 씩씩하게 대답하고 기쁜 듯 원장 선생님과 리즈 씨를 따라 갔다. 나도 문제가 없는지 확인하기 위해 원장 선생님을 따라갔다.

"여기는 너희 네 명이 쓸 거야."

"우와~ 침대에 새로운 이불도 있어!"

남자 아이가 기쁜 듯 침대로 뛰어 올라가려 했지만 내가 막았다.

"더러운 채로 오르면 모처럼 새로 산 이불이 더러워 질 거야. 이불을 사용할 때는 확실히 목욕하고 잠옷으로 갈아입도록 해."

꼬끼오를 돌봐주고 있기 때문에 항상 청결하도록 말해뒀다.

"욕실은 있어요?"

"있어. 1층 가장 끝 방이야. 남자와 여자로 나뉘어 있으니까 청소도 각자 하는 거야."

내 설명에 남자아이들은 욕실로 뛰어갔다.

리즈 씨에게도 욕실를 따로 만드는 것에 대해 설명했기 때문에 괜찮을 거라 생각하지만, 나중에 여자아이들 쪽도 확인해둘까.

한 번씩 쭉 방 배정 설명이 끝나고 원장 선생님은 짐을 옮기도록 지시했다.

자신들의 옷이나 아직 쓸 수 있는 물건들을 옮겼다.

나중의 일이지만, 이전 고아원은 없애기로 정했다. 추억은 있지만 낡은 건 사실이라 모르는 사람이 출입하는 것도 좋지 않다고 이야기를 나눈 결과였다.

마지막으로 아이들에게 가게에 있는 곰처럼 고아원 입구에도 곰을 만들어 달라는 부탁을 받았다.

"으음, 어째서? 딱히 필요 없잖아?"

그건 가게 선전을 위해서였고, 가게의 이름이 『곰 씨 쉼터』였기 때문에 만든 것뿐이었다. 그래서 고아원에는 필요 없었다.

하지만 아이들이 애원해서 거절할 수 없었던 나는 새로운 고아원 앞에 곰 석상을 만들게 됐다.

🎀 곰 씨, 마법을 가르치다

가게도 순조롭게 운영됐다. 오늘은 예정된 일이 없어서 오랜만에 블랜더가 있는 마을에 얼굴을 비추기로 했다.

그때 이후 얼마 안 있어 왕도에 갔었기 때문에 오랜만이었다.

마을에 대해 신경이 쓰여서 헬렌 씨에게 이야기를 물었더니 그곳에 있던 신입 모험가들이 무사히 울프들을 쓰러뜨렸다고 했다. 조금 믿음직스럽지 못했는데 열심히 한 모양이었다.

의뢰 달성 보고를 하러 왔을 때 나에 대한 이야기를 한 것 같았다.

「곰, 대단했어!」, 「곰, 강했다고!」, 「헬렌 씨가 말한 그대로였어」, 「곰님의 곰님도 셌어!」라며 모두 흥분해서 나에 대해 이야기를 했다고 했다.

처음에는 남의 머리를 치는 버릇없는 소년이라고 생각했는데……. 내 실력을 알자 순순히 사과해 오기도 했고, 그렇게 나쁜 아이들은 아니었다. 뭐, 한 번만 더 머리를 통통 치는 행동을 하면 용서치 않을 거지만 말이다.

마을 근처로 가자 내가 만든 벽은 여전히 건재했고 변함없이 마을을 지키고 있었다.

마물이 없어졌기 때문인지 마을 입구를 경비하는 사람도 없었다. 곰돌이를 탄 채 마을 안으로 들어가자 나를 알아본 마을 사람들이 다가왔다.

"촌장님과 블랜더는 안에 있나요?"

두 사람 모두 있다고 해서 만나러 갔다.

촌장님 집 근처까지 가자 내가 찾아온 것을 안 촌장님과 블랜더가 밖으로 나왔다.

"유나 씨, 잘 왔어요."

"곰 아가씨, 오랜만이네."

"네, 잠깐 왕도에 갔다 왔어요."

나는 곰돌이에서 내려 인사를 했다. 아까 전부터 마을 꼬맹이들이 곰돌이를 보고 있길래 놀고 있으라고 말했다.

"왕도?! 그렇게나 멀리?"

"저 아이를 타고 가면 그렇게 시간 안 걸려요."

나는 아이들과 놀고 있는 곰돌이를 가리켰다.

"그래서, 오늘은 어쩐 일이야?"

"유크 때문이랄까, 마리 씨께 기념품을 드리려고요. 영양도 제대로 챙겼으면 해서요."

나는 곰 박스에서 마리 씨의 영양 보충이 될 만한 것을 꺼냈다. 모유가 나오지 않게 되면 큰일이니까. 게다가 육아는 체력이 필요하다고 들었다.

"곰 아가씨 덕분에 건강하게 키우고 있어. 그 타이거 울프의 가죽은 손을 떼지 않을 정도로 마음에 들어 한다고."

"선물한 보람이 있네요."

"빨려고 집어 들면 우는 게 문제지만 말이지."

블랜더가 웃으며 말했다.

뭐, 아기가 사용하려면 청결해야 하니 세탁은 어쩔 수 없지.

"그 뒤로 이상한 건 없어요?"

"괜찮아. 타이거 울프가 없어져서 울프의 수도 줄었어. 게다가 그 신입 모험가들도 열심히 해줘서 이제 거의 없어."

"그렇군요."

"처음엔 믿음직스럽지 못한 모험가들이라고 생각했는데 열심히 무찔러주더라고."

……아무리 노력해도 그 신입 모험가들을 떠올리면 머리를 통통 쳤던 걸 떠올려 버리게 된다. 일단 사과는 받아줬지만 두 번은 용서하지 않을 것이다.

뭐, 나에 대해 무서워하고 있다니까 다음에는 안 할 거라고 생각하지만.

아기가 있는 가정에 우선적으로 나눠달라고 촌장님께 부탁드리고 기념품을 건넨 뒤, 나는 마리 씨와 유크를 만나러 갔다.

블랜더의 집에 도착하자 마리 씨가 유크를 안고 있었다.

"유나, 어서 와."

"마리 씨, 유크는 어때요?"

"유나 덕분에 건강하게 자라고 있어."

마리 씨까지 블랜더와 같은 말을 했다. 나는 큰 돼지와 타이거 울프를 쓰러뜨렸을 뿐이었다. 그런데 아이가 잘 자라고 있는 게 내 덕분이라는 말을 들으면 난감했다.

그렇게 내 기분도 모르고 유크는 활기찼다.

내가 유크 앞에서 곰 장갑을 뻐끔뻐끔 거리자 「꺄, 꺄!」 하고 웃었다.

"후훗, 유나를 만나서 기쁜가 보네."

이건 곰 장갑 때문에 기뻐하는 것뿐이었다. 나와는 상관없다고 생각한다. 나는 유크의 얼굴을 보며 마리 씨에게 기념품을 건네줬다.

"고마워. 우린 아무런 보답도 못 했는데……."

"딱히 보답을 바라고 가지고 온 게 아니에요. 유크가 건강하게 자라길 바랄 뿐이지."

"후훗, 고마워."

그 뒤, 블랜더에게 마을과 신입 모험가들의 이야기를 듣고 마을을 뒤로 했다.

아무래도 신입 모험가들이 울프를 쓰러뜨릴 수 있었던 건 블랜더의 조력이 있었기 때문이었던 것 같았다.

블랜더가 소수로 움직이는 울프를 발견하면 그것을 신입 모험
가들이 쓰러뜨리게끔 한 모양이었다.

뭐, 소수의 적부터 쓰러뜨려 전체의 전력을 낮추는 건 싸움의
기본이었다.

블랜더의 마을에 갔다 온 다음 날, 날씨도 좋아서 시트를 빨고
이불을 말렸다. 겸사겸사 왕도에 있는 곰 하우스의 시트도 빨았
다. 그렇게 오전이 지나고 배가 고파져서 『곰 씨 쉼터』로 식사하러
갔다. 곰 박스에 모린 씨가 만들어 준 빵이 들어 있었지만 혼자서
먹기도 좀 그래서 누군가가 있으면 함께 먹을까 싶었다.

가게에 도착하니 가게 앞에서 곰 장식물을 보고 있는 여자아이
가 있었다.

으음, 분명 저 여자아이는…….

"무슨 일이니, 이런 곳에서?"

이름은 기억나지 않았지만 얼굴은 기억하고 있었다. 블랜더의
마을에 있던 신입 모험가 중 한 명이었다.

"곰님?"

"유나야."

나는 곧바로 호칭을 정정했다.

"죄송해요, 유나 님."

여자아이는 몇 번이고 고개를 숙였다.

"음, 너는……."

"호른이에요. 그때는 고마웠습니다."

그래, 호른이었다. 4인 파티의 유일한 여자아이.

"그래서, 무슨 일이니? 설마 가게 와 준 거야?"

"네, 헬렌 씨가 맛있으니까 한 번 다녀와 보는 게 좋다고 하셔서 와봤더니 커다란 곰님이 이어서 보고 있었어요."

"역시 눈에 띄지?"

곰이 빵을 가지고 있었다.

"그래도 유나 님처럼 귀여운데요?"

곰처럼 귀엽다는 거 칭찬인 거야?

뭐, 2등신 곰은 귀여우니까 괜찮지만 그 귀여움과 같은 취급을 당하니까 미묘한 기분이 들었다.

"오늘은 다른 세 명은 없니?"

지금 보니 이 자리에는 호른 한 명밖에 없었다.

"네. 오늘은 각자 개별 행동이에요. 그래서 저는 혼자서 먹으러 온 거고요."

"그렇구나. 그럼 같이 먹을래? 나도 식사를 하러 온 거거든."

가게 안으로 들어가면 누군가가 있을 가능성도 있었지만 없을 가능성 또한 있었다. 게다가 내가 타이거 울프를 쓰러뜨린 후 뒷이야기도 듣고 싶었다. 하지만 호른은 내 제안에 놀란 표정을 지었다.

뭐, 갑자기 권하면 꺼려지나…….

"싫으면 강요하진 않을게."

"아뇨, 그럴 리가요. 하지만 저 같은 아이와 같이 있으셔도……."

"아까는 고맙다고 했는데, 아니었니?"

살짝, 연기를 해봤다.

"그, 그렇지 않아요. 유나 님께는 엄청 감사드리고 있어요."

"그렇다면 같이 식사해주지 않을래?"

"……네."

보기 좋게 낚았다. 시간 떼우기로 호른을 얻었다.

승낙을 받았기 때문에 호른과 함께 가게 안으로 들어가자 아이들이 플로어에서 일하고 있었다. 테이블 위에 남아있는 접시를 치우거나 테이블을 닦고 있었다. 카운터에서는 주문을 받고 있는 아이도 있었다.

"유나 언니!"

테이블 위의 접시를 치우던 아이가 나를 발견했다.

"열심히 해."

"응!"

여자아이는 고개를 끄덕이더니 접시를 들고 안쪽 부엌으로 향했다.

"헬렌 씨에게 들었지만 정말 유나 님의 가게였군요."

"그렇긴 하지. 일하고 있는 건 저 아이들이지만 말이야."

나는 아무것도 하지 않았다. 초기에 가게를 세우는 걸 도와준 정도였다. 지금은 모린 씨와 티루미나 씨가 중심이 되어 있었다.

"호른, 싫어하는 거 있니?"

"아뇨, 없어요."

"그럼 적당히 가져올 테니까 앉아있어."

조금 전의 여자아이가 테이블을 치워줘서 깨끗해졌기 때문에 호른은 앉아서 자리를 확보하게 했다.

나는 안쪽 부엌으로 가서 빵을 몇 개 받고 피자도 구워 달라고 부탁했다. 푸딩은 재고가 적어서 내 곰 박스에서 꺼냈다.

피자가 다 구워져 모린 씨에게 고맙다고 인사를 한 뒤 호른이 있는 곳으로 돌아갔다.

"오래 기다렸지?"

"아뇨, 그렇게 기다리지 않았어요."

"너무 긴장하지 않아도 돼."

어쩐지 어깨 근육이 굳어 있어 보였다.

"그럼 마음에 드는 거 먹어도 돼."

테이블 위에는 피자와 내가 골라온 추천하는 빵들이 놓여 있었다.

"고맙습니다."

호른은 대답은 했지만 손을 뻗으려고 하지 않았다.

"왜 그래?"

"다 먹음직스러워서 고민돼서요."

"이게 피자고, 이게 내가 추천하는 빵이야. 그리고 이건 먹고 싶어 할 것 같아서, 이게 푸딩이라는 거야."

"이게……."

호른은 푸딩을 쳐다봤다.

"하지만, 푸딩은 마지막에 먹는 게 나을 거야."

호른은 고개를 끄덕이고 빵을 고르려 했지만 어느 것을 먹을지 고민하더니 조금도 손을 뻗을 생각을 하지 않았다.

"그럼 반씩 먹을까?"

"반이요?"

"그렇게 하면 모든 종류를 먹을 수 있잖아. 그게 아니라면, 싫은 거니?"

"그, 그렇지 않아요. 그럼 고민하지 않아도 되겠네요."

나는 나이프를 꺼내 들고 모든 빵을 반으로 잘랐다. 그리고 호른과 함께 먹기 시작했다.

"맛있어요."

호른은 정말 맛있게 먹어주었다. 뭐, 모린 씨가 만든 빵은 전부 맛있지. 그 중에서도 내가 좋아하는 것들로 가지고 왔다. 맛있는 건 당연했다.

"이 피자도 맛있어."

"네!"

호른은 먹기 시작하자 긴장도 풀렸는지 대화도 할 수 있게 됐다.

"파티의 다른 세 명은 소꿉친구들이야?"

"네. 태어날 때부터 함께였어요. 항상 붙어있었죠. 그리고 세 명이 모험가가 되겠다고 해서 저 또한 같이 하기로 한 거예요."

이건 호른을 서로 쟁탈하려는 관계는 아닌 건가?

호른은 조용하지만 사랑스러운 여자아이였다. 조금 우물쭈물거리는 건 있지만 남자아이들이 봤을 땐 지켜주고 싶은 여자아이일지도 몰랐다.

"그런데 부모님이 용케도 모험가가 되게 허락해 주셨네."

모험가는 위험한 직업이었다. 그것을 부모가 허락할 거라곤 생각되지 않았다. 예를 들어 만약 피나가 모험가가 되겠다고 한다면 절대로 막을 생각이다. 피나가 내 딸은 아니지만 말이지.

"세 명이 함께, 라는 조건으로 허락해 주셨어요. 그래서 세 명에게 민폐를 끼치고 싶지 않은데, 제가 마법을 사용할 줄 알긴 해도 그게 약해서……. 검이나 활을 쓸 줄 모르니까 발목을 잡아서……."

호른의 점점 목소리가 작아졌다.

"그래도 마법은 쓸 수 있잖아?"

"네. 하지만 위력이 약해요."

으음, 그 부분은 잘 모르겠다. 역시 마력의 양와 상관이 있는 건가? 나머진 상상력인가?

"유나 님은 어떻게 그렇게 강하세요?"

「신님께 치트 능력을 받았습니다」라고는 말할 수 없었다.

"호른은 다른 사람에게 마법 사용법을 배운 거야?"

"네. 일단은 마을에서 마법을 사용할 수 있는 사람에게 배웠어요. 하지만 그분도 큰 마법은 사용할 줄 모르셔서……."

그렇게 되면 선생님이 나쁜 건가?

애당초 마법이라는 건 어디에서 배우는 걸까? 역시 학교 같은 곳이 되려나?

"음, 그럼 한 번 보여줄까?"

내 지식이 도움이 될지 알고 싶기도 하니까.

"저, 정말인가요!"

"알려준다고 해서 제대로 가르칠 수 있다고는 장담 못해."

일단 몇 번이고 확인했다. 내 지식이 틀렸을 가능성도 있었다. 헛된 기쁨을 주지 않는 게 좋았다.

"네, 물론이죠."

기뻐하고 있는데, 알고는 있는 거겠지…….

"그럼 다 먹고 연습하자."

"네!"

호른은 웃는 얼굴로 빵을 먹기 시작했다.

그리고 마지막으로 푸딩을 먹고 더욱 만족한 얼굴이 됐다.

우리는 가게를 뒤로하고 마을 변두리로 왔다. 사람이 없어서 다

소 마법을 사용해도 민폐가 되진 않을 터였다.

"이 부근으로 괜찮을까?"

나는 땅 마법을 사용해서 벽을 만들어냈다.

"대단해요."

이것만으로 대단하다는 말을 들어도 곤란한데…….

"일단 자신 있는 마법을 써 봐."

"네. 알겠습니다."

호른이 허리춤에 차고 있던 짧은 지팡이를 손에 들자 지팡이 주변에 바람이 모였고, 에어 커터가 벽을 향해 날아갔다. 하지만 벽에 부딪치자 산산조각이 났다.

"바람 마술이 특기야?"

"잘은 모르겠는데 쉽게 만들어져요. 하지만 약해서…….."

"다른 것도 할 수 있어?"

"조금은요."

호른은 그렇게 말한 후, 지팡이에 마력을 모아 화염을 만들었다. 지팡이를 휘둘렀지만 화염은 벽에 부딪치기도 전에 사라져 버렸다. 다음으로 물 마법을 사용했다. 지팡이에 야구공만한 물 구슬이 떠올랐지만 지팡이를 휘두르자 벽에 찰싹 하는 느낌으로 부딪치곤 터졌다. 땅 마법도 같았다.

이건 압축의 문제인가?

물이든 흙이든 단단함이 모자랐다. 저대로는 단지 물과 흙에

불과했다. 화염 이미지가 부족한가? 그래서 상상하기 쉬운 바람
이 사용하기 쉬웠던 걸까?

이대로는 마력을 변환한 것에 지나지 않았다. ……아마도.

"역시 안 되는 걸까요?"

"으음, 안 된다, 라기 보다는……."

나는 곰 박스에서 초보자용 마법 책을 꺼냈다. 한 번만 읽고 쓰
이지 않고 있는 책이었다.

"여기에도 쓰여 있지만, 마법은 이미지가 중요해."

"이미지요?"

"마법을 사용할 때 상상을 하지?"

"네."

"그럼 가장 쉬운 땅 마법을 사용해서 설명해줄게."

나는 땅 마법을 사용했다. 호른과 같은 야구공만한 흙구슬을
만들었다.

"들어봐."

"네. ……무, 무겁네요."

"그래, 압축이라고 해야 하나? 흙을 짓눌러서 만든 거야. 그래
서 무겁고 단단한 거지. 이걸 마물에게 던지는 것으로 데미지를
입힐 수 있어. 그리고 마력을 사용해서 던지는 것으로 위력을 증
폭시키는 것도 가능해."

나는 흙구슬을 돌려받아 마력을 사용해 흙벽을 향해서 던졌다.

흙벽에 구멍이 뚫렸다.

"대단해요!"

"이게 가능하게 되면 형태를 바꿔서 여러 가지로 응용할 수 있게 돼. 벽을 만들어서 상대 공격을 방어하거나 상대방의 행동을 유도하는 것도 가능하지. 그럼 동료가 기다리고 있는 곳으로 보내는 것도 할 수 있어."

"엄청나요."

"그리고 이런 느낌으로 형태를 바꾸면 공격력도 올라가."

나는 흙으로 창처럼 가는 것을 만들어 내던졌다. 조금 전 공처럼 벽을 관통했다.

"끝이 날카로우면 상대방을 찌르기 쉬워져. 일단 단단하게 만들지 않으면 상대에게 데미지를 입히는 건 불가능해."

"알았어요. 해볼게요."

호른은 결의를 다지고 지팡이에 마력을 모아 흙구슬을 만들더니 벽을 향해 던졌다. 이번 흙구슬은 툭 하는 소리를 내고 벽 앞에 떨어졌다.

"유나 님, 됐어요!"

"괜찮네. 이제 속도가 오르면 위력도 올라갈 거야."

"네!"

한 번 성공한 게 기뻤는지 호른은 몇 번이고 도전했다. 벽에 부딪치자 툭 하고 몇 번이고 소리가 났다. 처음 사용했던 마법보다는 구슬이 단단해져 있었다.

사실은 다른 마법도 알려주려고 했지만, 호른은 마력을 너무 많이 사용해 숨을 헐떡거렸다.

"이제 남은 건 연습하는 것뿐이네."

"고, 고맙습니다. 자신감이 생겼어요."

"사실은 다른 마법의 방법도 알려주고 싶은데……."

"아뇨, 우선은 유나 님께 배운 땅 마법을 연습해볼게요. 여러 가지를 배워도 제 실력으로는 쓸모가 없을 것 같아서요."

"마법은 공격도, 지키는 것도 중요하니까 후방의 상황도 제대로 확인하면서 사용해야 돼."

나는 게임에서 나온 말을 살짝 으스대며 말해봤다.

"벽을 만들면 동료를 도망치게 하는 것도, 태세를 갖추는 것도 가능해. 명중률이 오르면 동료가 싸우고 있을 때 공격을 할 수 있지. 마법을 배워도 사용법에 따라서는 도움이 되지 않기도 하니까 조심해야 돼."

"네!"

"그리고, 마력 배분에도 신경 쓸 것. 마법사는 마력이 떨어지면 쓸모없게 되니까 마력은 되도록 잘 관리할 것."

마력 회복 아이템이 없다면 마력 관리는 게임의 기본이었다.

"네!"

호른은 야무지게 대답했다.

"그럼, 오늘은 확실하게 쉬고 마력을 회복시키는 거야. 그리고 다음에 연습할 때는 자신이 얼마만큼의 마법을 날릴 수 있는지 횟수를 기억해두면 좋아. 그럼 전투할 때 도움이 되니까 말이야."

"네. 오늘은 고마웠습니다. 저, 모험가로서 잘 할 수 있을 것 같아졌어요."

"그래도 무리는 하면 안 돼. 목숨은 하나밖에 없으니까."

"네!"

호른은 대답을 하고 내 쪽을 바라봤다.

"왜 그래?"

"저기, 또 알려주실 수 있나요?"

"음, 마을에 없을 때도 있지만 가끔이라도 괜찮다면, 좋아."

"네, 고맙습니다."

호른은 고개를 깊게 숙였다.

"그리고 선생님이라고 불러도 될까요?"

"선생님?"

"싫으시면 괜찮아요. 하지만 여러 가지로 배워서……."

"딱히 지금처럼 불러도 되는데 호른이 부르고 싶다면 마음대로 해도 돼."

"네, 유나 선생님!"

그렇게 불린 순간, 등이 근질거려져서 선생님이라 부르는 건 바로 거절하기로 했다.

호른이 아쉬워했지만 선생님이라고 불리면 근질거려서 무리였다.

호른과의 마법 특훈이 있은 지 며칠 뒤, 고아원으로 향하고 있
는데 호른이 앞에 걷고 있었다. 이 방향에는 고아원 정도밖에 없
을 거라 생각되는데…….

뒤를 따라가자 고아원으로 가지 않고 앞서 나와 마법 훈련을
했던 장소로 갔다.

호른은 주변을 둘러보더니 바위 앞에 서서 마법 연습을 시작했다.

땅 마법을 발동시켜서 바위를 맞추고 있었다. 좋은 소리는 났지
만 바위는 부서지지 않았다.

속도가 부족한 건가? 위력이 부족한 건 틀림없었다.

"호른."

"유나 님?!"

내가 말을 걸자 호른이 놀란 듯 뛰어 올랐다. 그렇게 놀라지 않
아도 되는데.

"마법 연습?"

"네. 유나 님 덕분에 마법이 강해져서 모두를 지켜줄 수는 있게
됐어요. 그런데, 아직 위력이 약한 탓에 최후의 일격을 가할 수
없더라고요. 신이 이끌어주고는 있지만 맞춰도 쓰러뜨릴 수가 없
어서요. 데미지는 입히고 있어서 나아지고 있는 것 같긴 하지만
『그때 쓰러뜨렸다면……』 하고 생각되는 게 몇 번이고 있어서……."

그래서 연습을 하러 왔구나.

"그럼 방법을 조금 알려줄게."

열심히 하는 아이를 보면 응원해주고 싶어진다.

"정말이세요?"

"위력이 부족한 거야."

보고 있으면서 그렇게 생각했다. 저번보다 공격력은 올랐지만 그래도 야구공을 맞추는 정도였다. 맞춘 부위가 좋으면 쓰러뜨릴 수도 있겠지만, 적당하게 맞춘 정도로는 아프게 하는 정도였다. 야구의 데드볼과 다르지 않았다.

그러니 공격력 UP 제2탄을 가르치기로 했다.

"그럼 회전 연습이네."

"회전이요?"

나는 땅 마법으로 야구공만한 구슬을 만들어냈다. 그리고 그 구슬을 고속 회전시켰다.

"알겠어?"

"네. 엄청난 속도로 회전하고 있네요."

"그럼 그 떨어져 있는 나뭇가지로 쳐 봐."

호른은 떨어져 있는 나뭇가지로 내 곰 장갑 위에서 고속 회전하고 있는 흙구슬을 쳤다.

그 순간, 나뭇가지는 튕기듯 부러졌다.

"우와!"

볼을 가볍게 지면을 향해 던지자 지면이 움푹 패였다.

"대단하네요."

"회전을 가함으로써 속도가 오르고, 위력이 오르지. 한번 해봐."

"네!"

호른은 흙구슬을 만들어 회전시켰다.

"느려."

구슬은 돌고 있었지만 느렸다.

"으……, 어려워요."

"한가할 때 연습하는 게 좋아. 회전수가 늘어나면 위력도 늘어날 테니까 말이야."

"네."

그렇게 여러 가지로 알려줬지만 이 세계의 마법을 알려주는 방법과 다를 수도 있었다. 하지만 과학적으로 강해지는 건 증명되었다.

"유나 님. 어째서 이렇게 잘 해주시는 거예요? 저, 유나 님께 민폐만 끼치고 있는데, 아무것도……."

"으음, 그건 호른이 여자아이고 열심히 해서 그렇다고나 할까."

"제가 열심히 한다고요?"

"응, 열심히 하는 아이는 응원하고 싶어져서 말이야. 게다가 친해진 사람이 다치거나 죽지 않길 바라잖아. 호른이 어떤 기분으로 모험가가 됐는지는 모르지만 모험가는 위험한 직업이니까. 내게는 말릴 권한이 없어. 그렇다면 다치긴 할지 몰라도 죽지 않는 정도로는 강해지면 좋겠다고 생각했거든."

"유나 님……."

"게다가 모험가는 남자들이 많잖아. 그래서 여자들의 지위도 올리고 싶어. 열심히 해서 강해지렴."

"……열심히 할게요."

"앗, 그렇다고 무리한 의뢰 같은 건 받으면 안 된다."

"네!"

힘차게 대답한 호른이 마력이 다할 때까지 같이 있어주었다.

강해졌으면 좋겠다.

■작가 후기

4개월만이네요. 쿠마나노입니다.

『곰 곰 곰 베어 3권』에 이어 4권을 구입해 주셔서 감사합니다. 무사히 4권을 발매할 수 있었습니다.

4권에서는 드디어 유나가 자신의 가게를 가지게 되고 직원을 구하게 됐습니다. 유나의 가게답게 곰 장식품이 나열되어 있고, 일하는 고아원 아이들도 곰 유니폼을 입고 열심히 일을 합니다.

빵을 손에 넣은 유나는 이번에는 어패류를 찾아 바다로 떠납니다. 바다에 도착했지만 그렇게 간단하게는 어패류를 얻을 수 없었습니다. 바다의 마물 중 단연 으뜸인 크라켄이 등장합니다. 지상에서는 치트 능력을 발휘하는 유나입니다만, 바다 위에서는 싸우는 것도, 하늘을 나는 것도 불가능했기 때문에 크라켄 토벌에는 고생을 하게 됩니다. 하지만 여전히 막강한 힘으로 토벌해 버렸죠.

이번 번외편에서는 2권에 등장했던 신입 모험가인 호른의 이야기를 썼습니다. 신입 모험가이며, 마을에서 자란 탓에 마법 지식이 부족해 약한 마법밖에 사용하지 못합니다. 하지만 유나의 지도에 의해 조금은 강한 마법을 사용할 수 있게 됐습니다. 앞으로도 성장한 호른에 대해 쓰게 된다면 좋을 것 같습니다.

또 다른 번외편은 고아원 재건축 이야기를 넣고 싶었기 때문에 쓰게 되었습니다. 이것으로 아이들도 따뜻하게 잘 수 있게 됐습니다. 일과 놀이 때문에 더러워져도 목욕을 할 수 있게 됐습니다. 고아원의 아이들이 행복해지길 바라네요.

그리고 이번 8월에는 유나와 아이들이 무려 토부선#3 모든 노선에 걸리게 됐습니다.

실은 토부선에서 『곰 곰 곰 베어』의 홍보를 해주신 것입니다. 감사합니다.

마지막으로 이 책을 내면서 『넨드로이드』라는 호칭을 작품에서 사용하는 것을 흔쾌히 허락해주신 굿스마일 컴퍼니 님, 감사합니다. 신세를 지게 된 편집자님, 수정에서 세세한 지적 감사합니다.

그리고 이번에도 무리한 부탁을 들어주신 029 선생님, 멋진 일러스트 감사합니다. 작은 곰돌이와 곰순이가 귀엽네요.

이 책을 내는 데 힘써 주신 출판사 여러분, 감사드립니다.

다음은 11월에 만나요.

2016년 7월 좋은 날 쿠마나노

#3 토부선(東武線) 일본 사철(私鐵) 노선 중 하나.

■역자 후기

　안녕하세요~.『곰 곰 곰 베어 4권』으로 돌아온 역자 김보라입니다.『곰 곰 곰 베어』번역 작업을 하면서 매번 느끼는 거지만 번역은 참 어려운 일인 것 같습니다. 특히 작명에 대해서! 이번 편에서도 네이밍 센스에 대해 잠깐 나오잖아요? 저도 번역하면서 뜨끔했죠……(웃음). 독자분들께 어떻게 하면 더 자연스럽게 다가갈 수 있을지 항상 고민하면서 번역을 하는데 매번 만족스럽지 않네요. ㅜㅜ 그래도 독자 여러분들의 넓으신 아량으로 재밌게 읽어주셨으면 좋겠습니다! 저 또한 나날이 발전하는 역자가 될 수 있도록, 독자 여러분들이 막힘없이 소설을 읽어 내려갈 수 있도록 노력하겠습니다! ……갑자기 역자 후기가 반성문이 된 것 같은 느낌이 들지만……(웃음). 이상으로 역자 후기를 마치겠습니다! 여러분, 다음 권에서 만나요~!

2016년 좋은 날
역자 김보라 올림

곰 곰 곰 베어 4

1판 1쇄 발행 2018년 1월 10일
1판 5쇄 발행 2021년 9월 27일

지은이_ Kumanano
일러스트_ 029
옮긴이_ 김보라

발행인_ 신현호
편집부장_ 윤영천
편집진행_ 김기준 · 김승신 · 원현선 · 권세라
편집디자인_ 양우연
관리 · 영업_ 김민원 · 조인희

펴낸곳_ (주)디앤씨미디어
등록_ 2002년 4월 25일 제20-260호
주소_ 서울시 구로구 디지털로 26길 111 JnK디지털타워 503호
전화_ 02-333-2513(대표)
팩시밀리_ 02-333-2514
이메일_ lnovelpiya@naver.com
L노벨 공식 카페_ http://cafe.naver.com/lnovel11

KUMA KUMA KUMA BEAR 4 text by Kumanano, illustration by 029
Copyright © 2016 Kumanano, SHUFU-TO-SEIKATSU SHA LTD.
All rights reserved.
Original Japanese edition published by SHUFU-TO-SEIKATSU SHA LTD., Tokyo.

This Korean language edition is published by arrangement
with SHUFU-TO-SEIKATSU SHA LTD., Tokyo
in care of Tuttle-Mori Agency, Inc., Tokyo.

ISBN 979-11-278-4333-5 04830
ISBN 979-11-278-3067-0 (세트)

값 9,000원

*잘못된 책은 구매처에 문의하십시오.

© Koushi Tachibana, Tsunako 2017 /
KADOKAWA CORPORATION

데이트 어 라이브 1~17권, 앙코르 1~6권, 머테리얼

타치바나 코우시 지음 | 츠나코 일러스트 | 이승원 옮김

4월 10일. 새 학기 첫 등교일.
이츠카 시도는 평소와 다름없는 일상을 보내고 있었다.
갑작스러운 충격파로 파괴된 마을 한가운데에서 소녀와 만나기 전까지는─

세계를 부수는 재앙, 정령을 막을 방법은 단 두가지.
섬멸, 혹은 대화

정령과 만나게 된 시도는,
세계의 멸망을 막기 위해 데이트로 정령을 꼬셔야하는 운명에 처하게 되는데!?

세계의 멸망을 막기 위한 데이트가 시작된다─!!

ANIPLUS TV 애니메이션 방영 화제작!!

데이트 어 불릿 1~2권

히가시데 유이치로 지음 | 타치바나 코우시 원안·감수 | NOCO 일러스트 | 이승원 옮김

"……저는 이름이 없어요. 빈껍데기예요. 당신은 이름이 뭐죠?"
"제 이름은 토키사키 쿠루미랍니다."
기억을 잃은 채 인계라 불리는 장소에서 눈을 뜬 소녀,
엠프티는 토키사키 쿠루미와 만난다.
그녀의 안내를 받아 도착한 학교에는 준정령이라 불리는 소녀들이 있었다.
서로를 죽이기 위해 모인 열 명의 소녀들.
그리고 비정상적인 존재이자 빈껍데기인 소녀.
"저는 쿠루미 씨의 일행이자 미끼…… 미끼인가요?!"
"아, 미끼가 싫다면 디코이라고……."
"똑같은 의미잖아요!"

이것은 토키사키 쿠루미의 알려지지 않은 이야기.
자— 저희의 새로운 전쟁을 시작하죠